KB112337

드 니로의 게임

■ 이 도서의 국립중앙도서관 출판시도서목록(CIP)은
e-CIP 홈페이지(http://www.nl.go.kr/ecip)에서 이용하실 수 있습니다.
(CIP제어번호: CIP2009000073)

드 니로의 게임

라위 하지 장편소설
공진호 옮김

마음산책

드 니로의 게임

1판 1쇄 인쇄 2009년 1월 10일
1판 1쇄 발행 2009년 1월 15일

지은이 | 라위 하지
옮긴이 | 공진호
펴낸이 | 정은숙
펴낸곳 | 마음산책

편집 | 최동일 · 권한라 · 이보현   디자인 | 김정현
영업 | 권혁준   관리 | 박해령

등록 | 2000년 7월 28일(제13 - 653호)
주소 | 서울시 마포구 서교동 395 - 114 (우 121 - 840)
전화 | 대표 362 - 1452 편집 362 - 1451   팩스 | 362 - 1455
홈페이지 | http://www.maumsan.com
전자우편 | maum@maumsan.com

ISBN 978 - 89 - 6090 - 050 - 9 03840

* 책값은 뒤표지에 있습니다.

그 너비는 1만으로 할 것이며.
—「에스겔서」

가라앉지도 지지도 않는 불을
어떻게 피할 수 있으랴?
—헤라클레이토스

난 내 손을 더럽혔다. 팔꿈치까지 더럽혔다.
오물과 피에 나는 내 손을 담갔다.
—장 폴 사르트르

□ 차례 □

1만 개의 폭탄 때문에 내 귀가 휘파람을 불었지만
나는 여전히 방공호로 내려가기를 거부했다.
나는 사랑하는 사람들을 너무 많이 잃었어.
엄마가 내게 말했다. 방공호로 내려가자.
나는 가지 않았다.

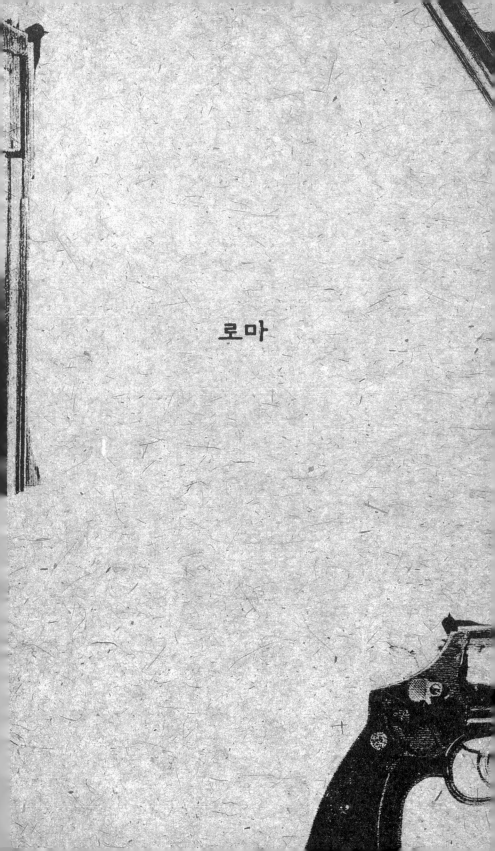

로마

1만 개의 폭탄이 떨어졌고 나는 조지를 기다리고 있었다.

1만 개의 폭탄이 저 붐비는 도시 베이루트에 떨어졌고 나는 소파에 누워 있었다. 먼지나 흙투성이 신발에 더럽혀지는 걸 막으려 흰 침대보를 씌운 파란색 소파였다.

떠나야 할 때가 왔다.

엄마의 라디오가 켜져 있었다. 1만 년은 가는 미제 레이오백 건전지가 든 라디오가, 전쟁이 시작된 이래 줄곧 켜져 있었다. 라디오의 녹색 비닐 커버는 모서리가 팽팽할 정도로 꼭 꼈다. 작은 구멍들이 있는 커버는 요리하는 엄마 손에서 묻은 기름때에 먼지까지 들러붙어 얼룩져 있었고, 기름때는 라디오 다이얼의 골에까지 깊숙이 침투해 있었다. 항상 켜져 있는 라디오에서 페이루즈의 우수에 젖은 노래가 쉴 새 없이 흘러나왔다.

나는 전쟁을 피해 도망가려는 것이 아니었다. 페이루즈, 그 명성 높은 가수에게서 달아나려는 것이었다.

여름과 불볕이 찾아왔다. 태양이 바짝 다가와서 아파트와 옥상을 쪄내고 내려가 땅을 달구기 시작했다. 백색 창문 밖으로 고양이들이 내려다보였다. 크리스천 진영의 고양이들. 그들은 검은 옷의 사제를 보아도 성호를 긋거나 무릎을 구부려 경의를 표하지 않고 유유하게 좁은 거리를 어슬렁거렸다. 기진맥진 숨을 못 쉬는 행인들, 그들의 지친 발과 얼굴, 침울한 얼굴—그들의 비참한 인생이 내딛는 걸음 하나하나, 안면 근육의 작은 경련 하나하나, 모두 미국을 욕했고 미국을 탓했다. 양쪽 보도에까지 기어올라 쉬고 있는 자동차들은 완전히 지쳐 질식할 것 같은 행인들의 통행을 방해했다.

불볕이 대지를 내리눌렀고 그 위에 폭탄이 떨어졌다. 깡패들은 사람들이 빵을 사기 위해 기다리는 줄을 새치기했고 또 힘없는 자의 식량을 훔쳤다. 그들은 빵집 주인에게는 으름장을 놓았지만 그의 딸에게는 상냥하게 굴었다. 깡패들은 절대로 줄을 서는 법이 없었다.

조지가 경적을 울렸다.

조지의 오토바이가 뿜어낸 송장같이 창백한 배기가스가 창가에 이르렀고, 부글거리는 소음이 방으로 밀려들었다. 나는 집을 나서며 페이루즈에게 악담을 퍼부었다. **저 칭얼대는 가수 때문에 내가 다 음침한 지옥에서 사는 것 같다.**

엄마가 양손에 각각 양동이를 들고 옥상에서 내려왔다. 이웃의 물탱크에서 훔친 물이었다.

물이 없다. 하루에 두 시간밖에 안 나오니 원.

엄마는 언제나 그렇듯 식량 문제에 대해서도 무슨 말을 했지만 나는 손을 휘저으며 층계를 달려 내려갔다.

나는 조지의 오토바이 뒤에 올라탔다. 조지는 폭격을 맞은 중심가로 오토바이를 몰았다. 한때 사우디 외교관들이 창녀들을 낚았고, 고대 그리스인들이 춤을 추었고, 로마 병정들이 침략했고, 페르시아인들이 칼을 갈았고, 매멀루크가 주민들의 식량을 약탈했고, 십자군이 인육을 먹었고, 터키인들이 나의 할머니를 노예로 삼았던 도시를 우리는 달렸다.

전쟁은 깡패들을 위한 것이다. 오토바이도 깡패들을 위한 것이다. 또한 전쟁은 허리춤에 총을 찬 장발의 10대들, 훔친 가솔린으로 연료통을 채우기는 했지만 특별히 갈 데는 없는, 바로 우리들 같은 10대들을 위한 것이기도 하다.

조지가 해안선의 한 교량 진입로에서 오토바이를 멈추고 말했다.

나한테 문제가 생겼다.

말해봐.

샤픽 알아즈랙인가 뭔가 하는 인간이 있는데, 그자가 자기 차를 꼭 나빌라 이모네 앞에 주차한다. 또 차를 빼더라도 그 자리가 제자리라며 찜해놓는다는 거야. 그래서 내가 그자가 세워둔 막대 두 개를 치워버리고 그 자리에 이모 차를 주차했다. 그러고 나서 집에 들어와 이모와 함께 커피를 마시고 있는데 이 샤픽이라는 인간이 문을 두드리더니 차를 빼라는 거다. 그건 자기 자리라는 거야.

그건 공공장소다, 라고 이모가 한마디 하자, 그자가 이모에게 막말을 하더라구. 그러자 이모의 언성이 높아지면서 서로 옥신각신했다. 그래서 결국 내가 총을 뽑아 그자의 얼굴에 들이대고 집에서 내쳤거든. 근데 그 꼴통이 층계 아래로 내려가서 소리를 지르며 나를 위협하는 거야. 우리가 뭔가 보여줘야 하지 않겠냐? 자식, 벙어리처럼 아무 말 없기는.

나는 유심히 듣고 있었고, 다 듣고는 고개를 끄덕였다. 우리는 다시 오토바이에 올라 달렸다. 하늘에서 쏟아지는 총알은 안중에도 없었다. 승리를 외치는 군인들의 구호와 수많은 라디오 방송국이 알리는 승전보를 헤치며 달렸다. 여성 전사들의 짧은 스커트를 뚫어지게 쳐다보았으며 허벅지를 드러내고 있는 여학생들의 옆을 지나갔다.

유랑자, 거지, 도둑. 말아 올린 셔츠 소매에 말보로 담뱃갑을 끼워 넣고 셔츠 앞은 풀어헤친 곱슬머리의 발정 난 아랍인, 권총을 소지한 고등학교 중퇴자, 구취가 나고 긴 미제 청바지 차림의 무자비한 허무주의자. 이것이 우리의 모습이었다.

오늘 밤에 보자.

나를 집 앞에 내려주며 조지가 말했다. 그리고 그의 오토바이 소리가 멀어져갔다.

자정이 되었다. 조지의 오토바이 소리가 근방에 요란했다. 나는 골목길을 내려갔다. 골목의 사내들, 그들은 저마다 좁은 발코니에 나와 담배를 피우며 금요일의 심야 이집트 영화를 시청하고 있었다. 찬 맥주나 아락주증류 포도주—옮긴이를 들이키는 자도 있었고, 전통적인 베이루트의 재떨이에 미국산 담배를 비비던 더럽고 누런 손톱으로 신선한 아몬드 껍질을 까고 있는 자도 있었다. 골목의 여자들, 가난한 집안 여자들은 구식 터키 욕조 안에서 빨간 플라스틱 통의 물을 아껴가며 자신들의 갈색 피부를 찔끔찔끔 조심스럽게 적셨다. 여자들은 먼지와 온갖 냄새, 바클라바 파이의 껍질 같이 얇은 일상의 외피, 쪼그만 잔에 아침 커피를 마시며 나눈 악의에 찬 험담, 남편의 가난, 그리고 면도하지 않은 겨드랑이의 땀을 씻어냈다. 기름이 새는 소형 유럽산 자동차 밑에서 발을 핥는 꼼꼼한 크리스천 고양이들처럼 씻었다. 그 기름은 마귀들이 배회하는 땅속에서 착취당하는 나이지리아 인부들이 퍼낸 것이었다. 그곳의 땅속에서 벌레들은 죽은 나무의 뿌리를, 백인 기술자들의 탐욕스런 숨과 공장매연에 의해 질식해 죽은 나무의 뿌리를 갉았다. 그 게으른 고양이들은 세차하지 않은 자동차들 밑을 어슬렁거렸다. 그리고 이탈리아제 구두, 매니큐어를 칠한 발톱, 아랫단을 뜯은 다채로운 바지들, 뾰족한 하이힐 구두, 맨발바닥에 부딪쳐 짝짝 소리를 내는 플라스틱 슬리퍼, 그리고 관능적으로 노출된 발목들이 지나가는 것을 지켜보았다. 우락부락한 손들이 그 발목들을 감싸 쥘 것이고, 발목을 잡았던 손들은 따뜻한 액체가 흐르는 곳으로 미끄러져 올라갈 것이다. 뱀장어와 연어 냄새, 그리고 장미수薔薇水의 적당한 범람으로 은근하고 비옥하게 바뀐 곳으로.

우리가 탄 오토바이는 조지의 이모 집을 향하여 빠른 속도로 달렸다.

저게 샤픽 알아즈랙의 차다.

조지가 총을 꺼냈다. 나는 조지가 총을 쏠 동안 오토바이의 연료를 소모시키며 크게 부릉거렸다. 총에 맞은 자동차 타이어들은 바람을 뿜어냈다. 조지는 헤드라이트, 문, 채색된 차창, 좌석, 사이드미러에 비친 자신의 모습에 총을 쏘았고 아무런 말도 하지 않았다. 그런 뒤 태연하게 자동차 주변을 돌며 춤을 추고는 다시 겨누고 총질을 해댔다. 차는 빠르고 예리하며, 조그맣고 파괴적인 총알구멍으로 꿰뚫려 엉망이 되었다. 그것은 치명적이었고 유쾌한 복수극이었다. 나는 그것이 마음에 들었다.

볼일을 다 보고 우리는 현장을 떴다. 오토바이는 내가 몰았다. 나무 대문의 집들이 끊임없이 줄지어 있는 고요한 동네를 지나갔다. 내 등에 조지의 총이 스쳤다. 탁 트인 도로에 들어서자 우리의 면직 셔츠가 바람을 맞았다. 바람은 살갗에 지분거리며 귓가에 머물렀다. 나는 충동적으로 빠르게 오토바이를 몰았다. 바람이 눈을 어루만졌고 콧구멍을 통하여 들어갔다. 깨진 가로등, 탄흔으로 뒤덮인 담벼락, 흙투성인 채로 방치된 보도, 피가 흘러 짙은 얼룩이 진 거리를 지나갔다. 나는 오토바이를 몰았다. 혈관에 갈증이 느껴졌다. 폐부 깊숙이 신선한 회생의 공기가 느껴졌다. 내 등 뒤 조지는 미친개처럼 거칠게 숨을 쉬며 하늘을 향해 의기양양하게 악마와 같은 웃음을 짓어댔다.

칵테일, 칵테일을 마시자!

조지가 나의 귓가에 대고 소리쳤다.

나는 민첩하게 급커브를 돌았다. 몽고의 기수騎手처럼 오토바이를 빙글 돌렸다. 뒷바퀴를 축으로 하여 급히 방향을 틀면서 뒷바퀴에 작은 자갈들이 짓이겨졌다. 땅바닥에서 회색 연무가 피어올라 흩어졌다. 방향을 바꾼 나는 주스 바로 곧장 오토바이를 몰았다. 고속도로 저편, 도시의 반대편에 있는 주스 바였다. 할머니를 노예로 삼은 터키인들과는 거리가 먼 아르메니아인 주거지역의 철야영업소였다. 가는 길에 시네마 루시 극장을 지났다. 카우보이 복장을 한 사내들이 근사한 풀장 가에서, 재즈풍의 선율에 맞춰, 풍만한 가슴의 미국 여자들을 거대한 성기로 바삐 해대는가 하면, 아프로 헤어스타일 혹은 1970년대 헤어스타일의 교사로 분장한 사내들이 긴 플라스틱 의자에 누워 있고, 그 곁에서 에이프런만 두른 하녀들이 초소형 종이우산을 꽂은 붉은 칵테일을 바칠 태세로, 그녀들의 해방된 70년대 엉덩이를 상하로 움직이는 거대한 스크린의 영상, 그 앞에 젊은 애들과 습관성 수음꾼들이 죽치고 있는 극장이었다.

조지와 나는 주스 바에 앉아 치즈와 꿀과 견과를 얹은 망고를 마셨다.

우리는 칵테일을 홀짝이며 손가락을 핥았고, 총에 관한 얘기, 오토바이 소리에 묻혀 총소리가 들리지 않았던 그날 밤 얘기를 했다.

2

1만 개의 폭탄이 바람을 갈랐는데도 엄마는 여전히 부엌에서 기다랗고 흰 담배를 피우고 있었다. 외할아버지와 아버지는 이미 저세상 사람들이 되었다. 상중인 엄마는 머리끝에서 발끝까지 온통 검정색이었다. 엄마는 가스난로 위에 물이 끓고 있는 동안 도마에 고기를 썰었다. 그러면서 한편으론 담배를 피우며 박살난 벽이나 부서진 유리창 밖으로 연기를 내뿜었다. 바로 이 부엌에 폭탄이 떨어졌었다. 폭탄은 벽에 커다란 구멍을 내어주고 우리에게 광막한 하늘의 근사한 전망을 선사해주었다. 겨울이 오기 전에는 벽을 고치지 않을 생각이었다. 우리가 묻은 시신들을 덮고 있는 흙을 씻겨 내릴 비가 오기 전까지는 그대로 둘 생각이었다. 아버지가 죽음을 맞이한 곳이 바로 이 부엌이었다. 외할아버지가 죽은 곳은 좀 더 북쪽 지역이었다.

그다음 날 조지가 그의 이모를 방문했을 때 그녀의 자동차는 샤픽 알아즈랙의 자리에 주차되어 있었다.

오늘 아침에 샤픽 알아즈랙이 찾아와 내게 사과하고 그 자리를 함께 쓰자고 했다.

조지의 이모가 말했다. 그러고는 빨갛게 염색한 자신의 머리카락을 만지작거렸다. 나빌라 이모는 40대 중반이었다. 그녀는 은행원이었으며 결혼한 적이 없었다. 새롱거리는 품새, 유혹적이고 관능적인 자태, 꼭 끼는 스커트와 하이힐, 화려한 화장에, 깊게 파인 가슴골을 드러낸 블라우스를 입었다. 그녀는 조지를 '가구티' 라는 별명으로 부르기도 했다. 어렸을 때의 이 별명은 조지의 심기를 불편하게 했다.

나는 가끔 조지를 찾으러 나빌라 이모 집에 들렀다. 그럴 때마다 보통 그녀는 둥그런 입술 사이에 담배를 문 채 잠옷 바람으로 문을 열었다. 나는 그녀가 커피 한잔하라고 나를 청하여 들이는 공상에 빠지곤 했다. 그녀가 나를 집 안으로 들이고, 커피 대신 식탁의 물이나 마시라고 하고는, 내 배꼽 아래에 무릎을 꿇고 숭배하는 자세로 앉아 일본제 지퍼를 내리고, 분비액을 혀로 훑어내고 나서, 교태를 부리는 낮고 달콤한 목소리로, 조지는 여기에 없다, 라며 나를 안심시키는 공상이었다.

가구티는 지금 직장에 있지 않니? 가구티는 지금 일하고 있는데! 이것은 내가 문전에서 흔히 듣던 대답이었다.

내 불알친구 조지는 포커 오락실에서 일했다. 그는 도박꾼들에게 돈을 바꾸어주는 일을 했다. 그들은 초록색 불빛이 돌아가는 조그만 화면 앞에 하루 종일 붙어 앉아 있었다. 그들이 눌러대는 버튼과 함께 아내의 보석, 부모의 집, 올리브나무들, 자식들의 옷이 날아갔다. 그들의 모든 소유물이 그 안으로 빨려 들어갔고, 에이스와 웃는 얼굴의 조커는 그들의 폴리에스테르 주머니에서 모든 것을 짜냈다. 조지는 돈을 받고 그만큼의 게임 머니를 오락기에 넣어주는 일을 했다. 또 그들에게 위스키와 담배를 팔았고, 화장실을 청소했고, 아침에 문을 열었고, 에어컨의 세기를 약하게 했고, 먼지를 쓸어냈고, 재떨이를 비웠고, 그곳을 지켰다. 그리고 의용군들이 오면 돈주머니에 단단히 챙긴 돈을 건네준 뒤 오토바이를 타고 퇴근했다.

틀림없이 삥땅할 방법이 있을 거다. 우리가 만났을 때 한번은 그가 말했다. 같이할래?

훔치다가 들키면 아부나라가 우리 목을 벨 거다.

그래, 위험하지. 하지만 방법이 있을 거야.

의용군들 엿 먹이는 일인데.

조지는 어깨를 으쓱했다. 그리고 기름기 흐르는 시커먼 대마초를 빨아들이며 눈을 감고 야윈 가슴속에 연기를 가두었다. 그런 뒤 눈을 감은 채로 천천히 숨을 내쉬고, 되다 만 십자고상十字苦像처럼 팔을 뻗은 다음, 두 손가락을 뻗쳐 내게 대마초를 건넸다.

먼 나라 인도의 우기에 내리는 비처럼 폭탄이 쏟아졌다. 나는 좀 더 좋은 일자리와 돈 생각에 골몰하며 잠을 제대로 이루지 못했다. 내 직업은 부두에서 크레인을 조정하는 일이었다. 우리는 주로 선적된 무기를 부렸다. 그리고 하역한 무기에 히브리어, 영어, 아랍어로 일련번호를 찍었다. 무기가 아닌 가솔린 선적일 때는 파이프를 저장 탱크에 연결하는 일을 했다. 터키에서는 과일뿐만 아니라, 뱃멀미를 하며 콧물을 흘리고 겁에 질려 울어대는 양들도 실려 왔다. 우리는 그 모든 것을 배에서 내렸다. 무기가 들어올 때는 의용군 지프차들이 그 전 지역을 에워쌌다. 하역 작업은 언제나 밤에만 했으며 조명등은 물론이고 심지어는 담배를 피우는 것조차도 허용되지 않았다. 나는 야간작업을 한 날은 집에서 하루 종일 잠만 잤다. 요리를 하는 엄마의 입에서는 불평이 끊이지 않았다. 부두에서 얻는 얼마 안 되는 일거리는 담배와 식량을 사기에 충분하지 않았다. 성가시게 잔소리하는 엄마에게 그 돈은 충분하지 않았다. 어딜 가서 누구에게 강도질을 하지? 누구를 사기 치고 누구에게 구걸하지? 누구를 유혹해서 옷을 벗기고 만지지? 나는 내 방 한쪽 벽을 바라보며 앉아 있었다. 외국 10대 가수들, 빛나는 흰 치아를 가진 금발 미인들, 이탈리아 축구선수들의 빛바랜 포스터 등, 벽은 이국적인 사진으로 가득했다.

로마는 자유롭게 다닐 수 있는 좋은 곳임에 틀림없다. 광장의 비둘기들은 행복해 보이며 잘 먹어서인지 살이 오른 듯하다.

이런 생각들을 하며 나는 조지의 제안과 포커 오락실을 떠올렸다. 나는 그리 가보기로 했다.

나는 카지노로 가는 좁은 골목길들을 걸었다. 이집트인 가정부에게 남편을 뺏긴 침모針母 움쩨미네 앞을 지나갔다. 그녀는 흰 웨

딩드레스에 바늘을 꽂고 있었다. 어린 신부의 결혼식은 어느 작은 성당에서 있을 예정이었다. 그 성당의 종소리는 녹음된 거였는데 1930년대의 오래된 음반처럼 긁히는 소리가 나는 한심한 전자음이었다. 신부의 아버지는 캐나다의 중년 엔지니어를 사위로 맞아들였다. 신부의 엄마는 잔치에 쓸 밀가루를 반죽하고 파슬리를 썰고 의자를 모으기에 바빴다. 신부의 오빠는 여동생이 공식적으로 처녀성을 잃는 날을 기념하여 허공에 공포를 쏘아 올릴 계획을 세우고 있었다. 신부의 사촌은 자신의 큰 차를 때 빼고 광내서 신부를 성당까지 태워주고, 또 결혼식 후에는 항구까지 신혼부부를 데려다줄 예정이었다. 그들은 파라오의 눈물, 난파된 해적선의 잔해, 노예의 뼈, 하수 오물을 나르는 강물, 그리고 프랑스제 탐폰으로 그득한 지중해로 신혼여행을 떠날 예정이었다.

움쌔미네 집 건너편 식료품 가게의 아부돌리는 부채질을 하며 얼굴의 파리를 쫓았고 부채에 쫓긴 파리들은 상한 야채들 속으로 파고들었다. 아부아피프는 그의 조카 엉투안과 백개먼^{backgammon} 게임을 하고 있었다. 클로데는 여전히 남편감을 찾고 있었다. 나는 네 남편감이 아니다. 나는 말했다. 나는 아니야! 하늘은 짙푸르렀다. 거기에서 총알과 폭탄이 무시로 떨어졌다. 우리의 땅 위에 드리운 하늘을 바라보는 것은 우리를 향해 급강하하는 죽음을 보는 일이었다—어느 굽은 길 바닥의 물웅덩이인 우리, 빨간 물고기가 사는 바다인 우리, 사내아이들이 올라 뛰노는 트램펄린인 우리, 매니큐어 칠을 한 발가락을 들이밀고 입는 수놓은 속옷인 우리, 반월도의 금강석 칼집인 우리, 우리는⋯⋯.

나는 나빌라의 집 앞을 지나가다가 잠깐 들러 그녀를 보기로 했다. 그녀가 문을 열었다. 나는 미소를 짓고 아무 말 없이 숨만 쉬며 가만히 서 있었다.

너 또 네 친구를 찾으러 다니는 거니?

여기에 있는 우리 모두가 친구죠.

미소를 짓고 있던 그녀가 소리 내어 웃고는 고개를 절레절레 흔들며 내게 들어오라고 했다.

나는 마치 자위하려는 학생처럼 동요된 기분으로 앉아 있었다.

커피 줄까?

네.

나빌라의 드레스는 속이 비쳐 보였다. 통통하고 둥근 곡선의 허벅지. 드러나 보이는 속옷 자국은 당당한 엉덩이와 다리 맨 윗부분 간의 경계 지점을 분명하게 나타냈다.

그녀가 부엌으로 갔다. 나도 뒤따랐다.

조지를 만나러 갈 거예요.

일하는 데로?

네.

그럼 조지가 어디에 있는 줄 뻔히 알면서 여긴 왜 온 거니?

혹시 이모님이 조지한테 뭐든 보낼 게 있을까 해서요. 샌드위치나, 사과나, 뭐 그런 거.

나빌라가 다가오더니 내 왼쪽 뺨을 꼬집고 말했다.

얘, 너 보기보담 엉큼하구나, 가장 친한 친구가 없는 틈을 타서 그 이모를 찾아오다니.

내가 그녀의 손을 잡았다. 그녀가 손을 빼려고 했지만 나는 그녀의 새끼손가락을 잡고 놓아주지 않았다. 나는 천천히 그녀를 잡아당겼다. 그녀가 미소를 지었다. 나는 그녀의 목에 키스를 했다. 그녀에게서 미용 크림, 우유, 그리고 은행가들이 피우는 굵은 시가 냄새가 났다. 나빌라는 내 입술이 그녀의 목을 더듬도록 내버려두더니 돌연 내 가슴에 손바닥을 대고 가볍게 나를 밀쳐냈다.

커피가 끓어 넘치고 있네. 얘, 너 이제 그만 가야겠다.

조지가 나를 기다리고 있었다. 나는 다가가 그에게 50리라를 건네주었다.

날 아는 척도 하지 마. 내가 속삭였다.

어떤 오락기에 넣어줄까?

어떤 오락기라니?

내가 이 금액만큼 게임 머니를 넣어줄 오락기 말이야. 조지가 짜증을 냈다.

어, 그래, 그렇지. 3번에서 할게.

3번으로 갔더니 50리라에 해당하는 게임 머니가 화면의 오른쪽 위 구석에 이미 올라가 있었다.

나는 20리라만큼 게임을 했고 그만큼 잃었다. 그러고 나서 조지에게 나머지를 돌려달라고 했다. 30리라가 남아 있었다.

조지가 내게 30리라를 건네주었다.

나는 집으로 걸어가며 곰곰이 생각했다.

그래, 틀림없이 할 수 있다.

부엌 바닥에 구슬이 쏟아지듯 1만 개의 폭탄이 떨어졌다. 엄마는 여전히 요리를 하고 있었고, 아버지는 여전히 지하에 묻혀 있었다. 사람들은 말한다. 그리스도만이 죽은 자들 가운데서 살아났다고. 아무 말 없이 냉정한 얼굴로 집에 들어와 부엌 식탁에 앉아 엄마가 샐러드와 납작한 빵을 차려 내기를 기다리는 아버지—나는 더 이상 아버지를 기다리지 않았다. 죽은 자는 돌아오지 않는다.

1만 개의 폭탄 때문에 내 귀가 휘파람을 불었지만 나는 여전히 방공호로 내려가기를 거부했다.

나는 사랑하는 사람들을 너무 많이 잃었어. 엄마가 내게 말했다. 방공호로 내려가자.

나는 가지 않았다.

1만 개의 담배가 내 입술을 스쳐 갔고, 100만 모금의 터키산 커피가 나의 붉은 목구멍을 지나갔다. 나빌라, 포커 오락기, 로마가 내 머릿속에 맴돌았다. 나는 레바논을 떠날 생각을 하고 있었다. 마지막 남은 초에 불을 붙였다. 양동이의 물을 마시고 냉장고를 열었다가 도로 닫았다. 텅 빈 냉장고. 그 안에서는 얼음이 녹고 있을 뿐이었다. 부엌은 조용했다. 라디오는 멀리 방공호에 묻혀 빽빽이 들어선 여러 가족들과 쥐들의 시간을 달래주고 있었다. 폭탄이 떨어질 때 방공호는 집이 되었으며, 어린아이들이 놀 수 있는 캔디로 만든 성이었고 캠프장이었다. 또 난로가 있는 부엌, 스펀지 매트리스와 놀이기구가 있는 어둡고 아늑한 카페였고, 기도를 드리는 작은 사당이었다. 그러나 그 안은 갑갑하고 숨이 막힐 듯했으며 나는 차라리 바깥 공기 속에서 죽는 편을 택하리라는 생각이었다.

폭탄 하나가 옆 골목에 떨어졌다. 비명 소리가 들렸다. 지금쯤 필시 피의 강물이 흐르고 있을 것이다. 나는 기다렸다. 두 번째 폭탄이 뒤따르는 것이 일반적이었다. 폭탄은 파리의 미국인 관광객들처럼 쌍쌍으로 떨어졌다. 두 번째 폭탄이 날아들었다. 나는 천천히 아파트 건물을 나갔다. 부서져 날린 돌덩어리, 비명 소리, 화약 냄새를 따라 뒷골목 길을 걸었다. 한 어린 여자아이가 눈에 띄었고, 아이의 옆으로 핏물이 흐르고 있었다. 노름꾼 토니가 이미 그의 자동차를 대기해놓고 있었다. 그는 입다 만 옷차림이었고 말을 더듬었다. 서, 서, 성모 마리아여, 성모 마, 마, 마리아여. 그는 이 말을 힘들게 계속 반복했다. 숨도 제대로 쉬지 못했고 그 자리에 그대로 얼어붙어 있었다. 내가 아이를 들어 옮겼다. 아이의 엄마는 울부짖고 있었다. 걷잡을 수 없이 격앙된 모습이었다. 아이를 안아서 차의 뒷좌석으로 옮기는 내 곁에 그녀가 바짝 따라붙었다. 나는 셔츠를 벗어 피가 흘러나오는 늑골 부위를 싸맸다. 토니가 병원으로 나는 듯 차를 몰았다. 그는 경적을 사이렌처럼 울리며 달렸다. 거리에는 인적이 없었다. 건물들은 뿌옇고 낯설어 보였다. 내 손가락을 타고 흘러내리던 아이의 피가 내 허벅지에 떨어졌다. 나는 온통 피에 젖었다. 피는 빨강색보다 진하고 비단보다 부드럽다. 손에 묻은 피는 따뜻한 비눗물 같다. 셔츠는 푸른색이 도는 자주색으로 변하고 있었다. 나는 소리를 지르며 아이의 이름을 불렀지만 셔츠는 계속 아이의 피를 빨아들이고 있었다. 셔츠를 짜면 그 피로 홍해를 채울 수도 있을 것 같았다. 아이의 피로 물들은 홍해에 뛰어들어 그 바다가 내 것임을 선언하고, 해변을 거닐고, 양지 바른 곳에 앉은 내 모습이 어른거렸다. 나는 벌어진 아이의 상처를 손으로 압박했다. 아이는 점점 멀어져갔다. 눈동자가 위로 돌아가며 하얗고 부드럽고 꿈같은 베개 밑에 모습을 감췄다. 아이의 머리는 엄마의 둥근 가슴으로 기울어져 있었다. 그녀는 토니와 함께 토니의 진언을 외기 시작했다. 성모 마리아여, 성모 마리아여. 이 어린아이는 로마로 떠나는 것이다. 나는 생각했다. 이 아이는 지금 로마로 가고 있는 중이다. 운이 좋은 아이다. 토니는 슬픈 리듬으로 텅 빈 거리에 작별 인사의 경적을 울렸다.

다음 날 아침 나는 백정 샤힌의 푸줏간 길모퉁이에서 조지를 만나기로 되어 있었다. 고기를 사려고 여자들이 줄을 서 있었다. 푸줏간 안에는 가죽이 벗겨진 염소들이 매달려 있었다. 샤힌은 천장에 매달린 희고 빨간 고기를 내려 토막을 내고 두드리고 짓이겼다. 이것을 또다시 더 잘게 토막 내고 간 뒤 종이봉투에 담아 줄 서 있는 여자들에게 건네주었다. 검은 옷차림의 여자들, 유화물감을 칠한 듯한 신파조의 화장을 한 여자들, 성당 다니는 사람들의 순종적인 태도의 여자들, 핼러윈의 공포 분위기에 휩싸인 여자들, 식인종처럼 십자고상의 육신을 갈망하는 여자들, 거세된 연금술사 같은 자세로 무릎을 꿇고 있는 성녀들의 생리통을 겪는 여자들. 이들 줄 서 있는 여자들은 칼과 무식한 백정에 의해 좌지우지되었다. 빨간 대가리의 파리들이 사방에 날아다녔다. 바닥에는 동물의 피가 묻어 있었고 얼룩진 노란 벽에는 백정의 온갖 칼들이 도열되어 있었다. 폭격이 멈추자 여자들이 고기를 구하기 위해 지하 방공호에서 모습을 드러낸 것이다. 실직한 남편들에게 니코틴으로 얼룩진 이빨을 연한 고기에 묻게 해주고, 그들의 부풀어 오른 배가 꺼지지 않도록 바람구멍을 막아주기 위함이었다.

기다리고 있는 나를 향해 걸어오는 조지의 모습이 눈에 들어왔다. 내가 그를 보자 그가 손을 흔들어 보였다. 녹색 의용군복 차림의 한 사내가 그를 불러 세웠다. 둘이 악수를 했다. 조지가 그의 뺨에 세 번 키스했다.

나는 계속 기다렸다. 모자이크 타일에 떨어진 동그란 모양의 핏방울에 빙 둘러앉아 마음껏 즐기고 있는 파리들을 바라보았다.

누구야? 내가 조지에게 물었다.

칼릴. 아부나라와 함께 일해.

우리가 함께 있는 것을 그가 보면 좋을 게 없을 텐데. 포커 게임기를 생각하며 내가 말했다.

그가 카지노에 오는 일은 거의 없다. 걱정 마.

삥땅을 할 수 있을 것 같다. 내가 말했다. 의외로 간단할 거야. 내가 가서 네게 돈을 주고 게임을 하면, 게임을 하는 동안 네가 내 오락기의 게임 머니를 올려주는 거야. 오락기에 기록이 남을까……? 그러니까, 예를 들어 스트레이트 플러시가 나오면 그 이기는 패가 오락기의 어딘가에 기록되느냐는 말이다.

아니, 그렇지 않을걸.

확실하게 알아야 해. 내가 월요일에 들를게. 시험해보는 거야.

내가 게임을 하는 동안 내 오락기의 게임 머니를 올려봐. 많은 금액은 말고 조금만, 시험 삼아서 한번 해보는 거다.

아침에 와라, 일찍……. 대개 그때는 아무도 없다.

이제 우리 이렇게 남들이 보는 데서 만나는 건 삼가야 할 거야.

로마로 떠난 그 어린 여자아이, 나는 그 아이의 장례식에 갔다. 아이의 엄마가 통곡을 하고 있었다. 머리에 베일을 두른 여인들이 좁은 골목을 메웠다. 우리 엄마도 장례식에 참석했다. 이렇게 서로서로 장례식에 가주는 거야. 엄마가 훈계적인 어조로 내게 속삭였다.

아이의 아버지가 소식을 듣고 사우디아라비아에서 급히 돌아왔다. 그곳 뜨거운 사막, 불타는 기름 벌판이 그의 일터였다. 그가 굵은 손으로 성호를 그으며 앞으로 걸어 나왔다. 볕에 탄 그의 얼굴은 격정에 휩싸여 있었고 눈은 흐느끼고 있었다. 그가 먼지와 모래 바닥을 지척거리며 걸었다. 아이의 사촌 오빠들과 이웃들이 그 작은 흰색 관을 들고 먼 길을 걸어 묘지까지 운반했다. 흰색 나무 관이 햇빛에 들자 반짝였다. 나무와 쇠붙이가 반짝였고 모든 사람이 반짝였다. 나까지도 반짝였다. 회색 양복에 검정 넥타이를 맨 남자들이 느린 발걸음으로 문 닫힌 가게들이 있는 길을 지났다. 그들의 무거운 머리는 아래로 축 처졌다. 토니가 내 뒤에서 걸었다. 그는 병원까지 운전한 얘기, 아이의 죽음과 병원에서 있었던 일 등 그 나름의 이야기를 더듬거리며 하고 있었다. 내 주변에는 슬픔으로 가득한 친숙한 얼굴들이 있었다. 뒤편에 있던 아이의 엄마가 혼절을 하며 곁에 있던 여자들의 팔에 매달렸다. 여자들이 그녀를 앞으로 끌어당겨 세우고 뺨을 찰싹 때리고는 얼굴에 장미수를 뿌려주었다. 여자들은 가슴을 치고 통곡하며 이별가와 혼례의 노래를 불렀고, 손을 높이 들고 피사의 사탑을 향하여 흰 손수건들을 흔들었다.

3

월요일 아침, 나는 걸어서 조지의 일터로 갔다. 조지 혼자 있었다. 내가 돈을 내고 게임을 하는 동안 조지는 포커 게임기의 게임머니를 올려줬다. 성공이다! 나는 돈을 챙겨 그곳을 나왔다.

그날 저녁 성당 계단에서 조지를 만났다.

좀 기다리면서 그들이 알아채나 보자. 내가 말했다. 어쩌면 그들이 그걸 아는 방법이 있을지도 모르니 말이다. 그리 큰돈이 아니니 만일 발각되더라도 실수였다고 넘길 수 있을 거야.

나는 조지에게 그 돈의 절반을 주고 그와 헤어졌다.

집에 가는 길에 나는 나빌라의 집 앞을 지났다. 집에는 불이 꺼져 있었다. 어두운 도시, TV가 나오지 않는 도시, 냉수가 흐르지 않는 도시. 아이스크림은 각빙角氷 모양의 냉장고 안에서 녹았고 노인들은 얼음 없이 위스키를 마셨다. 같은 동네에 사는 라나와 마주쳤다. 난 순간 그녀를 알아보지 못할 뻔했다. 안녕? 그녀가 입을 열었다. 잘 있었니? 내가 대답했다. 어두운데 어깨에 실크 숄을 두르고 어딜 가니?

양초 사러.

네 얼굴이 있는데 촛불이 무슨 필요가 있다고?

라나가 웃었다.

집에나 가서. 계단에서 넘어지지 않게 조심하고. 깜깜해.

달이 저리 가까운데.

그래도 어두워.

우리 함께 촛불을 밝히는 건 언제?

어디에서? 엄마가 계신 너희 집에서, 아니면 우리 집에서? 그리고 그녀는 양손을 자기의 둥근 엉덩이에 갖다 댔다. 어깨에 닿는 머리카락, 크고 검은 눈동자. 그녀가 내 대답을 기다렸다.

로마에서.

뭐?

나는 대답하지 않고 길 건너편으로 가로질러 갔다.

이웃집의 싸아드가 스웨덴 비자를 받았다.

그는 떠나기 전날 밤 파티를 열었다. 그가 우리 집에 들러서 환송연에 나를 초대했다.

스톡홀름. 암, 스톡홀름이지. 그가 고개를 끄덕였다.

그날 밤 7시, 나는 주린 배를 안고 그의 집으로 갔다. 손으로 집어 먹을 수 있는 갖가지 음식이 차려져 있었다. 나는 빵을 잘라 갈색 종지의 소스에 찍어 먹었다. 아직 정전이라 불이 안 들어왔지만 대신 촛불과 호롱불이 실내를 밝혀주고 있었다. 푸줏간에서 원정을 온 파리 몇 마리가 호롱 근처에서 맴돌다 결국 호롱불에 타죽었다. 싸아드의 남동생—내가 보기에 건방진 꼴통에 지나지 않는—샤커가 거기 있었다. 그의 사촌 미리엄, 그의 부모님, 그리고 몇몇 친척과 친구들도 있었다. 조지도 와 있었다. 그는 조용히 술을 마시며 담배를 피우고 있었다.

내가 조지를 쳐다보자 그가 내게 미소를 지어 보였다.

스웨덴, 스웨덴 여자, 금발 미인, 추운 날씨 등에 대한 농담이 오갔다. 어떤 사내가 노래를 부르기 시작했다. 산골 사투리를 쓰고, 손이 농부처럼 투박하고 목의 살결이 거친 사내였다. 싸아드의 식구들이 그에 합세했다. 그들은 내가 알지 못하는 이상한 노래들을 불렀다. 그전에는 들어본 적이 없는 시골 사람들의 노래, 이별과 귀환에 관한 노래를 불렀고, 노래 중에는 외국 여자와 결혼하지 말라는 경고의 내용이 담긴 것도 있었다. 우리네 여자들이 세상에서 최고다. 우리들은 남자의 이름을 더럽히지 않는다. 우리나라 땅은 세상에서 가장 푸르다. 가서 돈을 벌어 고향으로 돌아오라……. 여자가 너를 기다리고 있을 것이다…….

떠난 사람들은 절대로 돌아오지 않는다. 나는 마음속으로 내 나름의 노래를 불렀다.

조지는 술을 많이 마셨다. 그리고 싸아드의 사촌 미리엄과 웃고 희롱해롱했다. 이것은 샤커의 심기를 편치 않게 했다. 샤커는 그들을 시샘했다. 미리엄에게 청혼을 했지만 거절당한 그였다. 꽃다운 나이의 미리엄, 그녀의 볼은 볼그스름했고 다리는 길게 쭉 뻗었다. 그녀는 시골 마을의 규범에 갇혀 있으면서도 새로 습득한 도회풍의 이미지를 보여주려 몸부림을 쳤다. 싸아드 일가는 어떤 작은 마을 출신의 난민이었다. 그들은 고향 마을이 어느 무장 병력에게 습격을 받아 수많은 마을 사람들이 학살당했을 때 그곳을 빠져나왔다.

저녁이 깊어가며 조지가 만취했다. 내게 이끌려 밖으로 나간 조지가 도로변에 토악질을 했다.

오토바이 타려는 것을 만류하자 조지가 내게 주먹을 날렸다. 나는 그의 양손을 붙들고 말로 그를 진정시키려 했다. 그는 계속 소리를 질렀다. 나는 그에게 소리 좀 지르지 말라고 사정을 했다. 그러고 나서 조지를 끌다시피 하며 나빌라 이모네로 부축해 갔다. 나는 그를 계단 앞에 기대어놓고 위로 뛰어 올라가 나빌라의 아파트 문을 두드렸다. 그녀는 문을 열며, 몹시 호들갑을 떨었다. 이번엔 누군데? 그녀가 말했다. 가구티는 괜찮아? 누가 당했니? 오, 성모 마리아여, 우리를 도우소서. 말해봐, 누구야?

그게 아니에요. 모두 괜찮아요. 조지가 술에 취해서 속이 안 좋은 것뿐이에요.

조지는 어디에 있니?

계단 밑에요.

나빌라는 두려움에 질려 옷도 제대로 입지 못한 채로 층계를 내려갔다. 난간을 거의 잡지도 않고 뛰어 내려갔다. 그녀는 조지의 뺨을 어루만지고 그의 손에 키스를 퍼부었다.

우리는 함께 그를 들어 위로 옮겼다. 나빌라가 조지를 깨끗이 닦아주었다. 그의 셔츠, 신발, 바지를 벗긴 다음 자신의 침대에 누이고 헌 담요를 덮어주었다. 그리고는 소파에 앉아 울었다.

나는 조지가 걱정이다. 밤늦게 전화벨이 울리면 누군가 죽었나보다는 생각이 들 때가 있다. 조지한테 총이 있던데, 쟤가 왜 총을 갖고 다니지?

하는 일 때문에요. 총이 필요한 일이거든요.

조지가 학교에 다녀야 하는데. 학비는 내가 대줄 거야. 학교에 돌아가라고 네가 조지에게 말 좀 해라.

그녀가 내게 커피를 마시겠느냐고 했고 나는 그러겠다고 했다. 그녀는 발소리를 죽이고 부엌으로 가서 작은 주전자에 물을 붓고, 커피와 설탕, 티스푼을 꺼냈다. 잠시 후 그녀가 커피를 펄펄 끓여서 작은 쟁반에 얹어 내왔다. 그리고 커피를 따르지 않고 잠시 그대로 놓아두었다. 우아하게, 마치 와인처럼.

나는 조그만 컵에 따른 커피를 마셨고, 나빌라는 구경만 했다.

설탕은 충분해?

네.

일전에 조지의 컵을 보고 점을 쳤는데, 어둡더라. 아주 어두웠어. 네 것을 좀 보자.

나는 그런 거 안 믿어요. 나는 작은 소리로 말했다.

그녀가 내 컵을 들고 안을 들여다보았다. 파도와 먼 나라, 한 여자와 세 개의 표적이 보인다고 했다.

흔한 미신적 해석이네요.

아니야! 정말 보여. 이것 봐, 보이지? 이건 길이고 이건 바다, 그리고 이건 여자. 보이지?

아뇨. 근데…….

그녀에게서 밤의 냄새가 났다. 나는 그녀의 무릎에 손을 슬쩍 얹었다.

나빌라는 내 손을 잡아 꼭 쥐고 내 가슴에 갖다 댔다. 안 돼, 바쌈, 집에 가라. 그녀는 마치 엄마가 아들에게 하듯 내 손에 키스를 했다. 조지를 보살펴줘. 학교에 돌아가라고 해. 너도 학교로 돌아가야지. 넌 똑똑한 아이다, 책 읽기를 좋아했지. 어렸을 때는 네 삼촌과 시를 암송하기도 했고.

안녕히 주무세요.

가구티를 돌봐줘. 나빌라가 문까지 따라 나오며 말했다.

나는 집에 가서 잠자리에 들었다. 다음 날 아침, 싸아드는 이미 스웨덴으로 떠나고 없었다.

폭탄이 떨어졌고 전사들은 싸웠다. 사람들은 여전히 배를 채워야 했고 쓰레기는 거리 구석구석에 쌓여갔다. 고양이와 개들은 포식을 했고 점점 더 살이 쪘다. 부자들은 프랑스로 피난을 떠나며 키우던 개들을 거리에 풀어놓았다. 버림받은 개, 고급스런 개, 대소변을 가리는 개, 프랑스 이름을 가진 개, 나비넥타이를 맨 개, 털이 보풀보풀한 개, 잘 먹은 개, 작은 인형 같은 개, 유전자를 수정한 개, 근친 교배한 개 등 온갖 개들이 떼를 지어 몰려다녔다. 여남은 마리씩 사방을 배회하는 개들은 다리가 셋밖에 없는 어떤 똥개의 지휘하에 하나로 뭉쳤다. 비싼 애완견들이 들개가 되어 베이루트를 비롯한 천지를 배회하며 보름달을 향하여 울부짖었고, 길모퉁이에 산적해 있는 쓰레기더미를 뒤져 배를 채웠다.

여기저기 쌓인 쓰레기더미, 시체들 냄새, 썩고 거부당한 그 모든 것들의 광경은 정처 없는 나의 발걸음을 재촉했다. 그러다 보니 난 나도 모르게 주유소 쪽을 향하고 있었다. 차들이 연료통을 채우려고 길게 줄지어 있었다. 조지의 친구 칼릴이 지붕도 없고 차창도 없는 의용군 지프차를 타고 나타났다. 그가 북적이는 주유소 안으로 곧장 운전해 들어가더니 소총을 들고 차에서 내려 허공을 향해 발포했다. 줄 서 있는 차들에게 손을 흔들며 소리를 질러 대면서 뒤로 빼라, 앞으로 가라, 옆으로 옮기라는 등 명령을 해댔다. 그러고 나서 그는 또다시 공포를 쏘았다. 자동차들이 흩어지자 칼릴은 지프차를 주유기에 갖다 대고 연료통을 채운 다음 그대로 어디론가 가버렸다.

그날 밤 나는 옥상에 올라갔다. 충돌하는 별들처럼 폭발하는 폭탄은 없었다. 거꾸로 뒤집혀 내 머리 위를 뒤덮고 있는 칙칙한 습지 같은, 어둑하고 고요한 하늘을 나는 쳐다보았다. 하늘이 금방이라도 쏟아져 내려 어둠을 퍼뜨리고 모든 것을 삼켜버릴 것만 같았다. 옥상에 커다란 물통이 있었는데 나는 보통 그 밑에다 내 물건들을 감췄다. 거기에서 짧은 호스를 꺼내어 허리에 두르고 조지를 기다렸다. 둥근 보름달이 베이루트의 하늘을 맴돌았다. 달과 나는, 촛불이 묵묵히 흔들리는 방에서 젊은 처녀들이 잠옷을 갈아

입고 싱글 침대에 드는 것을 구경했다. 그녀들은 자밀레 혹은 조제트 같은 이름의 할머니들이 채워 넣은 거위 깃털 베개에 곱게 빗질한 머리를 맡겼다. 그녀들은 엄마의 눈을 피해 면이나 실크 침대보로 음모를 가리고 공상에 빠져들었다. 촌스러운 옷차림에 스포츠카를 모는 털이 없는 백인, 외국말로 얘기해주는 비밀스런 동화로 침대보 밑 그녀들의 발가락을 비비 꼬이게 해주는 백인을 꿈꿨다.

나의 공범자는 음탕한 달이었다. 달은 비추었고, 나는 구경했다.

조지가 와서 나를 태우고 수르소크로 오토바이를 몰았다. 예로부터 하녀들을 둔 부유한 주부들이 사는 부르주아들의 동네였다. 그녀들은 세련된 프랑스제 옷을 입었고, 집 안에는 작은 방 하나 크기의 벽장에 가죽 구두가 가득했다. 모두 파리에 아파트 한 채 정도는 가지고 있었다. 그녀들의 남편은 담배, 그릇, 자동차 부품 수입 등의 사업을 하며, 일요일이나 금요일도 없이 밤낮으로 부려 먹어 손가락에 멍이 든 인부들이 있는 아프리카의 코코아 농장 지주들의 손자들이나, 초콜릿 공장 주인들의 조카들이 앉아 있는 스위스 은행의 마호가니 책상 앞에서 헛기침을 하는 이들이었다. 그들은 벨벳이 깔린 레스토랑에서 식사를 했고, 포르투갈 출신 청소부들이 청소하고 두꺼운 타월을 갈아주는 고급 호텔의 큰 침대에 머물렀다. 굵은 쿠바 시가를 빼끔대며 금 손목시계를 들여다보았고, 엘리베이터용 음악이 흐르는 곳에서 코냑을 마시며 그들은 '선적'이니 '송장送狀'이니 하는 더러운 말들을 내뱉었다. 거울과 대머리 바텐더들은 그들이 하는 말을 반사했다. 바텐더들은 따분하고 씁쓸한 표정의 창녀들, 치렁치렁한 은 귀걸이가 고급스런 양장 어깨까지 침 흘리듯 늘어진 창녀들, 여러 나라 말을 하는 창녀들에게 그 말을 반사해주었다.

미제 차들은 연료통이 잠겨 있지 않아. 내가 조지에게 말했다. 그것들이 비워내기에 딱 좋은 차들이다.

우리는 흰색 뷰익 옆에 섰다. 나는 허리에 두르고 있던 호스를 뽑았다. 호스를 빙빙 돌리자 휘파람 소리가 났다. 조지가 웃었다. 그래서 나는 호스를 좀 더 돌려 휘파람 소리를 냈다. 나는 연료통 뚜껑을 열었고 조지는 오토바이를 그 옆에 뉘었다. 내가 연료통에 호스를 쑤셔 넣자, 그것은 땅굴로 들어가는 뱀처럼 매끄럽게 미끄러져 들어갔다. 호스 한쪽에 입술을 대고 빨자 가솔린이 이빨을 향해 돌진했다. 나는 그 흐름을 오토바이 연료통으로 돌렸다. 연료통이 꽉 차자 우리는 살살 기어 달아나 안개와 이슬의 밤 속으로 증발했다. 목구멍의 가솔린 냄새 때문에 속이 메스꺼워 가게에 들러 우유를 한 캔 샀다. 나는 우유를 마시고 두 대의 녹슨 자동차 사이에 빵과 독을 토해냈다.

목요일 아침, 나는 다시 포커 오락실에 들렀다. 그에게 약간의 돈을 건네주고 포커 게임기를 마주보고 앉아 게임을 했다. 스크린에 게임 머니가 올라갔다. 내 자리에서 두 자리 건너에 면도를 하지 않은 노인이 앉아 있었다. 담배가 입술 가까이 바짝 타들어가며 그의 주름진 눈꺼풀이 경련했다. 그는 스크린을 거의 보지도 않고 마구잡이로 버튼을 누르고 있었다.

나는 그의 속도, 초연한 태도, 팔자와 운수에 대한 익숙함, 손실에 대한 무관심, 침묵, 평정을 흉내 내려고 했다. 패배자인 그는 마치 천장에서 늘어뜨린 밧줄에 매달린 것처럼 의자의 가장자리에 걸터앉아, 양손을 쳐들어 자멸적인 자유낙하를 하듯 오락기의 둥근 버튼을 내리눌렀다.

그날 저녁 나는 조지의 집에 갔다. 조지는 프랑스식 층층다리 옆의 오래된 석조가옥에서 혼자 살았다. 천장이 높은 그 집에는 가구가 별로 없었다. 벽에는 고인이 된 그의 엄마 사진만 한 장 달랑 걸렸고, 그 외에 있는 것이라곤 공허함뿐이었다. 조지는 스스로 제 아버지 얘기를 한 적이 없었지만, 알려진 바에 의하면 아버지는 프랑스인이었다고 한다. 이 이국땅에 와서 젊은 엄마의 자궁에 씨 하나 심어놓고 철새처럼 북으로 다시 날아갔다고 한다.

나는 그날 아침에 딴 돈을 세어 절반을 조지에게 주었다.

우리는 말소리가 울리는 거실 한복판의 낡은 소파에 앉았다. 음모를 속삭이며 돈을 주고받으며. 또 맥주를 마시며 부드러운 흰 종이에 대마초를 말아 피우며. 나는 로마를 찬미했다.

로마? 왜 미국으로 가지 않고? 로마에는 장래성이 없다. 그래, 건물들이 멋지긴 하지만 그래도 미국이 더 낫지.

조지, 넌 어때? 너도 같이 갈래, 아니면 여기 그냥 남을래?

난 남겠다. 나는 여기가 좋아.

조지가 음악을 틀었다. 우리는 노래를 따라 부르며 술을 마셨다.

내 오토바이에 손을 좀 볼 데가 있다. 배기통을 갈아야 해. 화요일 아침에 카지노에 들러 한 번 더 게임을 해라. 좀 더 해먹는다고 어디 탈나지는 않겠지. 그리고 이번에는 여유 있게 해. 지난번에 보니까 주변을 경계하는 폼이 아주 표시를 내더라, 표시를 내. 아부나라 똘마니들은 걱정하지 마. 무언가 낌새가 수상쩍으면 너한테 얼음 넣지 않은 위스키를 가져다줄 테니까 그것을 신호로 삼아 자리를 뜨면 돼. 로마 친구, 카피체^{알겠지?}

우리는 둘 다 정신이 몽롱하고 졸렸다. 또 부자가 된 느낌이 들었다.

그날 밤 나는 소파에서 잠이 들었고 조지는 제 엄마의 침대를 썼다.

새벽빛이 내 갈색 눈에 갑자기 들이닥쳐 눈꺼풀을 잡아당기며 함께 걷자고 하는 바람에 나는 잠을 깼다.

조지는 아직 잠들어 있었다. 탁자 위의 지폐가 권총에 눌려 있었다. 제아무리 강한 바람이 불어도 저 돈만은 날려 보낼 수 없을 것이라는 생각이 들었다. 그 시간에 본 도시는 고요했다. 거리는 아침 먼지와 주차된 자동차들이 쌓여 있었다. 아침 일찍 문을 여는 새피네 빵집 외에는 모두 닫혀 있었다. 나는 빵집에서 만우쉬 파이타임 파이를 하나 사 먹었다. 택시들은 아직 영업을 개시하지 않았고 가게들도 아직 철문을 올리지 않았다. 여자들이 커피를 끓이는 냄새도 아직 나지 않았고 경마장의 트랙을 달리는 말도 아직은 없었다. 도박꾼들도 아직 활동을 시작하지 않았고 총을 닦는 전투요원들도 아직은 보이지 않았다. 모두 아직 잠들어 있었다. 베이루트는 지금으로선 안전했다.

4

1만 개의 폭탄이 떨어졌다. 나는 죽음을 기다렸다. 죽음이 찾아와 그날치의 팔다리와 피를 가져가길 기다렸다. 나는 폭탄이 떨어지는 거리를 걸었다. 거리는 텅 비어 있었다. 모여 사는 쥐처럼 지하 방공호에 숨어 있는 사람들의 머리 위를 걸었다. 나무 전봇대에 붙어 있는 죽은 젊은이들의 사진을 지나가며 바라보았고, 건물 입구의 한쪽 구석에 차려놓은 작은 감실龕室에 고개를 돌리기도 했다.

베이루트는 전시에 처한 그 어느 도시보다도 고요했다.

거리의 주인이기라도 한 듯 나는 길 한복판을 걸었다. 더할 나위 없이 고요한 도시, 텅 빈 도시, 그래서 내 맘에 쏙 드는 도시를 나는 걸었다. 모든 도시는 인간을 비워내고 개에게 넘겨져야 한다.

멀지 않은 곳에 폭탄이 떨어지는 소리가 들렸다. 나는 어디에서든 연기가 나리라는 생각으로 여기저기 둘러보았다. 신음과 비명 소리가 나기를 기다렸지만 연기도 나지 않았고 아무런 소리도 들리지 않았다. 그 폭탄에 맞은 게 나인지도 모른다. 나는 어쩌면 죽었는지 모른다. 자동차의 뒷좌석에 실려 기운차게 작은 분수를 뿜어내어 낯선 사람의 옷을 물들이고, 나는 이미 죽었는지 모른다. 내 흘린 피를 군 지휘자들이 마셨을지 모른다. 혹은 갈증을 풀지 못하는 어떤 신이 마셨을지도 모른다. 자기 종족이 저지르는 살육과 유혈 폭력을 칭찬하는 옹졸한 부족 신, 질투의 신, 편애하는 신, 제사용 납 그릇과 은제 그릇에 의해 중독되고 있는 신, 여제사장들의 난교 파티와 중매결혼에 괴로워하는 신, 물에 포도주를 섞는 신, 염소 가죽을 걸친 선지자들에게, 거세된 성인들에게, 그리고 거세당한 모의꾼들에게 칼을 갈아서 건네어주는 외롭고 정신이 이상한 신, 이 상상의 신이 내 피를 마셨을지 모른다.

어떤 노파의 집 발코니 새장 밑에 웅크리고 앉아 있는 고양이가 보였다. 어떤 굶주린 순종 개가 제 이빨을 묻을 연한 시체의 팔다리를 찾아 돌아다니고 있었다. 인육은 우리 개들에게 금지되어 있지 않다, 그런 법은 인간에게만 적용된다. 털을 깎지 않은 푸들이 내게 말했다. 나는 고개를 끄덕여 동감을 표시하고 계속 발걸음을 옮겼다. 소총 소리가 났다. 또다시 폭탄이 터지는 소리가 났다. 이번 폭격은 무슬림 쪽을 향한 것이었다. 더 많은 어린 소녀들이 상처를 입고 피를 흘릴 것이다. 발사되는 폭탄이 떨어진 폭탄보다 더 시끄럽다.

나는 거리의 한복판에 서서 담배를 말았다. 나는 들이쉬고 내쉬었으며 내 입에서 나오는 담배연기는 방패처럼 불어났다. 내 쪽으로 날아온 폭탄은 방패에 맞아 비껴 나갔고 퉁겨진 폭탄은 머나 먼 행성을 향하여 하늘로 급히 튀어 올랐다.

밤은 변함없이 다시 찾아왔다. 조지와 나는 산에 가기로 했다. 우리는 브루마나를 향했다. 부자들의 비싼 은신처로 바뀐 고산지대의 마을이었다. 몸놀림이 잰 웨이터들과 둥근 테이블이 있는 술집과 카페가 도처에 널렸다. 짙게 화장한 얼굴에 반쯤은 몸을 드러낸 여자들이 좁은 거리를 어슬렁거렸다. 룸미러에 십자가가 매달린 메르세데스를 탄 의용군들이 여자들 옆을 지나갔다. 레스토랑마다 크게 틀어놓은 댄스 뮤직이 거리로 흘러나왔다. 어떤 클럽에 들어간 우리는 테이블에 자리를 잡았다. 춤추는 사람들은 남녀가 짝을 맞춰 춤추고 있었고, 그렇지 않은 사람들은 묵묵히 술만 마시고 있었다. 전쟁이 침묵을 퍼뜨린다는 것을 몰랐다는 말인가? 전쟁이 혀를 자르고 돌을 부수어버린다는 것을 몰랐다는 말인가? 그러니 사람들이 아무런 말이 없지. 술이 내게 말했다.

조지와 나에게서 탈취제, 실크 셔츠, 모조 시계, 면도 크림 냄새가 났다. 조지가 파란 드레스를 입은 여자를 가리켜 보이며 말했다. 난 저 여자가 맘에 든다. 나는 조지가 여자에게 미소를 지어 보이는 동안 위스키 두 잔을 시켰다. 여자가 제 친구에게 얼굴을 돌렸다. 그러고 나서 둘이 같이 우리 쪽을 쳐다보며 킥킥거렸다. 야, 가자. 조지가 말했다. 조지가 여자들에게 갔다. 조지가 파란 드레스를 입은 여자와 얘기하는 동안 나는 내가 있던 자리에 그대로 있었다. 나는 술값을 치르고 위스키를 홀짝이며 사람들을 하나

하나 바라보았다. 조지의 손이 바쁘게 움직였다. 여자의 어깨에 그의 가슴이 기울고 있었다. 댄스 플로어의 여자들이 아랍 음악에 맞추어 엉덩이를 흔들어댔다. 콧수염이 수북한 어떤 사내가 내 어깨에 손을 얹으며 말을 걸었다. 젊은이, 이 세상에는 아무것도 없네, 살 가치가 있는 것은 아무것도 없다고. 그러니 마음껏 즐기게. 내일이면 우리 모두 죽을지 모르니까. 자, 얄라건배! 사내의 잔이 내 잔에 부딪혔다. 그리고 사내는 양팔을 허공에 쳐들고 몸을 흔들면서 댄스 플로어로 나갔다. 사내의 손에는 빈 잔이 들려 있었고 아랫입술에는 담배가 얹혀 있었다.

조지가 테이블로 돌아와 내게 기대어 속삭였다. 왜 따라오지 않았냐? 쟤 친구가 혼자가 됐잖아. 쟤들이 너에 관해 묻더라. 불어로, 아, 고 예쁜 게 불어로 말하더라고! 쟤 전화번호를 받았다. 그거 내 술이니? 너도 왔어야 했는데. 쟤들 부자다. 이제 집에 가려는 참이라고 한다. 우리에게 차가 있다면 쟤들 모두 우리 집에 데려갈 수 있을 텐데.

나는 술을 들이켰고 조지는 댄스 플로어에 나가 혼자 춤을 추었다. 그는 춤을 추며 계속 술을 들이켰다.

한참 있다가 조지가 자리로 돌아와 웨이터를 불러 돈을 내고는 술을 더 마셨다.

가만히 안 둘 거야. 내가 가만히 안 둘 거야.

누구를? 내가 물었다.

신과 모든 천사들과 그의 왕국을.

조지는 만취해서 횡설수설하며 거칠어졌다. 그가 권총을 뽑아

들고 소리쳤다. 내가 모두 가만히 안 둘 거야. 내가 조지의 손을 잡고 테이블 아래로 끌어당겨 총구를 바닥으로 향하게 했다. 그리고 그에게 부드럽게 속삭였다. 네 엄마 무덤을 두고 제발 부탁이다……. 친형제와도 같은 내가, 너를 위하여 피라도 흘릴 이 바쌈이 부탁한다. 그 총 이리 다오.

조지의 뺨에 키스를 한 다음 나는 그의 어깨에 팔을 두르고 진정시켰다. 그리고 천천히 그의 손에서 잡아 뺀 권총을 내 허리춤에 숨겼다. 총은 내가 가진 셔츠 중에서 가장 비싼 실크 셔츠에 가려졌다. 나는 조지를 데리고 자리를 뜨려고 했지만 녀석이 안 가겠다고 뻗댔다. 나는 다시 애걸을 하며 달콤한 말과 칭찬과 키스를 퍼부었다.

나중에 우리 둘이 모두 박살내자. 조지, 걱정 마. 내일 우리 함께 모든 자동차와 거울과 타이어를 박살내자. 알라와 예수와 그의 천사들을 봐서라도 이제 그만 가자, 가자고.

우리는 결국 밖으로 나와 걸었다. 조지는 욕설을 해대며 지나가는 사람들을 밀치고 소리를 질러댔다. 나는 아버지도, 엄마도, 신도 없다, 이 개자식들아. 이 갈보들아, 난 너희 모두를 살 돈이 있다! 조지가 주머니에서 지폐를 꺼내 공중에 던졌다.

나는 조지를 잡아끌어 큰길에서 샛길로 빠졌다. 들어선 길은 카페와 사창 집이 줄지어 있는 골목이었다. 작은 시골집들을 벨벳 소파와 분홍색 네온사인을 들여 화려하게 개조한 환락의 뒷골목이었다. 어떤 청년이 음악 소리가 흘러나오는 쪽으로 서둘러 가고 있었다. 나는 그에게 밤을 보낼 만한 마땅한 곳이 있는지 물었다.

그가 어떤 여관을 가리켰다. 조지와 나는 그 여관을 찾아갔다. 나는 조지를 길가에 기대어 앉혀놓고 여관으로 들어갔다. 그리고 방을 잡아놓고 다시 나와 조지를 방으로 데리고 올라가 침대에 눕혔다. 그는 잠이 들었다.

밖은 아직 어두웠고 시끄러웠다. 동네의 네온 불빛은 여전히 깜박이며 젊은이들을 불렀다. 나는 그 모든 유혹을 무시하고 조지의 오토바이를 타고 베이루트 시내를 향해 달렸다.

바람이 나를 깨어나게 했다. 나는 나를 깬 바람처럼 달렸다. 아니, 나는 그 바람보다 더 빨리 달렸다. 나는 날아가는 총알처럼 빠르게 시간과 공간을 벗어나려 달렸다. 죽음을 직시하고 그에 맞서는 자에게 죽음은 오지 않는다. 죽음은 예측할 수 없는 배반자며, 심약한 자들을 알아보고 눈먼 자들만을 내리치는 겁쟁이다. 나는 구불구불한 길을 날아가듯 달렸다. 거친 산을 미끄러지듯 내려갔고, 자동차들의 헤드라이트를 스치며 달렸다. 망각의 나무들과 밤이 되어 시든 야생화들을 스치며 달렸다. 나는 시위에 메긴은 화살이요 신의 창이었으며, 오대양을 항해하는 상인이자 야행하는 도둑이었다. 나는 바람을 부수고 땅을 깨우는 강렬한 기계를 타고 비상하듯 달렸다. 나는 왕이었다.

검문소에서 웬 어린놈이 내게 AK47을 들이댔다.

신분증!

나는 그에게 내 출생증명서를 건네주었다. 내 사진과 나이, 출생지, 선조들의 혈통, 눈 색깔, 종교가 기재되어 있는 신분증이었다. 그 사진은 아르메니아인 사진사가 아끼는 4×5 카메라를 향해 웃는 사진이었다. 카메라는 사진사의 아버지가 러시아에서 가져온 것이었다. 사진사의 아버지가 그 카메라를 둘러메고 시리아의 사막을 돌아다닐 때 그의 사촌들은 새파랗게 젊은 터키인들에게 집 앞에서 살육당했다. 그 터키인들은 높이 달린 십자가에 소총을 쏘고 염소들을 죽이며 찬란한 현대식 군가를 불렀다.

오토바이는 누구 것이냐? 녀석이 물었다.

내 친구 거다.

손 들어.

나는 손을 들었다. 녀석이 내 몸을 더듬었다. 내 허리춤의 권총이 만져지자 녀석이 내 목을 손으로 누르고 재빨리 권총을 뽑았다. 그리고 뒤로 물러서며 소총으로 내 얼굴을 겨누었다.

오토바이에서 내려, 천천히. 땅바닥에 엎드려.

나는 복종했다.

네 친구 누구 거냐?

조지, 별명은 드 니로다.

총기 허가증서는 있냐?

없다.

그대로 있어. 땅바닥에 엎드린 채로 움직이지 마라. 발가락 하나라도 까딱하면 쏠 것이다.

그가 상관을 불렀다. 콧수염과 턱수염을 기른 30대의 사내가 내게로 왔다. 검은색 티셔츠 차림에 군화를 신고 있었다. 그가 조지의 권총을 마치 자기 총인 것처럼 들고 있었다.

이 총, 훔친 거지? 그가 내 얼굴에 손전등을 비추며 물었다.

아뇨.

네 이름이 뭐냐?

바쌈입니다.

사는 곳은?

아크라피에입니다.

직업은?

부두에서 일합니다.

그럼 이 총은 거기서 도둑질했겠군.

아닙니다.

아니긴 뭐가 아냐. 너, 부두에서 일하면서 물건들을 훔쳐내지, 그렇지? 이 도둑놈아.

이 전쟁에서 도둑 아닌 사람이 어디 있나요?

말대꾸를 해! 사내가 내 뺨을 때리고 나를 질질 끌고 가더니 그의 초록색 지프차에 밀어 넣었다. 그리고 돌아서서 하이에나처럼 씩씩거리며 걸어가면서 총구를 모래 땅바닥으로 향하고 총을 휘둘렀다.

세 시간이 지났다. 그런데 나는 아직도 지프차 뒤에 갇혀 있었다. 새벽녘이 되어 빛이 어둠에 칠을 하면서 마침내 아침 태양이 어둠을 완전히 지웠을 때, 나를 검거한 그 어린 의용군 놈이 내가 타고 온 오토바이를 몰고 언덕들 사이로 사라졌다. 검문소는 철거되었고 나는 움직이는 지프차 뒤에서 산속 공기와 허기를 느끼고 있었다.

운전석의 의용군은 부상자를 병원으로 급송하는 앰불런스처럼 미친 듯이 차를 몰았다. 지프차가 덜커덩거릴 때마다 내 몸이 공중에 뜬 다음 뒹굴며 사방에 부딪혔다. 나는 나뭇가지에 매달린 원숭이마냥 뒷좌석의 가로대를 꼭 붙잡고 매달렸다. 내 상체는 그네처럼 가로대에 매달렸고 두 발은 춤추는 말의 앞발처럼 허공을 허우적댔다. 그자가 좁은 일방통행로를 거꾸로 달렸다. 맞은편에서 오던 차들은 겁을 먹고 후진하지 않을 수 없었다. 그가 급브레이크를 밟자 타이어가 아스팔트와 마찰하며 날카로운 소리를 냈다. 나는 잡고 있던 가로대를 손에서 놓치며 바닥에 내동댕이쳐졌다. 나는 고통에 신음했다. 그자가 지프차에서 내리더니 총을 꺼내어 하늘에 대고 쏘았다. 맞은편에서 오던 차들이 겁에 질려 경적을 울리며 다투어 후진했다. 그는 두 다리를 쫙 벌리고 길 한복판에 떡 버텨 섰다. 총구는 공중을 향해 있었다. 그의 어깨는 축 늘어졌고, 머리는 벽돌을 얹어놓은 것 같았다. 그가 총을 든 팔을 내렸다. 차들이 비키기를 기다리다가 금세 다시 총을 든 팔을 쳐들어 공포를 몇 발 더 발사했다. 길이 뚫리자 그가 차에 올랐다. 그리고 간결한 표현으로 모든 크리스천 성인들을 욕하고는 언덕 위의 군사 기지로 차를 몰았다.

나는 어느 사무실로 연행되었다. 알레이에스라는 이름으로 알려져 있는 최고 사령관의 사진이 사무실 벽에 걸려 있었다. 밖으로 삼나무와 깃발이 보였다.

게 앉아. 자, 이 총으로 누구를 쏘려고 한 거지? 의용군이 내 주변을 돌면서 물었다. 어디서 난 총이냐? 오토바이는 누구에게서 훔쳤지?

조지의 것입니다. 드 니로라고 알려져 있죠. 조지는 내 친구입니다. 아부나라 밑에서 일합니다. 총과 오토바이는 조지의 것입니다. 나는 아무것도 훔치지 않았어요.

아부나라 사령관?

네.

아부나라 사령관에게 전화해서 알아봐야겠군. 그런데 왜 네 녀석이 그 친구의 총을 가지고 있지?

조지가 술이 많이 취해서, 그래서 내가 뺏어서 보관하는 겁니다.

아부나라 사령관에게 확인해보겠다. 만일 거짓말이면 네 녀석은 감방에서 썩을 거다. 알겠나? 네 친구 이름이 뭐라고 했지?

조지. 사령관에게 '드 니로'라고 하면 누군지 알 겁니다.

그 녀석이 드 니로면 네놈은 뭐냐? 알 파치노?

나를 연행한 그자가 스펀지 매트리스가 있는 어떤 빈방에 나를 처넣었다. 나는 잠이 들었다. 얼마 후에 잠이 깬 나는 콘크리트 벽을 바라보며 그대로 누워 있었다. 매트리스는 담배에 탄 자국투성이였다. 나는 주머니에서 담뱃갑을 꺼냈다. 담뱃갑은 눌려서 납작해져 있었다. 주머니를 뒤졌지만 성냥이 없었다. 방문을 두드렸지만 아무도 응답하지 않았다. 문에 귀를 대보았지만 멀리에서 흘러오는 라디오 소리만 들릴 뿐이었다. 복도를 통해 흘러온 그 희미한 라디오 소리는 페이루즈의 엘레지였다.

다음 날 드 니로가 아부나라에게 석방 명령을 받아 와서 나는 풀려났다.

조지와 나는 오토바이를 타고 큰길을 달렸다. 견딜 수 없는 더위였다. 택시 운전사들은 저마다 길보퉁이에 낡은 벤츠를 세워놓고 더러운 벽의 그늘 속에서 대기하고 있었다. 우리 오토바이는 천둥소리를 내며 밀린 차 사이를 빠져나갔다. 보도와 골목길을 질주하고 차도의 중앙선을 밟고 나아갔으며 흙먼지가 자욱한 비포장도로를 달렸다.

흙먼지가 가게 유리창으로 날렸고, 부드럽고 노출된 허벅지에 내려앉았다. 흙먼지를 들이쉬지 않는 사람이 없었다. 눈을 돌리는 곳마다 흙먼지가 날리지 않는 곳이 없었다. 장의사의 삽에서 날린 먼지, 폭격으로 생긴 먼지, 무너진 벽에서 날린 먼지, 성목요일 크리스천들의 이마에 묻은 재에서 날린 먼지. 먼지. 먼지. 붙임성이 좋은 먼지는 우리 모두를 사랑했다. 먼지는 베이루트의 친구였다.

뭣 좀 먹자. 내가 조지에게 말했다.
만우쉬 파이로 할까 아니면 쿠나파^{치즈파이}로 할까?
쿠나파.
우리는 방충 덧문이 있는 가게로 들어가 원형 테이블에 앉았다. 벽에 걸린 거울은 얼룩져서 거의 아무것도 비치지 않았다. 카운터에서 일하는 사내는 콧수염이 더부룩했고 여러 가지 칼들을 사용하고 있었다. 나는 물을 마셨다. 조지는 담배에 불을 붙였다. 품에 어린아이를 안은 여자가 들어왔다. 라디오에서 뉴스가 나오고 있었다. 두 명의 사망자, 다섯 명의 부상자에 관한 어떤 뉴스, 한 아랍 외교관의 베이루트 방문에 관한 뉴스, 베이루트를 방문 중인 미국 외교관에 관한 뉴스 등이었다. 보름달에 외교관의 깃발이 꽂혀 있었고 외계의 저격병이 그것을 사격 연습용으로 삼고 있었다.

우리는 쿠나파를 먹었다. 나는 어린아이가 노는 것을 바라보았다. 아이는 입에 플라스틱 총을 대고 잘근거렸다. 나는 면도와 목욕을 해야겠다고 생각했다. 우리는 모두 물이 필요했다. 나는 테이블 밑으로 조지의 총을 돌려주었다. 조지의 담배가 재떨이에서 타들어갔다. 내 담배는 아직 조지의 담뱃갑 속에 있었다. 조지의 슬픈 눈을 들여다보며 문득 그에게는 엄마가 없다는 게 생각났다. 그의 아버지도 멀리 떠나고 없다는 생각이 들자 내 처지를 돌아보게 되었다. 아버지가 죽고 나서 나임 삼촌이 얼마나 자주 우리 집에 왔는지 생각했다. 나는 일요일이면 삼촌을 보곤 했다. 삼촌은 우리에게 생활비를 보태주었다. 엄마는 눈을 내리깔고 돈을 받았으며 받은 돈을 가슴에 찔러 넣곤 했다. 나임 삼촌은 날 데리고 멀리까지 산책했고 또 옷과 책을 사주었다. 내가 삼촌에게 아버지가 하느님과 함께 있느냐고 물었던 적이 있다. 하느님은 없으며, 그것은 인간이 꾸며낸 얘기라는 것이 그때 삼촌의 대답이었다.

식사를 다 마치자 조지가 내게 담배 한 개비를 건넸다. 나는 엄마 생각이 났다. 하루 종일 부엌에서 살다시피 하면서 불평을 일삼고 삼촌에게 돈을 요구하곤 했던 엄마……. 삼촌은 공산주의자였다. 어느 날 밤, 삼촌은 서부 베이루트로 내뺐다. 의용군들이 삼촌을 찾으러 왔다. 그들은 한밤중에 우리 집 문을 두드렸고, 공산주의자 나임이 어디에 있는지 물었다.

　방충 덧문에 앉아 가게 안으로 들어올 궁리를 하고 있는 파리들을 가만히 쳐다보았다. 먼지만이 제 마음대로 들락날락했다. 베이루트는 로마의 옛 도시다. 우리의 발아래에 도시가 묻혀 있다. 로마인들도 먼지가 되었다. 우리가 문을 열고 가게를 나서는 그 틈을 타서 파리들이 쇄도해 들어왔다.

　조지가 나를 집까지 바래다주었다. 나는 고대 로마의 터전 위에서 잠을 잤다. 베이루트는 아직 먼지를 호흡하고 있는데 나는 꿈나라에 들었다.

5

매일 아침마다 우리 아파트의 여자들은 모닝커피를 마시려고 모였다. 그들은 야채, 고기, 과일 값 얘기를 했다. 또 해적선의 화려한 앵무새들처럼 뉴스에서 들은 얘기를 반복했다.

나는 여자들의 왁자지껄한 소리에 잠이 깼다. 세수를 하고 이빨을 닦고 있는데 누군가 라나의 이름을 부르는 소리가 들렸다. 나는 반바지 차림으로 거실로 나가 여자들에게 인사를 했다. 그러자 여자들이 큰 소리로 내 이름을 합창했다. 옆집 샐마가 내게 키스를 해달라고 했다. 이리 와서 이 샐마 아줌마에게 키스 좀 해라. 네가 아무리 다 컸어도 우리한테는 아직 어린애다.

나는 샐마 아줌마에게 키스를 하고 라나에게로 갔다. 라나의 얼굴이 빨개졌다. 아줌마들이 숨을 죽였다. 라나의 엄마가 미소를 지었다. 내가 라나를 바라보며 말했다. 아니, 너 여기서 노인네들과 노닥거리고나 있고, 대체 뭐 하는 거니?

아줌마들이 나에게 소리를 지르며 야유를 퍼부었다. 여기 노인네가 어디 있다고 그러는 거야, 어린것이!

나는 언제든 맘만 먹으면 내 서방에게 콩알 맛을 보이고 젊은 사내를 얻을 수 있다구. 아블라가 말했다. 아줌마들이 모두 웃었다.

라나의 얼굴이 다시 빨개졌다. 나는 웃었고 엄마는 싱글거리며 커피를 따랐다. 아줌마들은 모두 목청 높여 떠들었다. 그리고 라나가 마신 커피 잔 속을 보고 라나의 운세를 점쳤다. 짧은 스커트를 입은 라나의 모습은 숨을 멎게 할 정도였다. 그녀의 가슴은 호흡과 함께 솟았다 가라앉았다 했고, 눈가는 검은색으로 짙게 그려져 있었다. 그녀는 다리를 꼬고 앉아 있었다. 이렇게 그녀의 처녀성은 육식동물들의 눈과 혀, 갈고리 이빨들에게서 보호되고 있었다.

나는 밖으로 나가 아파트 현관 앞에서 라나를 기다렸다. 머잖아 라나가 엄마와 함께 내려왔다. 라나의 엄마가 먼저 내 앞을 지나갔다. 나는 고개를 끄덕여 잘 가시라는 인사를 했다. 라나가 엄마 뒤를 따랐다. 내가 그녀의 손목을 잡아챘다.

그래, 커피 잔이 오늘 라나의 운세에 대해 뭐래?

내 손이 잡힐 거라고 하던데.

누가 잡는다든?

지금 꺼질 사람이.

안됐군.

아니, 나도 꺼지면 그리 안 될 것 없지.

오늘 저녁 6시에 데리러 갈게.

나 바빠.

뭘 하는데?

그냥 바빠. 바쌈, 제발 손 좀 놔. 사람들이 보잖아.

나는 쥔 손을 폈고, 그녀는 가버렸다.

아부나라가 나더러 의용군에 입대하라더라.

하지 마, 조지.

일선에 병력이 필요하대.

안 한다고 해.

그럼 난 내 일자리를 뺏길 거야. 조지가 위스키를 따르고 내 눈을 똑바로 쳐다봤다.

조지, 우리 이제 여기를 떠야겠다. 떠날 준비를 해야겠어. 크게 한탕 하고 뜨는 거야. 오락실에 현금이 충분할 때, 단번에 크게 챙길 수 있게 기회를 잘 봐야겠다. 좋은 기회가 오면 내게 알려줘. 나는 그의 눈을 마주보았다.

근데 너하고 라나는 어떤 관계니?

네가 어떻게 나와 라나에 대해 알고 있지?

이곳 사람들이 서로 모르는 게 어디 있을까. 라나가 다 컸더라.

내가 고개를 끄덕였다.

너 여기서 라나와 만나도 돼. 우리 집 열쇠를 네게 줄게. 울 엄마가 나타날 염려는 없으니까. 그가 나를 쳐다보고 싱긋 웃었다.

우리는 함께 술을 마셨다. 발코니에서 내다보이는 옥상들은 흰색 빨래, 텔레비전 안테나, 빈 물통들로 가득했다. 집들은 모두 처진 전깃줄로 이어져 있었고, 그 전깃줄들은 나무 전봇대에 연결되어 있었다. 유다가 목을 맬 나무 한 그루 없는 이 콘크리트의 도시는 전봇대 천지였으며, 여기에는 침략자들이 배회할 초원이 한 자락도 없었다. 물과 빵을 구하러 줄지어 차례를 기다려야 하는 인간과 납작한 지붕밖에 없는 이 도시, 베이루트. 포장도로 여기저기서 아이들의 자전거와 점토 낙서가 보였다. 집 안의 여자들은 부엌에 고립되어 요리를 하고 있었다. 아래층에서 라디오 소리가 들렸다. 어떤 애 엄마가 아이를 부르고 있었다. 좁은 길로 자동차 몇 대가 천천히 지나갔다. 침묵이 흘렀다. 폭격이 시작되기 전의 그 고요함이 흘렀다. 이빨이 서로 맞부딪히게 해서 부러뜨리는 폭격, 형이 입던 반바지에 아이들이 오줌을 싸게 하는 폭격, 소녀들이 때 아닌 생리를 하게 만드는 폭격, 유리창을 부수고 그 부서진 유리 조각으로 우리의 까무잡잡한 피부를 갈라 열어놓는 폭격, 그 폭격이 있기 전의 고요함이 무겁게 대지를 내리누르고 있었다.

위스키 하면, 뭐니 뭐니 해도 조니 워커야. 조지가 말했다. 얼음이 있든 없든, 이게 없으면 죽은 인생이다. 조지가 위스키 잔에 키스를 했다.

나는 라나네 아파트 근처에서 그녀를 기다렸다. 그러나 라나는 나타나지 않았다. 이웃에 사는 나흘라의 아들 대니가 벨아모스 자전거를 타고 있었다. 내가 녀석을 불렀다. 야, 이리 와봐. 너 아무도 모르게 다무니 씨 집에 슬쩍 들어가서 라나에게 이 편지 좀 주고 와라. 다른 사람이 이걸 보면 안 돼, 알겠지? 어, 야, 잠깐⋯⋯

이리 와! 알았어, 몰랐어? 다른 사람이 보면 안 된다.

알았어요. 꼬마가 고개를 끄덕였다.

내가 나중에 좋은 거 줄게. 이제 가봐라, 늑장 부리지 말고.

대니가 싱긋 웃고는 쏜살같이 층층계를 달려 내려가 비둘기처럼 라나네 아파트로 향했다.

라나와 나는 아파트 근처의 프랑스식 층층계 밑에서 만났다. 날이 저물자 자동차들 사이로 라나의 모습이 보였다. 그녀는 담 그늘에 몸을 숨기며 비탈길을 내려오고 있었다.

라나가 멀리서 나를 보고 조심스럽게 손을 흔들었다.

나는 그녀의 손을 잡고 건물 뒤쪽으로 돌아갔다. 그리고 벽에 기대어 그녀를 끌어당겼다.

이젠 더 이상 내 손을 그렇게 잡지 마. 라나가 항의했다.

아무도 안 보잖아.

먼저 허락을 받아야지. 그녀가 농담조로 말했다.

누구의 허락을?

내 허락을.

언제부터 그랬는데?

내가 싸움에서 이겼을 때부터. 어렸을 때 내가 너를 땅바닥에 넘어뜨리고 잘못했다는 말을 하게 만들었을 그때부터. 그녀가 웃었다.

나는 그녀의 뺨에 키스를 하고 허리를 감아 안았다.

그녀가 내 손을 잡아서 내게 도로 밀치고 천천히 나를 밀어내며 말했다.

여기선 안 돼.

가자.

나는 그녀의 손목을 잡고 계단을 올랐다. 그리고 칠흑 같은 어둠 속에서 조지의 집 문을 찾았다. 신혼 초야의 장님이 손가락으로 신부를 더듬듯, 여우 굴속의 사자처럼, 문손잡이를 찾았다. 나는 열쇠를 집어넣고 살살 부드럽게 손목을 돌렸다. 문이 열리자 라나의 손을 잡고 조지의 집 안으로 들어서며 그녀를 끌어당겼다. 그녀는 저항했지만 나는 그녀의 목에 키스를 했다. 나는 문을 걸어 잠그고 양초를 찾았다. 성냥을 긋자 불꽃이 내 손가락 끝에서 춤을 췄다. 라나가 훅 하고 입으로 불을 껐다. 아니, 불 켜지 마.

감미로운 폭탄의 폭포 아래에서 나는 그녀의 몸에 1만 번의 키스를 퍼부었다. 우리의 옷은 기도하기 위해 깔아놓은 양탄자처럼 바닥에 펼쳐졌고 우리의 몸은 춤추는 시체처럼 침대에 너부러졌다. 나는 그녀의 몸에 수천 번 더 키스를 퍼부었다. 폭격 소리가 점점 더 커지며 가까워졌다. 나는 그녀의 스커트 밑으로 손을 집어넣었다. 그녀는 내 손을 잡고 저항했다. 나는 다른 손을 그녀의 가슴으로 가져갔다. 그녀가 이 손은 내버려두었다. 그래서 나는 브라를 끌어내리고 그녀의 젖꼭지를 느꼈다. 짙고 부드럽고 뾰족하고 자애로운 젖꼭지. 나는 혀가 가는 곳을 따라 그녀의 배꼽까지 내려갔다. 그러자 그녀가 나를 밀어냈다.

그만해. 제발 그만, 바쌈. 그만. 울 엄마가 날 찾고 있을 거야. 내가 나다네 갔다 온다고 했거든. 나 그만 가야 해.

내가 바래다줄게.

걸어갈까? 아니면 뛰어갈까?

우리는 떨어지는 폭탄 속을 뛰었다. 아파트에 이르자 라나는 곧장 방공호로 내려갔고 나는 발길을 돌려 지상을 걸었다.

아부나라는 50대였다. 머리는 희었고 말할 때 금이빨이 하나 보였다. 원래 직업이 아랍어 교사였지만 그 일을 그만두고 크리스천 의용군의 고위 사령관이 되었다. 그는 대머리였고 둥글둥글하게 생겼으며 허리에는 언제나 권총을 차고 다녔다. 목에 걸고 다니는 길고 굵직한 목걸이에 달린 여러 아이콘과 십자가들이 그의 수북한 가슴 털을 내리눌렀다. 그는 동부 베이루트의 남쪽 지구를 책임지고 있었다. 민가, 주유소, 가게들의 조세를 징수하는 체계를 세워 전쟁을 지원한 덕분이었다. 미니 카지노나 포커 오락실을 시작한 것도 그였으며 그걸 통해서 상당한 돈을 거둬들였다. 아부나라는 대형 레인지 로버를 몰고 다녔다. 이 차를 차량 두 대가 항상 따라다니며 경호했다. 교통이 막힐 때는 경호원들이 차창 밖으로 총을 내밀어 공포를 쏘며 지존하신 전하의 행차에 거치적거리는 것이 없도록 했다. 아부나라를 모르는 사람은 없었다. 아부나라는 그리스도교, 돈, 권력에 심취해 있었다.

조지는 이모를 통해서 아부나라를 알게 되었다. 아부나라가 나빌라 이모에게 구애를 한 적이 있었기 때문이다. 나빌라는 사랑하는 조카를 위해 일자리를 만들어달라고 아부나라에게 부탁을 했고 그는 들어주었다. 나빌라가 아부나라를 차버리자 조지의 일자리가 위태로워졌다.

무슨 일이든 그 대가가 따르는 법이지. 아부나라가 나더러 의용군에 입대하라고 한다. 얼마 전에 칼릴을 내게 보내서 묻더라. 전선에 설 마음이 있냐고. 그 길로 칼릴과 같이 오라는 거였어.

그래 뭐라고 대답했니?

카지노를 비울 수 없다고 했지. 그랬더니 칼릴이 카지노 문을 닫을 때쯤 다시 오겠다고 했는데 오지 않았다. 칼릴이 그랬거든, 잠시 같이 어디 가서 총도 좀 쏘고, 탄창도 몇 개 비우고, 군인들도 만나보고 오자고 말이야. 그래 놓고 안 왔으니 내일은 들르겠지. 틀림없다.

나도 같이 가자. 칼릴과 만날 약속을 해. 혼자 가지 마. 내가 너와 같이 가마. 네 총에 탄알을 꽉꽉 재워놔.

그들이 우리의 카지노 작전을 눈치챘을까?

아니야. 하지만 만일의 경우에 대비해서 총알을 꽉 재워놔. 혹시 눈치챘다면 아부나라가 널 없애라는 명령을 내렸을 테니까. 내가 같이 갈게. 칼릴에게 만날 장소를 정해주기만 해.

동네 꼬마 대니가 작은 모래밭에서 공깃돌을 갖고 놀고 있었다. 내가 부르니까 녀석이 대번에 달려왔다.

저번 편지는 라나에게 직접 전달했지?

네.

라나가 뭐라고 하디?

편지를 읽고 웃었어요.

옜다. 나는 주머니에서 잔돈을 좀 꺼냈다. 가서 사탕이나 사 먹어라. 친구들과 나눠 먹어. 녀석이 친구들에게 달려갔다. 그러자 아이들이 모두 깡충깡충 뛰며 아부푸아드의 가게로 몰려갔다.

조지의 침대에 라나가 엎드려 있었다. 그녀가 발목을 위로 올리고 발가락을 가지런히 폈다. 그리고 내 가슴에 손을 얹었다.

나 사랑해?

내가 그녀에 입에 키스를 했다.

나 사랑해? 그녀가 더 큰 소리로 반복했다.

응, 물론이지. 이렇게 말하며 내뿜은 담배연기는 내가 한 말을 뭉갰다.

그녀가 내 턱을 잡고 눈을 들여다보았다.

날 봐, 내 눈을 보란 말이야. 나 사랑해?

응, 그렇다니까.

나는 같은 대답을 하고 그녀의 가슴에 키스를 하려고 했다. 하지만 그녀가 내 머리를 베개에 도로 밀쳐버렸다.

바쌈 알아비아드, 너 나한테 거짓말하면 가만 안 둘 거야! 난 널 알아. 넌 날 속일 수 없어. 상대는 나야, 라나라고, 기억해? 널 쏴 죽일 거야, 알아? 십자가에 맹세코, 널 쏴 죽일 거야.

나는 웃으며 그녀의 허리를 잡았다. 그녀는 입을 다문 채 높은 천장을 쳐다보다가 내게 키스를 했다. 그러고 나서 드레스를 매만지고, 브래지어를 끌어올린 다음 내게 제 지퍼를 올려달라고 했다. 나는 그녀의 어깨에 키스를 했고, 그녀는 가버렸다.

조지와 나는 전기회사 건물 근처에서 칼릴을 만났다. 칼릴은 지프차의 운전석에 앉아 있었다. 뒷좌석에는 별명이 아부하디드라는 의용군이 왼손에 체코제 소총 칼라슈니코프를 쥐고 앉아 있었다.

조지가 칼릴에게 키스를 하고 나를 소개했다. 우리는 잡담을 하면서 같이 아는 사람들이 있다는 것을 알게 되었다. 자동차와 총에 관한 얘기도 빠지지 않았다. 아부하디드는 부두에서 나와 함께 일하는 샤벨을 안다고 했다.

조지는 칼릴 옆자리에 앉았다. 나는 오토바이를 타고 지프차의 뒤를 따랐다. 우리는 인적이 없는 텅 빈 거리와 폭파된 건물들을 지났다. 그리고 검문소 몇 군데를 매끈하게 통과했다. 칼릴을 모르는 사람은 없었다.

우리는 의용군 본부로 갔다. 그곳에서 나는 나와 같은 학교에 다닌 두 녀석을 알아봤다. 요셉 샤이벤과 카밀 알라스파르. 둘 다 수염을 길렀으며 피곤하고 더러워 보였다. 요셉의 칼라슈니코프 개머리판에 성모 마리아의 그림이 붙어 있었다. 카밀은 저격용 소총을 들고 있었다. 요셉이 나를 보자 내게 총을 겨누었다. 서라, 여기는 불량 학생 출입금지 구역이다. 요셉이 이내 웃더니 내게 손을 내밀고 악수를 청했다.

우리는 각각 모래주머니와 드럼통 위에 앉았다. 그리고 잠시 후에 요셉이 나를 한쪽으로 데려가더니 적진의 위치를 가리켜 보였다. 저기야. 저기 큰 컨테이너 보여? 놈들이 그 뒤에 숨어 있다. 잘 봐. 야, 하싼! 이 개자식아! 요셉이 목청을 높였다.

적진에서 누군가 응답하며 요셉의 욕을 맞받았다.

놈이 방금 내 여동생 욕을 했냐? 요셉이 카밀에게 물었다.

넌 여동생이 없잖아.

그래도, 어쨌든 놈이 내 체면에 똥칠을 했잖아.

요셉이 노리쇠를 잡아당겼다. 그리고 히죽거리며 총을 겨누더니 적진의 하싼 쪽으로 방아쇠를 당겼다. 그러자 그 지대에 온통 불꽃이 튀기 시작했다. 사방에서 총알이 날랐다. 나는 몸을 웅크리고 모래주머니 방호벽에 기대앉았다. 요셉의 소총에서 튀어나온 뜨끈한 탄피가 내 발치에 떨어졌다. 사격이 멎었을 때 전진에서 하싼의 목소리가 들렸다. 그는 창녀가 어떻고, 크리스천 여편네들이 어떻고 하는 소리를 질러댔다. 모두 웃음을 터뜨렸다.

조지가 가까이에 있는 건물에서 소총을 한 자루 들고 나왔다. 얼굴에는 희색이 만연했다. 그가 칼릴과 함께 크게 웃었다. 칼릴이 조지의 어깨에 팔을 걸쳤다. 그리고 그들은 어디론가 걸어갔다.

내가 조지를 기다리는 동안 요셉이 지난 이틀 동안의 일을 들려주었다. 전투가 얼마나 격렬했는지, 비처럼 떨어지는 폭탄이 어떠했는지, 그리고 어떻게 진지를 사수하라고 강요받았는지를. 그들은 꼼짝도 할 수 없었다. 식량 보급 트럭은 오지 않았다. 그들은 굶주렸고 담배도 다 떨어졌다. 탄약이 다 떨어져가고 있었는데 마잘리스의용군 본부에서는 알 게 뭐냐는 식으로 지원병을 보내지도 않았다. 그는 담배연기를 내뿜으며 불평했다. 우리는 체계가 없어. 그가 나를 건물 안으로 데리고 들어가 담배 한 대를 권하며 말했다.

바쌈, 너 수아드 기억하니? 그 여선생. 그가 웃었다. 그 여자 다리 말이야. 아주 길고 잘빠졌던 거.

그 여자 지금 프랑스에 있다.

그래, 나도 알아. 그 프랑스인 선생한테 시집갔지. 여자들은 모두 프랑스 남자한테 시집을 가려고 한단 말이야.

그가 총을 집더니 내게 건네주었다. 자, 몇 발 쏴봐라. 혹시 알아? 재수가 좋아서 하싼의 엉덩이를 맞출지. 전에 내가 녀석의 혼쭐을 뺐던 적이 있다. 어느 날 내가 2층에서 보니까 녀석이 똥을 누고 있더라구. 그걸 보고는 서둘러 카밀에게 가서 저격용 소총을 가져다가 녀석의 가랑이 사이를 쏘았지. 그랬더니 그 자식이 바지를 내린 채로 도망갔다는 거 아니냐.

하싼을 죽이려고 쏜 게 아니었어?

아니, 아니. 그 자식과 나는 전쟁이 끝나면 한잔하기로 약속했거든.

나는 총을 물렸다. 요셉이 고개를 가로젓고 말했다. 넌 늘 말수가 없었지. 얌전한 놈이야, 넌……. 하지만 네가 학교에서 바알리니 형제와 싸운 일을 생각하면……. 너 그때 아주 독종처럼 들러붙어 끝까지 해댔지. 그래서 그다음부턴 학교 애들이 좀처럼 널 건드리지 않았던 거 기억난다. 근데 넌 여기 뭐 하러 온 거냐?

조지가 칼릴을 만나기로 해서 그냥 따라온 거야.

너희들, 의용군이 될 거니?

아니. 나는 고개를 가로저었다.

전에는 전 병력이 지원병이었지만 이제는 달라. 너도 입대해라. 이제는 봉급도 준다. 우리는 의용군에서 정규군으로 바뀌고 있어.

이제는 정식으로 군복도 입어야 하지. 전쟁 초기에는 모두 청바지 차림이었지만 말이야. 알레이에스 총사령관이 원대한 계획을 세우고 있다. 언제 한번 또 놀러 와.

　조지와 함께 집으로 돌아가는 길에 나는 칼릴이 원하는 게 뭔지 물었다.
　아무것도 아니야. 그냥 얘기나 하자는 거였어.
　그냥 얘기나 하자고?
　칼릴이 알고 있다.
　뭘?
　우리 게임에 대해서.
　아부나라도 안다든?
　아니. 칼릴이 제 몫을 떼어달라고 하더라.
　그가 어떻게 알아냈지?
　칼릴이 한때 포커 오락실에서 일했던 적이 있거든. 그래서 의심했던 거야. 내가 그에게 깜빡 넘어갔어. 내게 대뜸 그러더라. 아부나라에게 전갈을 받았다고. 아부나라가 그걸 다 알고 있다고. 기계 뒤에 계수기計數器가 있다는 거야. 그리고는 아부나라에게 내 얘기를 잘해주겠다고 하는 거야. 우리가 삥땅한 돈을 의용군에 돌려주면 모든 걸 용서하고 없었던 일로 하겠다고도 하고. 그래서 그런가 보다 하고 내가 그 사실을 인정하고 삥땅한 돈은 이미 다 써버리고 없다고 했어. 그랬더니 그 자식이 태도를 싹 바꾸면서 이 일을 아는 사람은 자기밖에 없다고 하면서 제 몫을 떼어달라는 거야.

칼릴, 그놈의 집이 어디니?

남쪽 다리 근처.

어디?

아포 위층. 람바아진^{고기파이} 파는 그 음식점 말이야.

혼자 살아?

응.

그러겠다고 해. 제 몫 떼어주겠다고.

나는 걸어서 남쪽 다리로 가서 칼릴의 집을 살폈다. 그 집 아래층의 음식점으로 들어가 람바아진 두 개를 주문했다. 나는 파이두 개를 다 먹고 이란^{요구르트}을 마신 뒤 위로 올라가 칼릴의 이름이 있는 버저를 찾았다. 그러나 그의 이름이 아무데도 보이지 않아 나는 그냥 집으로 되돌아왔다.

다음 날 정오에 조지가 우리 집에 왔다. 아르메니아 출신인 엄마는 조지에게 먹을 것을 권했다. 엄마가 조지의 뺨에 키스를 하고 그의 엄마 얘기를 했다. 네 엄마는 아주 좋은 여자였다. 천생 여자였지. 하느님의 은총이 네 엄마의 영혼과 함께하기를 바란다. 조지야, 네 엄마가 이렇게 착하고 잘생긴 사내로 장성한 너를 보면 무척 자랑스러워할 거다.

엄마는 조지에게 나빌라 이모와, 조지의 먼 친척 아저씨와 그 가족의 안부를 물었다. 조지의 접시에 음식을 듬뿍 덜어주며 엄마는 많이 먹으라고 했다. 그리고 항상 하는 똑같은 말을 반복했다. 레바논 사람들은 도무지 향신료를 제대로 쓸 줄을 모른다. 우리 아르메니아 사람들처럼 말이다.

조지가 엄마를 탄테^{이모}라고 부르고 손에 키스를 했다.

조지는 실컷 배를 채웠다. 그리고 나와 함께 내 방으로 들어갔다. 그는 내 침대에 길게 눕고 나는 소파에 누웠다.

칼릴이 얼마나 원하디?

절반. 그럼 너와 나는 각각 4분의 1씩 먹게 되지.

절반? 나도 있다는 걸 알기나 하고 그러는 거야?

공모자가 필요한 일이라는 건 그 자식도 알고 있어.

그놈한테 다리 아래서 보자고 해라.

안 올 거야. 칼릴은 뱀 같은 놈이다.

좋아, 그럼 우리가 전선으로 그 자식을 보러 가겠다고 해.

그날 밤, 사미어 알아프하메가 귀갓길에 치와와에게 공격을 받았다. 사미어 알아프하메는 베이루트가 파괴되기 전에 시내에서 법률 사무소를 운영하던 고명한 변호사였다. 하지만 이제는 일자리가 없어졌고, 그렇다고 다른 일을 하기에는 그의 자존심이 허락하지 않았다. 그래서 그는 미국 켄터키에 사는 아들이 보내주는 적은 돈으로 생계를 유지하고 있었다.

그가 산 같은 쓰레기더미 옆을 지나갈 때였다. 한 떼의 개들이 그를 향해 으르렁거렸다. 그에게 덤벼들었던 치와와의 주인은 마담 카라지였다. 전쟁이 발발하자 그녀는 허둥지둥 파리로 피난을 떠났다. 그녀는 베이루트를 동부와 서부로 가르는 검문소까지 택시를 타고 간 다음, 그곳에서 서부 베이루트의 어떤 부자에게 줄을 댈 공항으로 갈 수 있었다. 그녀를 공항까지 데려다준 사람은 전쟁 전에 그녀의 남편과 알고 지내던 이슬람 진영의 어떤 전역 대령이었다. 그 작은 개는 다리가 셋밖에 없는 왕초 개의 명령을 받들어 사미어 씨를 공격했다.

그다음 날, 사미어 씨는 의용군 본부를 찾아갔다. 그는 치와와가 자기를 공격한 일과 그의 집 근처에 떼로 몰려다니는 개들에 대해 불평을 했다. 그는 크리스천들의 영토를 점거하려는 개들의 야심에 대해 경고했다. 놈들은 날카로운 이빨의 위력을 자랑했고, 잘 개발된 위협술(으르렁거리기)을 발휘했다. 게다가 그들은 식량 보급선에 문제가 없었다. 광견병으로 눈이 벌게지고, 칫솔질하지 않은 잇몸에서 침을 질질 흘리게 되기까지, 언제까지고 배를 채울 수 있는 쓰레기더미의 지원을 받고 있는 터였다.

사미어 씨의 불평은 야만인 같은 무식한 지역 지휘관에 의해 묵살당했다. 그 지휘관은 다리를 벌리고 걷는 품이 오리 걸음걸이 같았고, 더운 날이나 추운 날을 막론하고 항상 무거운 군화를 신었다. 그의 냄새는 주변 사람의 콧구멍에 폭력을 행사했고, 야채나 닭을 훔치는 그의 좀도둑질은 중세 십자군 원정 길의 수도사를 생각나게 했다.

예수회 수사들에게 불어 교육, 규율, 엄밀한 세목 기록 훈련을 받은 변호사, 사미어 씨. 그는 안경을 벗어 들고 곧장 나빌라에게 달려갔다. 그는 층계를 기어올라 나빌라네 문을 두드렸다.

나빌라가 문을 열었다. 그녀는 맨발이었고 아주 조붓한 반바지를 입고 있었다. 이 차림은 그녀의 허벅지를 좀 더 둥그스름하고 관능적으로 보이게 했다. 거구의 사미어 씨, 법률가인 그의 신분을 알아보고, 그녀는 목소리를 가다듬고 머리 모양을 만졌다. 그는 격분하여 꼬랑지를 흔들었으며, 그 순간, 흥분이 되기도 했다. 사미어 씨가 고개를 숙여 나빌라에게 예의를 표했다. 그리고 그는 부패한 판사에게나 합당한 긴 독백적인 변론을 펼쳤다. 아프리카의 나무 그늘 아래서 암사자와 굶주린 새끼들이 포식하고 남길 찌꺼기를 기다리는 하이에나 떼 같은 배심원들에게나 합당한 긴 연설을 엄숙하게 늘어놓았다.

실례합니다, 나빌라 부인. 우리 동네에서 무슨 일이 일어나고 있는지 모든 사람들에게 알려야 하겠기에. 저어, 내가 간밤에 아주 귀여운 개 떼의 습격을 받았습니다. 네, 우리는 모두 하시라도 폭탄이나 총알에 죽을지 모릅니다. 하지만 누구 한 사람이라도 이 귀족 출신의 개들에게서 광견병 선물이라도 받는 날이면 전염병이 발병하게 될 것입니다. 내가 굳이 이렇게 부인을 찾아온 것은 말이죠, 부인의 조카가 총을 갖고 있고 또 의용군 부대에 친구들이 있다는 것을 알기 때문입니다. 어쩌면 조카가 높은 자리에 있는 사람을 알고 있을지도 모르고, 그렇다면 뭔가 조치를 취하도록 해주었으면 해서요. 총이 있고 또 사용법을 알면 내가 직접 그 개들을 없애버리겠습니다만……. 그놈들이 어린애들이나 여자들을 덮칠지도 모릅니다. 이 집에서 멀지 않은 곳에도 쓰레기더미가 있습니다. 그 개들이 부인이나 누군가에게 덤벼들지도…….

오, 이런 세상에! 물론이죠, 사미어 씨. 뭔가 조치를 취해야 해요. 난 개들이 무서워요.

예.

좀 들어오세요.

저…… 음…… 그러죠.

그 개들이 어디서 나타났죠? 전에는 그렇게 마음대로 돌아다니는 개들이 없었었는데.

그게, 행정부가 없어서죠. 더 이상 법도 질서도 없습니다. 사람들이 모두 거리에다 쓰레기를 버리죠. 심지어는 발코니에서 쓰레기를 내던지는 사람들도 있어요. 며칠 전…… 우리 윗집에 사는 사람들이…….

어째야 할지…… 이제 우리네 사는 꼴이 말이 아니에요.

세상이 바뀌었습니다, 나빌라 부인. 세상이 바뀌었어요……. 이 전쟁에서 존중되는 것은 아무것도 없어요…….

커피 좀 드릴까요, 사미어 교수님?

음, 아뇨, 괜찮습니다.

괜찮기는요……. 우리 커피 한잔해야 해요. 교수님을 진정시켜줄 거예요.

그러죠, 그럼. 설탕은 넣지 말아주세요……. 그놈의 개들을 반드시 제거해야 합니다, 나빌라 부인.

내가 가구티에게 얘기할게요. 아드님은 어때요?

잘 지냅니다. 고맙습니다.

미국에 있죠?

예, 켄터키예요. 전화 연결이 잘 안 됩니다. 아시다시피 전화선이……. 얘가 전화를 하려고 해도……. 우리 아이가 항상 우리들 걱정을 하고 있습니다. 거기서도 뉴스를 보거든요……. 그런데 우리가 얘한테 전화를 해도 안 됩니다. 아내가 몇 시간이고 계속 전화를 걸어 봅니다만…….

미국, 우리가 겪는 이 모든 말썽은 미국 때문이에요, 사미어 씨.

으음, 그렇습니다, 나빌라 부인. 모두 저 개 같은 키신저의 계략 때문이죠.

원유, 그들이 원하는 원유 때문이에요, 사미어 씨.

예, 나빌라 부인. 예, 부인 말이 맞습니다. 커피 맛이 아주 좋군요.

맛있게 드세요. 부인은 어떻게 지내세요?

으음, 아내는 온종일 집 안에 앉아서 불평만 합니다, 나빌라 부인. 그러니까, 아들아이가 떠난 뒤로는 줄곧 눈물로 시간을 보내고 있죠.

교수님의 부인은 좋은 여자예요, 사미어 씨. 일전에 길에서 부인을 봤어요. 하지만 난 가던 길을 멈출 수가 없었어요. 그래서 부인에게 말도 못 붙여보았는데……. 사미어 씨도 아시다시피 폭격이 언제 시작될지 모르잖아요. 그래서 항상 서둘러야 해요……. 하루 종일 뉴스를 들어보면…….

미안합니다만, 이제 그만 가봐야겠습니다, 나빌라 부인.

예, 신의 가호를 빌겠습니다.

개들은 제거되어야 합니다.

가구티에게 얘기할게요.

그럼 안녕히 계십쇼.

나빌라가 전화기를 집어 들고 아부나라에게 전화를 했다.

개?! 아부나라가 말했다. 지금 때가 어느 땐데 개는 무슨……? 그것 때문에 전화한 거요?

아부, 광견병이 뭔지 알죠? 당신 그거 걸리면 개처럼 짖는다니까요. 사람들이 당신 입에다 나뭇조각을 물려놓을 거예요. 그래요. 그럼 당신은 입에 나뭇조각을 물고 그 커다란 레인지 로버를 몰고 다닐 텐데……. 아, 그만하죠. 역시 별로 예쁜 그림이 아니군요. 아부…… 뭔가 조치를 취해봐요……. 사람들을 총으로 쏘고 그들의 금품이나 착복하지 말고 뭔가 사람들을 위해서 좋은 일도 좀 하라구요.

나빌라는 전화를 끊고 담배를 피워 물면서 문득 빈집에 홀로 있는 자신을 의식했다. 그녀는 전란의 와중에 철저하게 혼자였다. 혼자인 그녀는 개들에게 둘러싸여 있었다. 인간 개들, 인간의 탈을 쓴 개들, 총을 가진 개들, 은행가다운 정장 차림의 개들, 소파에 오줌을 싸고 가슴팍에다 불결한 숨을 내쉬며 헐떡거리는 개들. 남자들, 그들, 특히 남자들은 모두 개였다. 주인을 알아보지 못하는 불충한 개들일 뿐이었다.

다음 날 밤늦은 시각에 가까이서 총성이 울렸다. 남자들이 파자마 바람으로 저마다 총이나 긴 칼을 들고 거리로 뛰쳐나왔다.

군인들이 개들을 죽이고 있다! 우리 크리스천들은 이 말을 발코니에서 발코니로 전했다. 의용군 일곱 명을 태운 지프차 두 대가 개들을 포위했다. 개 집단학살! 개 학살! 아프간하운드 암캐가 반역죄로 처형되고 있을 때, 사랑하는 주인은 파리의 실크 침대보 위에서 팔과 무릎을 짚고 엎드려 그녀의 비밀스런 애인인 프랑스인 화가 피에르의 예술 창작 행위에 뒤를 대어주고 있었다. 코커스패니얼이 뚱뚱한 의용군 전사에게 추격당하고 있을 때, 자신을 그 개의 엄마라고 하던 여자는 와인과 함께하는 환락적인 밤을 위하여 샹젤리제에서 필레미뇽을 사고 있었다. 독일 셰퍼드가 어느 늑대 이야기의 양처럼 도살당하고 있을 때, 그를 양육한 부부는 바바리안 찬가를 부르는 사람들로 붐비는 유럽의 어느 술집 긴 테이블에서 맥주를 마시고 있었다. 문제의 치와와는 작은 몸집 때문에 총알이 두 번 빗나갔지만 자동차 밑에 들어갔다가 결국 근거리 사격에 최후를 맞았다. 그 시간, 치와와의 엄마 노릇을 하던 주인은 베니스의 세련된 양장점에서 에스프레소를 마시며 실크 원산지 얘기를 하고 있었다. 다리가 셋인 왕초는 고아였다. 왕초는 쓰레기더미 위에서 철판 조각, 빈 깡통 몇 개, 그리고 벨기에산 세제 상자를 깔고 홀로 죽었다.

사미어 변호사는 집단학살이 자행되는 동안 지프차 옆에 서서 손가락으로 개들을 일일이 가리키며 명령서를 낭독하듯 큰 소리로 사격 명령을 내렸고, 이로써 개들의 눈을 감겼다. 그는 스커트와 샌들 차림의 로마제국 병정들이 쓰던 긴 가죽 끈으로 개들의 발을 묶어 십자가에 달았다. 그리고 개들의 흔들리는 이빨 사이에 마지막 담배를 물려주었다. 검을 빼 들고 아래위로 휘두르며 사격을 지시했고, 광란 상태가 되어 개먹이가 뒤섞인 게거품을 입에 물고 소리를 질렀다. 저 쪼그만 놈, 저 쪼그만 놈을 쏴! 차 밑에 있다……. 저놈 위험한 놈이다……. 그 총 이리 주시오, 내가 처치할 테니…….

한 놈도 남겨두면 안 된다……. 저놈들을 모두 싹 쓸어버려라! 그날 밤 그는 파자마 차림으로 소리를 질러댔다. 그 이후로 그날 밤은 '월야의 마지막 울부짖음'으로 회자되었다.

표류하는 뼈, 오줌의 강과 함께 거리가 개의 피로 가득했다.

개들 100마리와 벌인 전투는 크리스천들의 승리로 돌아갔다.

조지가 다음 날 나를 데리러 왔다. 우리는 칼릴을 만나기 위해 전선으로 오토바이를 몰았다. 둘 다 돈을 가지고 갔다. 도중에 우리는 황폐한 길을 가로지르는 교각 밑에서 잠시 멈추었다. 저격병들의 날카로운 눈을 피할 수 있는 곳이었다.

우리는 가지고 온 돈을 한 자루에 넣었다.

칼릴에게 돈을 보여주는 건 내가 할게. 조지가 말했다.

검문소에 이르자 모래주머니 방호벽 뒤의 군인들이 우리를 멈춰 세웠다. 소총을 가진 한 신참 군인이 어디 가는 길이냐고 물었다. 수탉 칼릴을 보러 가는 길이라고 하자 그가 아부하디드에게 전화해보겠다며 잠시 기다리라고 했다. 곧 통행 허가가 내려졌다.

가다 보면 큰길 복판에 불탄 밴이 있는데, 그곳을 지날 때 최대한 빨리 지나가야 한다. 저격병이 있는 저 탑에서 그 지점이 빤히 보이거든. 그가 우리에게 말했다.

위험한 그 지점에 이르기 직전에 조지가 잠시 오토바이를 멈추었다.

바쌈, 꼭 잡아.

조지가 순간 오토바이의 앞바퀴를 들어 올리더니 붕 하는 소리
와 함께 진지로 곧장 내달렸다.

요셉이 우리를 맞았다. 조지가 칼릴을 보러 간 동안 나는 요셉과
악수를 했다. 칼릴을 만난 조지가 그와 함께 빈 건물 안으로 모습
을 감췄다.

나는 요셉과 얘기를 나눴다. 아아, 이빨이야. 요셉이 왼쪽 뺨을
손으로 누르며 말했다. 난 치통을 가라앉히려고 아락주를 조금씩
마신다.

내가 그에게 싸게 치료하는 치과를 알려주었더니 자기도 아는
치과의사가 있다고 했다. 하지만 전기가 문제야. 그가 말했다. 전
기가 안 들어오니까 말이야……. 지난번에 치과에 갔을 때 일인
데, 치료를 받는 도중에 갑자기 전기가 나가서 통증을 참으며 계
속 앉아 있기만 했다.

적진의 하싼은 어때?

어디 볼까. 하싼! 요셉이 외쳤다.

하싼이 지저분하고 애정 어린 일장 욕설로 응답했다.

또 네 여동생 욕을 하네. 내가 장난기가 발동해서 말했다.

그래, 좋았어. 바쌈, 나의 형제여, 저 녀석을 쏴서 부디 이 형님
의 명예를 회복해다오. 요셉이 낄낄거렸다. 그리고 내게 자기 소
총을 건네주었다.

나는 오른손에 소총을 쥐고 왼손으로 노리쇠를 당겼다. 내가 하

싼 쪽 허공을 겨냥하고 방아쇠를 당기는 동안 요셉은 하싼을 세상으로 밀어낸 질을 욕했다.

적진의 하싼 역시 사격으로 응수했다. 우리는 자세를 낮추고 모래주머니 방호벽 틈새로 총구를 내밀고 다시 발사했다. 요셉이 일어서더니 하싼을 불렀다. 그리고 그를 갈아서 소시지를 만들어버리겠다고 목청 높여 맹세했다. 그러자 모든 총구가 불을 뿜기 시작했고 순식간에 전선 전체가 화염에 휩싸였다. 아부하디드가 양손에 10mm 자동권총을 들고 달려왔다. 그는 자신의 튼튼한 어깨에 두른 긴 총알 벨트가 다 떨어지도록 입에 욕을 달고 있었다. 요셉은 시종일관 희색만면이었다. 그가 내게서 소총을 채가더니 새 탄창을 끼워 다시 주었다. 그리고 내 귀에 대고 목청을 높였다. 너 이게 재미있는 게로구나!

바로 그때, 건물 안에서 절규하는 소리가 들려왔다. 도움을 청하는 외침이었다. 조지의 목소리였다. 우리가 그에게 달려가는 중에도 외치는 소리가 계속 들렸다. 칼릴이 맞았다, 칼릴이 맞았다. 칼릴이 피를 흘리며 조지의 어깨 위에 얹혀 있었다. 그의 손가락 끝으로 피가 똑똑 떨어졌다. 아부하디드가 조지에게 달려가 칼릴을 받아 지프차 뒷좌석에 내려놓았다. 조지는 칼릴 옆에 올라앉았다. 나는 오토바이에 올라탔고 요셉은 내 뒤에 앉았다. 우리는 병원까지 계속 경적을 울리며 미친 듯이 달렸다. 부상당한 칼릴의 몸이 지프차 안에서 들썩이는 것이 보였다. 조지는 그의 머리에 쿠션을 대어주었다. 그를 꼭 잡고 있었지만 눈은 먼 허공을 향하고 있었다. 나는 속력을 내어 지프차를 앞질렀다. 요셉은 내 등 뒤에서 공중에다 총을 쏘며 앞의 차들이 길을 비키도록 했다.

응급실에 이르자 아부하디드가 칼릴을 들어 안으로 급히 달려 들어갔다. 그는 칼릴의 축 처진 몸을 침대에 누이고 절규하며 의사를 불렀다. 아무도 나타나지 않자 그는 복도에서 총을 빼 들고 발포했다. 천장에서 흰색 페인트와 분말이 그의 벌건 얼굴에 떨어졌다. 간호사 두 명이 달려왔다. 그녀들이 복도에 있는 칼릴을 급히 밀고 갔다.

칼릴은 죽었다.

집으로 향하는 큰길에 들어서자 조지는 오토바이를 천천히 몰았다. 나는 조지의 등 뒤에서 자루를 열고 돈을 다시 절반으로 나눈 다음 내 몫을 바람에게서 숨겼다. 그리고 조지의 몫은 권총 곁 그의 재킷 주머니에 찔러 넣어주었다.

조지. 다음 날 카페에서 담배를 피우며 커피를 마실 때 내가 말했다. 칼릴의 장례식이 수요일인데, 너 갈 거니?

아니. 조지가 마음을 꿰뚫어 보는 듯한 눈으로 나를 쳐다보고 말했다. 난 내가 죽인 새의 깃털이 날리는 데서 춤을 추지는 않는다.

수요일이 되었다. 나는 다리 앞 거리로 나갔다. 어느 구두 가게 문과 콘크리트 벽 여기저기에 칼릴의 사진이 붙어 있었다. 영웅, 칼릴 알딕, 사랑하는 조국을 수호하던 중 전선에서 순교하다. 포스터가 칼릴의 장렬한 전사 소식을 알렸다. 칼릴의 집 앞에 이르자 나는 그 맞은편 건물의 옥상으로 올라갔다. 나는 매처럼 자리를 잡고 앉아 건물 안으로 들어가는 사람들을 구경했다. 검은 옷을 입은 여자들이 울면서 부르는 성가 소리가 들렸다. 실신하는 아줌마들, 벌건 눈에 눈물범벅인 믿음의 자매들, 신앙심이 깊은 할머니들로 방이 가득했다. 집 앞의 거리는 군인들로 붐볐다.

나는 아부나라가 지프차에서 내려 곧장 관이 있는 곳으로 들어가는 것을 보았다. 그가 사람들과 악수를 했다. 그는 선글라스를 벗지 않았다. 나는 그의 눈이 보고 싶었다.

장례식은 모두 똑같다. 나는 속으로 생각했다. 남자들과 여자들이 서로 갈렸다. 고인의 집은 여자들을 들였고, 이웃집은 남자들에게 집을 열었다. 그리고 나는 옥상에 있었다. 위에서 지켜보다가 배를 채울 때만 하강하는 독수리처럼.

관이 좁은 계단을 통해 내려졌다. 힘이 센 청년들이 누런 금속 손잡이를 애써 잡으며 관을 어깨 위에 얹었다. 그리고 얹은 것을 흙으로 돌려보내기 위해 장지까지 걸어서 운구했다. 그때 여자들의 곡소리는 거세졌다. 이웃의 발코니마다 사람들이 나와 있었다. 옥상에는 말없고 호기심에 어린 얼굴들이 가득했다. 칼릴의 대대 병력이 정렬하고 서 있었다. 그들의 소총이 흘러가는 구름을 향했다. 그들은 천천히 이주해 가는 관을 두고 공중에 발포했다.

남자들은 뒤에서 관을 따랐고 여자들은 관을 향해 손을 흔들었다. 나는 크리스천들의 지옥행 행렬을 위에서 지켜보았다.

6

더위 때문에 목이 말랐다. 나는 속옷 차림으로 누워 라나를 생각했다.

청바지를 주워 입고 밖으로 나가 그녀의 집을 향했다. 녹아드는 거리에 발을 딛자마자 성당 종소리가 울렸다. 기적이다! 기적이다! 인파가 외치며 종소리가 나는 쪽으로 달려갔다. 이쌈이 머리를 긁적였다. 부트로스는 하늘을 올려다보았다. 나는 성당 쪽으로 걸음을 옮겼다. 성당 문 앞에 많은 사람이 몰려 있었다. 검은색 옷차림의 할머니들이 자신의 처진 가슴을 치고 있었다. 나는 배관공 살라의 손을 붙잡고 무슨 일인지 작은 소리로 물었다. 살라가 대답했다. 하늘에 떠 있는 성모 마리아를 본 어린 소녀가 있어. 성모 마리아가 옷을 펼쳐서 이번 이슬람의 폭격에서 우리들을 보호해 주었다고 하네. 그 소녀의 손에서 성유가 배어나고 있어.

사람들이 성당에 꽉 들어찼다. 중얼거리는 소리가 기도 소리에 녹아들었다. 성수는 기도에 불을 붙게 했고 촛불은 점화된 기도를 계속 태웠다. 모두 함께 부르는 성가는 미끄러지듯 하늘을 향해 올랐다.

나는 피부가 촉촉한 파충류 동물처럼 슬그머니 사람들 틈으로 끼어들었다. 제단 앞으로 가기 위해 사람들을 헤치며 힘들여 나아갔다. 나 때문에 어떤 지체 장애자가 엄마의 손을 놓쳤고, 어떤 장님은 지팡이를 놓쳤으며, 눈물을 닦는 사람들은 손을 얼굴에서 떨어뜨리기도 했다. 무릎 꿇고 있는 사람들의 머리를 내려다보며 나는 금색 성상이 있는 앞까지 나아가서 한쪽 옆에 자리를 잡고 소녀를 구경했다. 소녀는 그 앞에 조각상처럼 서 있었다. 전에 본 적이 없는 소녀였다. 소녀는 천장을 올려다보고 있었다. 소녀의 펼쳐진 양손에서 번들번들 윤이 났다. 어린 10대 소녀의 눈이 광기와 회피의 눈빛으로 빛났다. 소녀의 입술에 살짝 얄궂은 웃음이 어려 있었다. 소녀는 의식이 몽롱한 듯했다. 이것을 보고 나는 섬뜩한 느낌이 들었다.

사제가 소녀의 주변에 향 연기를 둘렀다. 사람들이 성호를 그었다. 한 노파가 앞으로 급하게 나와 소녀의 손을 만졌다. 사제가 노파를 잡아떼어 돌려보냈다. 그러자 회중이 모두 앞으로 쇄도하며 소녀를 만지려고 손을 뻗쳤다. 몇몇 사내들이 뛰어들어 회중을 막아 밀어내고 소녀를 보호하는 방벽을 형성했다. 소녀는 제단 뒤로 옮겨졌다. 낮게 웅성거리는 소리와 병적인 울부짖음, 미신적인 부르짖음, 다친 무릎을 꿇고 앉은 독실한 사람들의 모습, 참을 수 없는 더위, 이 모든 것들은 내 의식을 성당 밖으로 밀어냈다. 소녀의 손을 만진 노파의 손을 잡아 냄새를 맡아보려 했지만 노파가 뿌리쳤다. 노파가 나를 밀치고 외쳤다. 믿음이 있어야지! 믿음이! 나는 퇴각하는 전사의 창처럼 회중을 헤치고 그곳을 벗어났다.

여러 날 동안 사람들이 도처에서 그 성당으로 몰려들었다. 폭격 당하는 소리는 성당 종소리에 묻혔다. 엄마가 늘 듣던 라디오 소리와 성당 종소리 둘이 협력하여 내 귀를 멍하게 했다.

저녁이 되자 태양이 자리를 뜨고 밝은 보름달이 그 자리를 차지했다. 보름달은 성모 마리아 상 위로 떠올라 파란색 옷에서 환한 빛이 나게 했고, 마리아 상의 머리 위에서 후광처럼 빛났다. 그 아래, 군중들이 성당으로 쇄도했다. 그들은 밀물처럼 성당의 벽에 부딪혀 철벅이다가 다시 밀려났다.

라나와 나는 조지의 집에서 벌거벗고 있었다. 라나의 손은 건조하고 따뜻했으며 허벅지는 성유를 먹인 비단 같았다. 그녀는 이불로 몸을 가리고 로마의 비둘기를 꿈꾸는 내 얘기를 들었다.

너 로마에 가고 싶어?

생각 중이야.

그러니까, 나를 여기에 버리고 가겠다, 이거야?

아니, 너도 같이 가면 되지.

로마에 가서 날더러 뭘 하라고?

공부하고, 거리를 산책하고, 집에서 나를 맞이하고…… 그러면 되지 뭐.

무슨 수로 그럴 건데?

내게 생각이 있어,

라나가 일어나 부엌으로 갔다. 싱크대에는 설거지하지 않은 지저분한 그릇들이 있었다. 그녀는 양동이의 물을 싱크대에 붓고 수세미에 세제를 묻혀 설거지를 했다.

난 지저분한 그릇은 못 보는 성미야. 그녀가 말했다. 짜증이 나거든. 밖을 좀 살피고 와. 혹시 밖에 말하기 좋아하는 이웃 사람이라도 있는지. 나 이제 그만 집에 가야 돼.

나는 문을 열고 밖을 내다보았다. 아무도 없어.

옷을 걸친 라나가 계단을 뛰어 내려갔다.

문 닫아. 그녀가 내려가며 다급하게 작은 목소리로 말했다. 들어가! 문 닫아. 누가 본단 말이야.

나는 문을 닫지 않고 싱글거리며 그녀를 바라보았다.

그날 저녁에 조지가 왔다. 나는 아직 그의 집에 있었다.

나는 아파트 앞에 지프차를 대는 조지를 발코니에서 내려다보았다. 그는 의용군 군복을 입고 M16 소총을 들고 있었다. 그가 지프차에서 내리며 소총을 다른 손에 옮겨 잡았다. 그는 제집인데도 문을 두드렸다. 라나 아직 있니?

갔어. 새 옷이네?

그는 대꾸하지 않고 소총을 소파에 내려놓고 군화를 벗었다.

아부나라가 나를 보자고 해서 만났다.

그런데?

카지노에 별일 없냐고 묻더라. 뭔가 냄새를 맡은 것 같아.

그럴 리 없어.

글쎄. 근데 내게 입대하라고 했어. 내 눈을 똑바로 쳐다보면서 그러라고 했다. 그러는 게 모두에게 좋을 거라고. 그게 무슨 뜻인지 모르겠니?

그래서 겁먹고 입대했다는 말이야? 그냥 네가 일자리를 잃게 될 거라는 뜻일지도 모르잖아.

아니야. 난 그 말이 무슨 뜻인지 알아. 그 자리에 있었으면 너도 알았을 거다.

아부나라는 어디에 사니?

아부나라는 경호원들이 늘 에워싸고 있어. 잊어버려. 바쌈, 너 잘 들어. 당분간 포커 오락실 해먹는 건 잊어버리는 게 좋겠다. 카키색 군복을 입은 조지가 소총을 집어 가슴팍에 바짝 끌어안았다. 그리고는 내게 총을 겨누고 씩 웃었다.

자, 이 총 들어봐. 어때? 깃털처럼 가볍지. 그가 옷을 벗고 화장실로 갔다. 이런, 빌어먹을 물이 안 나오잖아. 조지의 욕설이 들렸다.

조지가 셔츠와 바지를 다시 주워 입고 옥상으로 올라가더니 양동이를 하나 들고 내려왔다. 내가 조지의 머리에 물을 부어주었다. 조지는 그 물로 겨드랑이까지 씻었다. 몸을 다 씻고 나서 턱에 향수를 두드렸다.

나는 그 브루마나에 사는 여자를 만나러 간다.

그 여자가 전화했니?

그가 끄덕이며 검은 직모를 빗질했다. 너도 같이 갈래?

아니, 난 그냥 여기 있을게. 네 권총이나 놓고 가라.

그는 소파에 권총을 던졌다. 그리고 아무것도 묻지 않았다.

나는 허리띠 아래 권총을 찔러 넣고 요셉 샤이벤의 집으로 갔다. 옥외 층계를 오르는 내 발이 더러운 대리석 계단을 문지르며 자국을 냈다. 요셉의 집은 플로렌스와 아랍의 건축 양식을 혼합한 옛 레바논식 건물이었다. 이런 옛날식 집들은 엘리베이터에 넓은 발코니를 갖춘 거대한 현대식 건물들 때문에 기를 펴지 못했다.

문을 두드리자 요셉의 어머니가 문을 열었다. 나는 인사를 하고 그녀의 건강과 안부를 물었다. 그녀는 나를 안으로 들이며 아들을 불렀다. 요셉은 잠을 자고 있었다. 그가 반바지와 러닝셔츠를 입고 방에서 나왔다. 요셉의 플라스틱 슬리퍼는 부엌의 싸구려 식탁보와 잘 어울렸다. 요셉과 내가 서로를 반기는 동안 그의 어머니가 마실 것을 가지고 왔다. 그녀는 얼음이 없어서 미안하다고 하며 부족한 물, 전쟁…… 인생살이…… 등에 대한 불평을 했다. 그것은 꼭 우리 엄마가 하는 말의 메아리였다.

요셉과 나는 옥상으로 올라갔다. 요셉의 어머니가 아래서 외쳤다. 옥상은 위험해. 사방에 저격병들이 있다구! 이리 내려와 방에서들 얘기해라. 난 나갈 테니 내려들 오라구.

한데 옥상에는 벽이 없었다. 우리는 우리 얘기가 벽에 울리는 것을 원치 않았다. 우리는 어머니의 말을 무시했다. 나는 요셉에게 권총을 보여주고 어디에서 이와 같은 총을 살 수 있는지 물어보았다. 요셉이 총을 손에 쥐고 탄창을 뺐다 도로 끼우고 노리쇠를 잡아당겼다. 그리고 서부 베이루트 쪽을 향하여 방아쇠를 당겼다.

베레타. 내가 말했다. 9mm에 10발들이야. 범죄나 전투에서 사용되지 않은 것이면 좋겠다.

내 알아보마.

칼릴의 부모님은 어떻게 지내시니?

칼릴의 누나를 요전에 길에서 봤어. 내가 완전군장을 한 채로 전선에서 돌아오는 길이었는데 걔 누나가 나를 보더니 막 소리를 지르기 시작하더라구. 너희들이 내 동생을 죽였다. 너희들은 모두 어린애들을 전쟁터로 몰아넣는 깡패들이고 범죄자들이야. 칼릴은 겨우 열일곱 살이었다. 열일곱 어린애였다구! 하면서 말이야.

요셉이 머리를 흔들고는 다시 총을 자세히 들여다보았다.

너 여전히 전선에 나가니? 내가 물었다.

응. 아부나라가 놓아주지를 않아. 그게 말이야, 일단 군에 들어오면 나가지 못해.

그런데 말이다. 아부나라는 칼릴의 죽음에 대해 어떻게 생각하디?

그 일로 여러 사람을 불러 조사를 했지만 내게는 아무것도 안 물어보던데.

나는 요셉에게 기름기가 번지르르한 대마초를 주겠다고 약속했다. 그는 씩 웃으며 좋은 총을 찾도록 최선을 다하겠다고 했다.

우리가 내려갔을 때 그의 어머니는 집 안에 없었다. 요셉은 집에 도로 들어갔다.

내 기억에 바로 그날 하루는 휴전이었고 하늘에는 구름이 얼마 없었다.

다음 날 나는 조지의 오토바이를 빌렸다. 우리를 아는 사람이 없을 만한 외곽 지역의 어떤 건물 모퉁이에서 라나를 만났다. 나는 그녀를 뒤에 태우고 곧바로 산을 향했다. 그녀는 뒤에서 내 허리를 꼭 껴안고 손에 깍지를 꼈다. 우리는 자갈길을 지나 산 중턱에서 오토바이를 세우고 내렸다. 나는 라나에게 권총을 쥐어주고 그녀의 어깨를 뒤에서 휘감으며 총을 쥔 두 손을 감싸 잡았다. 우리는 함께 팔을 뻗쳐 녹슨 깡통을 겨냥했다. 그녀가 방아쇠를 당겼다. 그리고 웃었다. 그러더니 내 팔에서 벗어나며 나를 뒤로 밀치고 혼자서 총을 겨눠 발포했다. 그녀가 다시 웃더니 총으로 허공을 휘젓고는 엉덩이를 흔들며 내게로 다가왔다. 그리고 내 가슴에 총구를 겨누더니 긴 속눈썹을 장난스럽게 파닥거리며 말했다. 너를 따라 로마에 갈게. 내게 총이 있으니까 날 두고 가면 널 쏴버릴 거야.

　멀리서 바라본 베이루트는 작은 시멘트 언덕들의 연속 같았다. 도로, 가로등, 인간이 없이 건물들만 빼곡히 들어서 있는 듯했다.

　저기, 저쪽이 이슬람 쪽이야. 그녀가 손가락으로 가리켰다. 난 이슬람교도를 만나본 적이 없어. 가만, 아니지, 학교 다닐 때 여학생 중에 이슬람교도가 둘 있었어. 하지만 전쟁이 발발하자 전부 피난을 갔지. 파텐, 둘 중 한 아이의 이름이 파텐이었어. 다른 애의 이름은, 기억이 안 나는데……. 기억이 안 나.

　나는 라나를 붙들고 목에 키스를 했다. 감미롭고 시원한 산들바람이 그녀의 희고 얇은 티셔츠 안 젖꼭지를 단단하게 했다. 나는 그녀의 가슴에 손을 집어넣고 젖가슴을 성가시게 했다. 그리고 그녀의 둥글고 불그스름한 젖꼭지를 빨았다.

그녀는 불안해하며 주변을 둘러보았다. 난데없이 산을 찾는 사람이나 자연 애호가, 또는 새 사냥꾼이 있을지도 모를 일이었다. 꼭 끼는 청바지 안으로 파고드는 내 손을 잡아 빼고는 그녀가 말했다. 여기선 안 돼. 바쌈, 그만해!

나는 그만하지 않았다. 사냥개처럼 숨을 쉬며 강제로 했다. 순간 그녀의 몸이 얼어붙는 듯하더니 그녀가 내 손을 잡아 나를 밀쳐내고 총을 겨누었다.

내가 그만하라면 그만해! 그만! 그녀가 소리를 지르며 화를 냈다.

나는 그녀의 손목을 잡아 내 가슴에 총구를 갖다 대고 말했다. 당겨봐!

손목 아파.

총이 내게 다시 돌아왔다. 우리 둘 다 거칠게 숨을 쉬며 아무 말도 하지 않았다.

우리는 오토바이를 타고 좀 더 높은 곳으로 올라갔다. 그리고 도시를 다시 한 번 내려다보았다. 서부 베이루트에서 버섯 모양의 구름이 피어올랐다.

폭탄이다. 라나가 말했다. 저것 봐, 방금 폭탄이 떨어졌어.

폭격은 아닌 것 같은데.

산을 내려가는 길에 라나의 손이 내 가슴을 어루만졌다. 그녀가 손톱을 내 가슴팍에 묻더니 말했다. 아까 널 쏠 수도 있었어.

엄마가 지척거리며 계단을 올라왔다. 손에 들린 봉투에 야채와 고기와 빵이 들어 있었다.

엄마가 나를 부엌으로 불렀다. 너하고 라나 사이에 뭔가 있니? 오늘 아침에 커피를 마시는데 그 아이 엄마가 너희 둘에 대해 묻더라.

뭘 물어봐요?

네 일자리에 대해서. 널 데리고 한번 놀러 오라고도 하던데. 라나도 이제 혼인할 나이라고 하면서 말이다.

우리는 친구 사이일 뿐이에요.

내게 거짓말하지 마라. 바쌈, 라나는 내게 딸과 같다. 그렇고 그런 계집애가 아니란 말이다. 결혼할 마음이 없으면 그 애 앞날을 망칠 짓은 아예 하지 마라. 사람들 입방아가 어떤지 너도 알잖아. 소문난다구.

나는 돌아서서 나왔다. 등 뒤에서 큰소리가 났다. 그래, 꼭 네 아버지 같구나. 그 인간도 언제나 자리를 피했다. 언제나 내게 등을 돌렸다구. 변변치 못한 인간. 그래, 네 아버지는 변변치 못한 인간이었다.

등 뒤로 부엌문이 쾅 닫히는 소리가 들렸다.

1만 개가 넘는 폭탄이 떨어졌다. 나는 양쪽 벽 사이에서 떨고 있는 엄마를 앞에 두고 오도 가도 못하고 있었다. 엄마는 내가 같이 가지 않으면 혼자서는 지하 방공호로 내려가지 않겠다고 했다. 그래서 나는 땅속으로 숨어들지 않겠다고 했다. 유서 깊은 용맹한 전사 집안의 혈통을 타고난 나, 이 바쌈은 죽더라도 비록 진창일지언정 지상에서, 쌩쌩 부는 바람 속에서 바깥 공기를 마시며 죽을 것이다!

엄마는 폭음이 날 때마다 놀라며 움찔했다. 성녀들의 이름을 하나씩 불렀지만 동정녀들은 바쁜지 아무도 응답하지 않았다.

이웃의 어린 소녀 페트라가 더러운 대리석 계단을 기어올라 와서 우리 집 문을 두드렸다. 페트라는 나의 번득이는 검과 전사의 얼굴을 미심쩍게 쳐다보고는 입술을 가리고 엄마의 귀에 무슨 비밀을 속삭였다. 엄마는 벌떡 일어나 화장실로 직행하더니 코텍스 상자를 들고 나와 말했다. 상자가 비어 있네. 얘야, 하지만 걱정 마라. 이리 와.

생리하는 어린 여자애는 수줍음에 얼굴이 홍당무가 되어 일어섰다. 페트라는 엄마의 침실로 뛰어갔다.

나는 밖으로 나가 버려진 거리를 가로질러 아부돌리의 가게로 갔다. 가게는 닫혀 있었지만 아부돌리의 살림집은 가게의 안쪽에 있었다. 나는 가게 문을 두드렸다. 아부돌리가 문을 약간만 열고 나를 보더니 눈살을 찌푸리고 무얼 원하는지 물었다. 코텍스요. 내가 대답했다. 지금 영업 안 한다. 그가 쌀쌀맞은 목소리로 말했다.

급해요!

들어와.

나는 안으로 들어갔다. 안에서는 웬 냄새가 났다. 동네 사람들이 쓰는 비누 냄새, 커피가루 냄새, 소음이 심한 냉장고 아래 떨어져 썩고 있는 야채 냄새, 갈색 생쥐를 먹고 사는 두 마리의 고양이 냄새, 그리고 그 집 딸 돌리의 냄새. 돌리는 둥글고 흰 젖가슴에 갓난아이를 안고 젖을 먹이고 있었다. 그것을 보자 나도 목이 말랐다. 내가 들어가자 돌리는 분홍색 누비담요로 아기와 자신의 젖

가슴을 가렸다. 아부돌리의 아내 움돌리는 한쪽 구석에서 뜨개질을 하고 있었다. 그리고 사위 엘리아스는 멜빵바지 차림으로 벽을 응시하며 담배를 피우고 있었다. 그들은 모두 두 개의 처량한 촛불 주변에 둘러앉아 있었다. 촛불은 거칠고 험악하게 흔들리며 불타는 지옥의 벽에 그들의 그림자를 드리우고 있었다.

중년의 아부돌리에게는 아들이 없었다. 아부돌리라는 별명은 큰딸의 이름에서 딴 것이었다. 그가 내게 코텍스 두 팩을 건네주었다. 어느 게 필요하냐? 그가 물었다.

나는 그 둘을 촛불에 가까이 가져가 들여다보고 냄새를 맡았다. 그러자 아부돌리의 아내가 부르르 떨며 숨을 혹 내쉬더니 중얼거리면서 혐오감을 드러냈다. 그건 뭐하러 냄새를 맡아? 아부돌리가 달려들더니 내게서 코텍스를 빼앗았다. 나가, 나가. 그가 나를 떠밀기 시작했다. 내가 그를 되받아 밀었다. 사위가 긴 빗자루를 들고 나를 칠듯이 위협했다. 나는 한 손으로 아부돌리의 손에서 코텍스 한 팩을 낚아채고 다른 한 손으로는 등허리에 차고 있던 권총을 뽑았다. 느슨하게 쥔 총의 총구는 바닥을 향하고 있었다. 움돌리가 소리를 질렀다. 총이다! 총이야! 돌리는 돌연 아기의 입에서 젖을 뗐다. 이 때문에 아기가 울기 시작하자 돌리가 아기를 안고 다른 방으로 달려 들어갔다.

나는 코텍스를 움켜쥐고 밖으로 나와 신선한 공기를 마시며 걸었다. 뒤에서 아부돌리가 외치는 소리가 들렸다. 난 네 애비를 안다, 난 네 애비를 안다구. 그는 내 친구였다. 네 애비가 지금 네놈의 꼬락서니를 보면 얼굴을 못 들 거다. 이 깡패 자식아! 내 집에서, 그것도 식구들이 보는 앞에서 나를 모욕하다니, 그러고도 어떻게 얼굴을 들려고! 이 깡패 자식! 야, 이 자식아, 네놈은 영락없는 깡패야, 깡패! 그는 땅바닥에 침을 탁 뱉고 나의 세대, 그리고 나 같은 부류의 인간들을 저주했다.

그 깡패는 건물들 사이로 떨어지는 폭탄을 피하며 걸었다. 깡패는 깨진 파이프에서 새어나오는 하수 오물을 밟지 않고 그것을 건너뛰며 걸었다. 깡패의 한 손에는 권총이, 다른 한 손에는 부드러운 탈지면 패드 상자가 들려 있었다.

다음 날 조지가 오토바이를 가지러 왔다.

오토바이는 기름 자국이 어지러운 곳에 기대어 세워져 있었다. 야채 가게 맞은편 그늘에 세워진 오토바이의 앞바퀴 쪽은 병원으로 가는 길이었고 뒷바퀴 쪽은 성당으로 가는 길이었다.

건네받은 열쇠를 손가락에 걸고 달랑달랑 흔들며 조지가 말했다. 어디 가서 얘기 좀 하자.

오토바이 운전은 조지가 했다. 나는 그의 허리를 붙잡았다. 우리는 콰란티나의 옛 철로가 있는 곳을 향했다. 그곳에 있던 쿠르드인들의 판자촌은 크리스천들에게 정복되어 파괴되었다. 그곳의 땅은 평평했다. 양철 지붕, 좁은 골목, 하수 오물 웅덩이, 이 모든 것들이 하루아침에 정복되고 뒤엎어져 증발되었다. 투사들은 냉혹하게 대량 학살되었다. 여인들은 작은 배를 타고 피난을 가며 지중해의 파도에 부대꼈고, 맨발의 어린아이들은 그녀들의 품안에서 콧물을 흘렸다. 아부나라와 그의 부하들이 습격한 곳이 바로 그곳이었다. 그들은 남자들을 죽였고 죽은 자들의 금이빨을 뽑았다. 아부나라가 무자비한 지휘관이라는 명성을 얻은 곳이 바로 그곳이었다. 정복자들은 패자들의 머리를 총검에 꽂고 시가지를 행진했다. 그들은 시체들을 지프차 뒤에 매달아 큰길과 좁은 골목길로 질질 끌고 다녔다.

그 전쟁터는 이제 풀밭으로 변해 있었다. 잡초들은 불타버린 벽의 잿더미 속에서, 그리고 한때는 피를 뜯었던 파리 떼와 탄피들 틈에서 시체를 비료로 삼아 자라났다.

할 말이 뭐야. 어서 말해봐. 우리 발밑의 시체들이 부활하기 전에.

나 포커 오락실 그만둔다. 내 먼 사촌 나집에게 그 자리를 맡으라고 했어. 너는 그거 계속할 수 있을 거다. 내가 사촌에게 요령을 가르쳐줄 테니까.

너 왜 그만두는 거니?

아부나라가 내게 시킨 일이 있어서.

무슨 일?

나 조만간 무슨 훈련을 받으러 이스라엘에 간다. 군에서 남쪽의 유태인들과 협력 관계를 확립하려고 해.

너 실수하는 거다. 내가 작은 소리로 말했다.

아니. 바쌈, 이 전쟁에 우리 편은 아무도 없다. 우리는 하루도 빠짐없이 학살당하고 있는데 말이야. 그런데 넌…… 네 할아버지가 학살당했는데…… 네 아버지가 살해되었는데…… 넌…… 넌……. 우리는 이 땅을 지키기 위해서라면 악마와도 손을 잡을 거야. 그렇지 않으면 어떻게 시리아 놈들과 팔레스타인 놈들을 몰아낼 수 있겠니?

　나는 여기를 뜰 거다. 이 땅은 악마들이나 가지라고 하지 뭐.

　넌 무슨 신념이라곤 없는 놈이구나.

　우리 같은 좀도둑, 깡패들이 언제부터 신념 타령을 했지?

　우리는 해변을 향해 큰길을 달렸다. 거리에는 차가 없었다. 여름 어느 날, 훈훈한 바람이 불고 있을 때였다. 우리는 해변에 앉아 바닷물을 바라보았다.

　바다에는 작은 배들이 흔들리고 있었다. 크지 않은 파도가 밀어닥쳤다. 우리는 그대로 가만히 앉아만 있었다. 밤이 되자 우리는 얇은 종이로 모닥불을 지폈다. 우리는 대마초를 피우고 멍한 표정이 되어 허공을 응시했고 환각을 보았다. 우리는 웃으며 대마초를 더 피웠다. 손가락 끝까지 타들어가도록 대마초를 빨았고 손톱으로 불을 비벼 껐다. 나는 환상을 보았다. 나무와 평야, 밖으로 탁 트인 집과 그림자를 보았다. 태양은 선회하지 않고 일직선으로 운행했으며, 달은 움직이지 않고 한자리에 있었다. 밤이 되자 촛불과 별들이 달을 밝혔다. 검은 하늘에 뚫린 바늘구멍들을 통해서 빛이 새어 나와 바다에 닿았다. 땅에서는 축축한 냄새가 났지만 누런 풀은 시들고 변하면서 짠물에 떠내려갔다. 나는 자리에서 일어나 걸었다. 걷다가 어떤 어부와 마주쳤지만 우리는 묵묵히 서로를 지나쳐 갔다. 서로에게 눈길 한번 주지 않고, 곁눈질도 하지 않고 그냥 지나쳤다. 손에 물을 들인 어떤 여자와 부서진 의자 하나, 그리고 테이블 하나가 한 지붕 아래 있는 것을 꿈속에서 보았다.

홀연 문이 여러 개 보였다. 내가 가서 열어야만 할 것 같았다. 첫 번째 문으로 다가가 온 힘을 다해서 문을 당겼다. 문을 열고 들어가 두 번째 문으로 달려갔지만 그 문은 잠겨 있었다. 그 자리에서 여러 날을 보내며 문이 열리기만 빌었다. 그러다가 나는 잠이 들었고 문이 열리는 꿈을 꾸었다. 무슨 자루를 든 벌거벗은 여자가 내게 미소를 지으며 말했다. 옷을 벗어요. 고개를 숙여 내려다보니 내 옷이 물이 되어 흘러내리고 있었다. 나는 그 물을 모아 여자에게 주었다. 여자는 물을 손에 받아 그것을 내 눈에 부었다. 자, 이제 세 번째 문으로 가세요. 그리고 당신의 아버지를 보면 옷은 두고 왔다고 해요. 두 갈래 길이 보였다. 나는 좁은 길을 택하겠어요. 내가 말했다. 이어 다른 꿈으로 옮겨지며 강물 속에 있는 내가 보였다. 손에 빵 한 조각이 들려 있었다. 나는 그것을 어떤 새에게 던져주었다. 강을 다 건너가 보니 네 번째 문이 있었다. 온 힘을 다해 밀어도 꼼짝하지 않던 문이 손가락을 살짝 대자 스르르 열렸다. 열린 문 안으로 들어서 보니 어떤 정원이었다. 그곳에 의자 하나와 책 한 권이 있었다. 나는 의자에 가서 앉아 담배를 피웠다. 그러고 나서 나는 노래를 불렀다. 그러자 또 하나의 문이 열렸다. 나는 그 문으로 뛰어들어 공허함을 통과했다. 나무도, 테이블도, 의자도, 새의 날개도, 달도, 빛도, 생각도 없었다. 나는 가만히 서서 눈을 감았다. 그리고 다시 꿈속에서 커다란 꽃을 보았다. 나는 꽃향기를 깊이 들이마시고 줄기를 타고 올라가 꽃잎을 침대 삼아 또다시 잠이 들었다. 그리고 또 꿈을 꾸었다. 빛과 피로 가득한 웅덩이에 잠겨 있는 어떤 친구가 그 꿈속에서 보였다.

조지와 나는 해변을 뒤로하고 오토바이를 몰았다. 감각을 잃은 가슴과 주먹, 벌겋고 무거운 눈꺼풀의 앞을 밝히는 한 줄기 빛이 가는 길을 인도했다. 우리는 바리케이드의 희미한 등불만이 보이는 어두운 도시를 향했다. 도시의 희미한 빛이 군인들의 번들거리는 군화에 반사되었다.

집에 들어서자 전화벨이 울렸지만 나는 받지 않았다. 침대에 누웠지만 잠을 잘 수가 없었다. 나는 셔츠에 가린 총을 꺼내어 침대 매트리스 밑에 숨겼다. 아래서 소음이 들렸다. 고양이들이 싸우는 소리, 간혹 들리는 총총걸음 소리, 두런두런 말하는 알 수 없는 소리가 의식 속에 파고들다가 꿈으로 옮겨지며 내가 익히 아는 말로 바뀌었다.

갑자기 엄마가 손으로 나를 흔들고 홑이불을 젖히더니 일어나라고 사정을 했다.

어서 내려가자. 저들이 우리 동네를 표적으로 하고 있다. 내려가자. 창문에서 뚝 떨어져 있어야 해. 넌 어쩌면 이렇게 잠을 잘 수가 있니? 폭탄이 사방에 떨어지는데.

옆집 나흘라가 엄마와 함께 있었다. 나흘라도 내게 통사정을 했다. 네 엄마 생각 좀 해라. 우리와 함께 방공호로 내려가자. 네 엄마가 어제 낮부터 밤이 새도록 널 기다렸다. 넌 어찌된 애가 그렇게도 생각이 없니? 네 엄마는 밤새 한숨도 못 잤어. 어디 갔었니?

나는 이 벽들 사이에 있을 겁니다. 두 분이나 내려가세요. 난 괜찮을 테니까요.

아니야, 내려가자! 방공호에도 사내가 있어야 해. 내려가자, 애야. 제발, 내려가자구!

큰 폭발음이 들렸다. 가까이에 떨어진 폭탄이었다. 여자들이 비명을 지르고 바닥에 엎드렸다. 가까웠어! 이번 것은 아주 가까웠어. 나흘라와 같이 왔던 여자들이 소리를 지르며 일어나 복도로 뛰어갔다. 유리 조각과 돌 조각들이 길바닥으로 떨어져 내렸다. 엄마가 떨고 있었다. 나는 엄마의 눈을 들여다보았다. 엄마의 움푹 꺼진 볼에 깊이 파인 주름을 보았다. 눈물이 주름의 고랑을 타고 흘러내렸다.

애들, 내 애들! 나흘라가 외쳤다.

나는 나흘라가 밖으로 뛰쳐나가지 못하도록 그녀의 손을 꼭 붙잡았다. 두 번째 폭탄이 떨어질 거예요. 꼼짝 말고 있어요!

나흘라가 계속 뛰쳐나가려 했지만 내가 그녀를 꼭 붙잡았다. 그녀는 사로잡힌 맹수처럼 내 품안을 벗어나려 발버둥을 치더니 내 얼굴을 할퀴고 빠져나갔다. 나는 그녀를 뒤쫓아 층계를 내려갔다. 광란 상태가 된 그녀는 부서진 유리 조각으로 가득한 길을 내려가며 내내 아이들의 이름을 부르짖었다. 그때 갑자기 크고 날카로운 굉음이 온 건물을 흔들었다. 나는 가슴에 무슨 압력이 가해지는 것 같았다. 뒤이어 유리 떨어지는 소리가 났다. 묵은 먼지와 잔인한 흙맛을 주는 연기가 안개처럼 깔렸다. 화약 냄새와 빵이 탄 듯한 냄새가 내 등을 떠밀었고 나는 헐떡이며 연기를 헤쳤다. 나는 계단을 오르며 절규했다. 엄마!

베이루트

7

내 부모님은 살아생전에 서로를 미워했다. 그리고 이제 흙 아래 관 속에 나란히 누웠다.

언젠가 밤늦은 시간, 아버지가 술 냄새를 풍기며 들어왔을 때, 두 분은 서로 크게 소리를 지르며 대판 싸웠다. 돈을 잃은 도박꾼의 두 손이 엄마의 얼굴에 날아들더니 눈에 시퍼런 멍을 안겨주었다. 엄마는 부엌으로 몸을 피했고, 그 뒤를 따라 들어간 아버지에게 원반이 날아들었다. 그리고 바닥은 온통 깨진 접시로 장식되었다. 끈적끈적한 육식성 벌레들에게 먹히는 시체가 된 지금도 두 분은 축축한 땅속에서 서로의 멱살을 잡으려 할 것이다.

나는 하관된 엄마의 관에 흙 한 줌을 뿌리고 돌아서서 집을 향했다. 되풀이되는 성가와 향 연기와 눈물을 뒤로했다.

며칠 동안 이웃 사람들과 친구들이 와서 문을 두드렸지만 나는 문을 열지 않았다.

잘그락거리는 그릇 소리의 부재, 라디오의 침묵, 바스락거리며 비 쓰는 소리가 없는 공간, 그리고 고적함이 문득 느껴졌다. 담배 연기를 통해 홀연히 파고든 그 인식은 내게 평온함을 주었다.

바람은 벽에 커다랗게 뚫린 두 구멍으로 거침없이 불어 들어왔다. 바람만이 들어왔고 또 바람만이 들어올 수 있었다. 어느 날 늦은 밤에 담배를 사러 집을 나서려는데 문 앞에 빵 한 접시가 놓여 있었다. 이웃들이 손이 벌게지도록 문을 두드리다 지쳐서 그냥 놓아두고 간 것이었다.

길을 걷다가 묘지로 발길을 옮겼다. 나는 담배를 피운 다음, 담장을 넘어 들어가 흙더미 앞에 섰다. 무덤은 아직 흙이 메워지지 않았다. 나는 서서 부모님의 중얼거림에 귀를 기울였다. 그것은 어쩌면 흰 석조 십자가들을 어루만지는 바람 소리였을 것이다.

그날 밤 집에 돌아와 있는데 나빌라와 조지가 자물쇠를 부수고 들어왔다. 나빌라는 검은색 옷을 입고 있었다. 그녀가 내게 달려들었다.

얘가 아주 뼈만 남았구나. 그녀가 말했다. 네 꼴 좀 봐라. 누렇게 뜨고 뼈만 남았어. 너 뭣 좀 먹어야겠다. 내가 먹을 걸 좀 가져왔다. 그녀가 침대 모서리에 걸터앉아 말했다. 너 뭣 좀 먹어야 해. 자, 바쌈, 이것 좀 먹으렴.

조지는 약간 떨어져서 말없이 서 있다가 부서진 가구들 사이를 어슬렁거리고 뚫어진 벽으로 내다보았다. 그가 담뱃갑을 꺼내어 내게 담배를 권했다. 조지가 성냥불을 당기자 나빌라가 쯧 하는 소리를 냈다. 담배는 이제 그만 됐다. 얜 뭘 좀 먹어야 해. 누렇게 뜬 이 꼴 좀 봐라.

그다음 날 나는 부두로 일을 나갔다. 아부타릭 십장이 내게로 천천히 걸어왔다. 그는 내게 조의를 표했고 나는 고맙다고 했다. 그가 내게서 슬픈 기색을 찾으려는 것을 알 수 있었다. 그는 내 눈에서 눈물이 파도처럼 흘러나오려는지 가만히 들여다보았다. 부둣가의 콘크리트 바닥을 딛고 있는 내 발치에 떨어져 산산조각 날 눈물을. 하지만 나는 그에게 보여줄 슬픔도, 과시할 눈물도 없었다. 굳이 말하자면, 엄마의 죽음은 나를 자유롭게 했다. 이제 나는 모든 것을 등지고 떠날 수 있을 것이다. 나는 엄마의 죽음으로 새들에게 한층 더 가까워졌으며 인간들에게서 더욱 더 멀어졌다. 새들이 비상하듯 나도 비상하기를 갈망했다. 한편 나는 머리를 땅에 바짝 대고 먼지내를 킁킁거리며 표랑하고 싶었다. 코를 땅에 박고 자갈들이 뒤로 밀려나는 것을 보면서 걷고 싶었다. 이제 나는 인간보다는 개에 더 가까운 동물이었다.

그날 일을 마치고 집에 가보니 아파트 계단에 라나가 앉아 있었다. 나는 한마디도 하지 않고 라나를 지나쳤다. 그녀가 내 뒤를 따라 올라왔다. 그녀가 침실까지 따라왔다가 집 안을 둘러보았다. 그리고 부서진 가구의 조각들과 돌 조각들을 줍기 시작했다.

내버려둬.

아니야! 그녀가 소리를 지르고 울기 시작했다. 그러고 나서 내 손을 잡고 말했다. 집을 고쳐야 해. 알았어? 내 말 알아들었어?

라나는 바닥에 흩어진 물건들을 주웠고, 울었고, 소리를 질렀다. 며칠이 지나도록 넌 어떻게 내게 말 한마디도 없니?

나는 잠자코 있었다.

이제 그만하면 됐어! 말 좀 해! 말 좀 하란 말이야! 그녀가 양손바닥으로 나를 밀었다.

나는 자리를 피하려고 했지만 그녀가 앞을 가로막고 섰다. 안 돼! 나한테 무슨 말이고 하기 전에는 못 나가. 안 돼.

나는 그녀를 밀쳤다. 그녀는 바로 제자리로 돌아와 내 앞을 가로막았다. 안 돼, 안 돼. 더 이상 침묵은 안 돼.

나는 그녀를 다시 밀쳤다. 그녀가 내 귀싸대기를 올렸다. 나는 그녀의 손을 잡아 먼지투성이 바닥에 거칠게 넘어뜨리고 집을 나가 시내를 향했다.

카지노에서 나집을 만났다. 아침 시간이었다. 오락기는 아직 켜져 있지 않았다. 오락실 안은 지난밤의 담배연기와 씻지 않은 위스키 잔들의 냄새, 그리고 도박꾼들의 짙은 입내가 감돌고 있었다.

난 조지의 친구다. 내가 말했다.

그가 끄덕하더니 카운터 뒤에서 나와 오락기를 켰다.

그날 오후 늦게 나집과 나는 성당 계단에서 만났다.

그는 아침보다 더 불안해 보였다.

나는 그를 스쳐 지나가며 따라오라고 했다. 그가 머뭇거리며 잠시 가만히 있더니 곧 나를 따라 계단을 내려왔다.

성당 한쪽 구석은 오줌 냄새와 옛날 건물의 눅눅한 냄새가 났다. 내가 그에게 돈을 건네주었다. 그가 돈을 세어보고 주머니에 집어넣었다. 그리고 느닷없이 내게 물었다. 언제 또 올 거니?

금요일 아침, 항상 똑같다. 뭔가 낌새가 이상하면 내게 위스키를 갖다주라고 조지가 안 그러든?

그랬지, 그랬어. 얘기 다 들었다. 나집이 말했다. 그리고 돌아서서 급히 계단을 뛰어 올라갔다.

금요일이다. 내가 그의 등 뒤에 대고 외쳤다.

1만 개의 관이 땅속으로 미끄러져 들어갔는데 지상의 산 자들은 저마다 손에 총기를 들고 춤을 추었다. 며칠이 지났다. 그동안 나는 요셉을 통해 권총을 구입했고 아파트 벽을 손봤다. 겨울이 다가오고 있었고 바람은 더 이상 달갑지 않았다. 비가 내려 대지를 적셨고 부드러운 진흙 속의 부모님을 씻겨주었다. 나는 침대에 누워 하루 종일 담배를 피웠다. 집 안은 조용했다. 그리고 난 혼자였다.

어느 날 오후, 나는 엄마의 라디오를 집어 품에 안았다.

그러고 나서 라디오의 커버를 벗기고 안을 열었다. 전선은 초록색과 노란색이었고, 둥그런 스피커에서는 아무런 소리도 나지 않았다. 아주 작은 은색 금속이 초록색 플라스틱판에 점점이 붙어 있을 뿐이었다. 나는 그 안에서 페이루즈를 찾았다. 그러나 내가 찾는 페이루즈는 파리에서 노래하고 있었다.

금요일이 되어 나는 카지노에 갔다. 나집이 건방지게 굴었다. 잔돈을 거슬러 주면서 나를 기다리게 만들었다. 오락기에 올려준 게임 머니가 적었다. 전보다 적은 금액이었다. 내가 게임을 하고 있는데 어떤 젊은 애가 들어왔다. 오락기 화면에 반사된 그들의 모습이 보였다. 나집이 그 녀석에게 손을 흔들었다. 그러자 녀석이 나집에게 어떤 신호를 해 보이고는 오락실을 나갔다.

나는 게임 머니를 현금으로 바꾸고 오락실을 나섰다.

그리고 길을 건너 가까이에 있는 한 건물의 입구에 몸을 숨기고 기다렸다.

아까 그 녀석이 다시 보이더니 카지노로 들어갔다. 나는 녀석을 뚫어지게 바라보고 다시 기다렸다. 흡연과 기다림의 연속이었다. 녀석이 카지노에서 나오자 나는 멀리에서 그의 뒤를 밟았다. 녀석은 멀리에 주차해놓은 차를 타고 가버렸다.

다음번에 나집을 보았을 때 그는 새 가죽 구두에 가죽점퍼 차림이었고 머리에는 젤을 발랐다.

우리는 성당 아래 계단에서 만났다. 내가 딴 돈의 절반을 그에게 건넸다.

나집이 돈을 세더니 조용히 말했다. 더 있잖아.

뭐라고?

더 있잖아. 무슨 말인지 알면서 왜 그래.

아니, 그게 다야. 그것뿐이라니까. 내가 그에게 바짝 다가섰다. 그리고 그의 눈을 똑바로 들여다보았다.

나집이 내 눈을 마주보며 말했다. 아냐, 이게 다가 아냐.

기계에 게임 머니를 더 올려봐. 그럼 네 몫이 더 많아질 테니까.

그가 아무 말도 하지 않고 돌아서서 가더니 계단 꼭대기에 이르자 돌아서서 나를 보고 말했다. 나집은 반드시 나집 것을 챙긴다.

그 나집이라는 애송이한테 맘대로 하라고 해. 내가 말했다.

암, 그러지. 나집이 땅바닥에 침을 탁 뱉고 공작새 걸음으로 으쓱거리며 멀어져갔다.

그로부터 이틀 후, 샌드위치와 펩시를 사 먹기 위해 킹 팔라펠에 들어서는데 그곳에서 식사를 하고 있는 조지와 아부나라를 보았다. 보도 위에 줄지어 세워진 차들, 높은 사람 티가 나는 차들을 보고 알아차렸어야 했는데 너무 배가 고팠던 나머지 미처 거기까지 머리가 돌아가지 않았다. 그들이 나를 보기 전에 뒤돌아서 나오려고 했지만 그러기엔 이미 너무 늦었다. 조지가 나를 보고 부르며 오라고 했다. 나는 조지에게로 곧장 걸어가서 그와 인사를 나눴다. 아부나라는 레이밴 선글라스를 끼고 있었기 때문에 그가 나를 쳐다보는지 아닌지 알 수가 없었다. 조지가 나를 그에게 소개했다. 사령관은 미소를 짓고 내게 앉으라고 하고 샌드위치를 권했다. 나는 사양했지만 그가 고집하며 일하는 사람에게 소리쳐 샌드위치를 주문했다. 그렇게 해서 나는 그들과 함께 식사를 하게 되었다.

아부나라를 에워싸고 있는 자들 중 내가 아는 자들이 있었다. 카밀과 요셉도 있었다. 내 테이블 뒤에 앉은 칼릴의 친구 아부하디드가 내게 손을 흔들더니 아직 부두에서 일하는지 물었다.

요즘은 부두 일이 별로 바쁘지 않아. 내가 대답했다.

내 아버지가 1950년대에 라디오 방송국을 창립한 사람이라고 조지가 아부나라에게 말했다. 아부나라는 고인이 된 내 아버지와 나임 삼촌을 안다고 했다. 네 삼촌은 공산주의자였지. 그가 웃으며 말했다. 우리를 버리고 다른 편이 되었다. 그래 네 삼촌은 어떻게 지낸다던?

연락이 없습니다.

우리는 같은 배구팀에 있었다. 너 그거 알고 있었냐?

아뇨. 제가 어렸을 때였겠죠.

지금도 어린데, 뭐. 그가 웃었다.

아부나라가 가려고 일어서자 부하들이 일제히 일어섰다. 일어서면서 남은 샌드위치를 한입에 우겨넣고 포장지를 손으로 구기는 자들도 있었다. 아부나라가 어깨동무하듯 한 팔로 내 목을 휘어 감았다. 그리고는 손가락 하나로 자기 손바닥을 천천히 톡톡 치면서 낮고 굵은 목소리로 말했다. 조지, 언제 이 투사를 본부로 데려와 입대시켜. 삼촌처럼 다른 편으로 넘어가지 않도록 말이야. 우리는 늘 쓸 만한 젊은이가 필요하다.

조지는 분명하지 않은 낮은 목소리로 무언가 중얼거렸다. 나는 아부나라를 쳐다보았다. 여전히 그의 눈을 보고 싶었다. 조지가 내게 윙크를 해 보이고 다른 군인들과 함께 나갔다. 그리고 금방 도로 들어오더니 내 맞은편에 앉았다. 내가 식사를 마치자 그는 나를 데리고 보도에 주차된 지프차로 데려갔다.

이거 칼릴이 쓰던 지프차구나.

응, 칼릴은 더 이상 이걸 쓸 일이 없을 테니까.

우리는 늘 가는 다리 밑 도로 변으로 가서 차를 세웠다. M16 소총은 조지의 옆구리를 떠나지 않았다. 나는 등받이에 몸을 쭉 기대고 앉았다. 차고 있는 총이 등허리에 배겼다. 머리 위로 자동차들이 지나가는 소리가 들렸다.

언제 뜰 거니? 조지가 나를 똑바로 쳐다보며 물었다.

아직은.

간밤에 나집이 나를 찾아왔더라. 네게서 받을 돈이 있다고 하던데.

네 사촌은 거짓말쟁이야. 다른 놈을 끼고 해먹고 있더라.

내가 나집과 얘기 좀 해야겠구나. 라나는 어떻게 지내?

잘 지내.

야, 나 다음 주에 이스라엘 간다. 배 타고 가. 내 아파트 열쇠는 너한테 주고 갈게. 나빌라 이모가 묻거든 친구들하고 산으로 캠핑 갔다고 해라.

조지가 소총을 툭 미끄러뜨리며 손으로 움켜쥐더니 천천히 집어 들어 뒷좌석에 놓았다. 그리고 차에 시동을 걸고 다시 달려 우리 동네까지 나를 바래다주었다.

내가 차에서 내리자 조지가 나를 쳐다보며 말했다. 내가 나집한테 잘 얘기할게.

나는 도시 외곽의 언덕 위에서 나집을 기다렸다. 그날 아침에 만나기로 약속을 했었다.

나집이 친구 둘을 달고 나타났다. 차에서 나는 음악 소리가 멀리서부터 들렸다. 달리는 차가 먼지를 날렸고 먼지는 그 얼간이의 향내 나는 로션과 헤어 젤 냄새를 뒤덮었다. 얼간이가 차에서 내렸다. 나는 얼른 나무 뒤로 몸을 숨기고 그를 지켜보았다. 그는 가죽점퍼를 벗더니 한쪽 옆구리에 꼈다. 밑창이 판판한 이탈리아제 구두를 신은 얼간이는 미끈거리며 바위 언덕을 올랐다. 나는 일단 그가 지나쳐 가게 내버려두었다. 그리고는 등 뒤로 살살 다가가 가죽점퍼를 낚아채어 땅바닥에 집어던지고 그를 나무에 밀어붙였다.

나집이 겁을 집어먹고 경련하듯 몸을 뒤틀었다. 그의 손을 보니 빈손이었다. 허리춤을 더듬어보았지만 무기는 없었다.

차에 있는 게 누구야?

내 친구들. 그가 깜짝 놀라며 대답했다. 그에게서 술 냄새가 났다.

친구들은 왜 데려왔어?

함께 브루마나로 가는 길이다.

너 혼자 왔어야지.

쟤들은 우리 일을 몰라.

나는 그의 몫을 주머니에 찔러 넣어주고 나서 말했다. 넌 뭐가 뭔지도 모르고 날뛰는구나. 바보천치 같은 짓을 했단 말이다. 아부나라가 이 일을 알아내고 네 대가리에 총알을 박아줄 거다. 그땐 네 사촌도, 네 엄마도 어쩌지 못할 거야. 자, 가봐. 가서 오줌 누고 왔다고 해. 쟤들한테 오줌 누러 간다고 했겠지?

그는 대답하지 않았다.

나는 언덕을 더 올라가 계곡을 내려다보았다. 그리고는 눈을 들어 앞에 펼쳐진 바다를 바라보았다. 언젠가는 뛰어들어서 미끄러지듯 헤엄쳐 건널 바다였다. 나는 이곳을 떠나 저 바다 건너편 해안으로 갈 것이다.

8

조지가 이스라엘에서 돌아왔다.

그가 나를 불렀다. 나는 그의 집으로 갔다. 아부하디드가 문을 열었다. 그가 키스로 인사하고 내 목덜미에 손을 얹었다. 그리고 나를 자기 옆에 앉도록 하고 내 어깨를 손으로 톡톡 두드렸다. 조지는 사막의 태양에 깊게 그을려 있었다. 그들은 평평한 유리 위에 쏟아놓은 코카인을 들이쉬고 있었다.

너도 가루우유 한 줄 할래? 조지가 커피 테이블을 가리켰다.

아니, 난 됐다.

조지는 히브리어가 씌어 있는 티셔츠를 입고 있었다. 몸에는 근육이 붙었고 말수는 현저하게 줄었으며 머리는 바싹 깎여 있었다. 움직임이 예전보다 느릿했지만 치열하게 집중된 동작임을 느끼게 했다. 그는 내게 위스키를 따르고 사막의 군부대와 훈련 얘기를 했다.

뒤로 다가가 적의 목을 벨 때는 턱을 잡아야 해. 입에 손이 닿으면 안 된다. 적이 손을 물을 테니까, 알겠냐? 우리도 그 연습을 했지. 너 폴 조리지라고 알지? 카름 알자이툰에 사는 그 친구 말이야. 바쌈, 너 그 친구 알잖아. 큰 스포일러를 단 흰색 피아트를 몰고 다니던 그 친구. 어쨌든, 녀석이 비보의 턱을 잡았어야 했는데 입을 막았지 뭐냐. 그래서 비보가 어떻게 했는지 알아? 비보가 폴의 손을 물고 놓아주지 않더라구. 폴이 아파서 비명을 질러댔지. 밀어내라, 밀어내, 비보, 네 아버지가 신혼초야에 했듯이.

조지와 아부하디드가 함께 웃었다.

조지 이 자식이 하는 얘기는 잘 새겨들어야 해. 아부하디드가 내게 말했다. 네 여동생의 정조를 생각해서라도 잘 새겨서 들으라구. 이 자식, 아주 이만저만한 거짓말쟁이가 아냐.

조지는 약에 취해 몽롱한 상태로 싱글거렸다. 조지가 나를 보며 말했다. 바쌈, 네 아버지의 잃어버린 영혼을 걸고 아부하디드에게 니콜 얘기 좀 해줘라. 브루마나에서 내게 전화번호를 준 그 계집애 말이야. 너 그때 나와 함께 있었잖아. 이 자식한테 그 얘기 좀 해줘라.

응, 내가 거기 있었지. 잘빠진 섹시한 여자였다.

예뻤지, 그치? 조지가 말했다. 어쨌든 내가 니콜한데 전화를 했는데 어떤 늙은이가 전화를 받더라. 난 그자가 니콜 아버지인 줄 알았어. 근데 니콜한테 물어보니까 아버지가 아니라 남편이라는 거야.

내가 나중에 다시 전화할까? 하고 내가 니콜에게 물었지.

아니, 신경 쓰지 마, 라고 니콜이 그러더니 그냥 계속 얘기를 하더라고, 옆에 아무도 없는 것처럼 자연스럽게 말이야.

그래서 나는 매일 니콜에게 전화를 했지. 전화를 하면 간혹 무엇을 입고 있냐고 묻곤 했는데, 그러면 어떤 때는 아무것도 안 입고 있다고 했고, 또 어떤 때는 레이스 속옷만 입고 있다고 했고, 또 어떤 때는 티셔츠만 입고 있다고 했다.

그러다가 우리는 음란한 얘기를 하기 시작했어. 걔 남편이 집에 있는데도 말이야. 남편이 집에 있냐고 물어봤을 때 언젠가 한번은 그자가 다른 전화로 우리 얘기를 듣고 있다고 하더라니까. 그래서 난 생각했지. 젠장, 이거 뭐야? 혹시 사내구실 못하는 놈 아니야?

그 후에 전화를 했을 때 한번은 그가 내 목소리를 알아보더니 그러는 거야. 조지, 잘 있었나? 언제 한번 우리 집에 놀러 오게. 그러고 나더니 니콜을 바꿔줘서 우리는 또 아무렇지도 않게 수다를 떨었지.

조지가 커피 테이블 앞에 무릎을 꿇고 코를 갖다 대더니 코카인을 흡입했다. 검지로 한쪽 콧구멍을 막고 들이마시고 나서 그가 계속 얘기했다.

그래서 내가 서소크에 있는 그 집엘 가보게 됐지. 왜 있잖아, 그 멋들어진 집들이 있는 데. 가정부가 문을 열어주었지. 남자는 60대 정도, 아니 더 되었을지도 몰라. 아무튼, 니콜에게 아버지뻘은 되겠더라. 머리가 희었지. 드레싱 가운 차림에 슬리퍼를 신고 큼직한 시가를 빨며 내게 들어오라고 하면서 불어로 말하기 시작하는 거야. 봉주르, 조지, 코멍 싸 바^잘 ^{지내나?} 그가 내게 집 구경을 시켜주고 나자 니콜이 나타나더니 내게 와서 입에다 대고 키스를 하더라니까. 그가 보는 앞에서 말이야. 그리고 돌아서서는 그의 뺨에서 키스를 하고 그를 룰루라고 부르더군. 그는 니콜을 베베라고 불렀지.

두 사람이 함께 프랑스산 와인을 땄고, 니콜은 계속 나만 쳐다보며 싱글거렸어.

나 같으면 둘 다 가만 안 둘 거다. 그 가정부까지도. 아부하디드가 소리쳤다.

가만, 들어봐. 조지가 갑자기 기운이 솟는 듯 자리에서 벌떡 일어섰다. 자, 들어봐. 니콜이 신발을 벗고 식탁 아래로 발을 뻗쳐 나를 희롱하더란 말이다. 저녁식사를 마치고 나니까 가정부는 퇴근을 하더군.

나 같으면 가정부와 할 텐데. 아부하디드가 또 끼어들었다. 나 같으면 가정부와 할 텐데 말이야!

그리고 우리는 응접실로 가서 앉았지. 조지가 얘기를 계속했다. 그런데 니콜이 내 옆에 앉더니 내 손을 잡더라, 이거다.

남편이 보는 앞에서? 아부하디드가 물었다.

응, 남편이 보는 앞에서.

그래서 넌 어떻게 했는데? 내가 물었다.

저어, 실례지만 두 사람이 부부인 거 맞나요? 하고 내가 물었지.

그렇다네, 하고 로랑이 대답했어. 로랑은 그자의 이름이야. 그렇다네, 조지, 그렇고 말고. 니콜이 자네를 좋아하네. 그럼 됐지, 뭐가 문젠가?

그러자 니콜이 내게 키스를 하기 시작했어. 그러다가 내 총을 빼

손에 쥐고 그러더라. 난 힘센 남자가 좋아. 이거 봐요, 로랑. 이거
봐요, 여보. 그러고는 그에게 총을 건네주더라 이거야. 로랑이 총
을 들여다보더니 그러더군. 이 친구 진짜 사나이로군. 그때 니콜
의 손은 이미 내 물건을 잡고 있었지. 완전히 흥분해서 숨을 거칠
게 쉬면서 말이야. 그리고 바닥으로 내려가 무릎을 꿇고 내 바지
지퍼를 내리고는 위아래로 머리 운동을 시작하더라, 이 말씀이다.

남편이 보는 앞에서? 아부하디드가 소리쳤다. 야, 바쌈, 넌 이
얘기가 믿기냐?

가만있어봐. 조지가 계속했다. 더 있어. 니콜이 내 물건을 빨고
있는데 남편이란 작자는 옆에서 그녀를 더 부추겼어. 그자는 박수
를 치며 노래까지 불렀지. 자아, 니콜, 자아, 베베, 자아, 베베. 내
가 사정을 하자 그자가 부엌으로 달려가 타월을 가져와서 니콜의
얼굴을 잡고 입 주위를 닦아주더라고. 그러는 내내 이렇게 중얼거
리더군. 베베, 내 사랑스런 베베……

그런 뒤 로랑이 내게 이제 그만 가보라고 했어. 늦었네, 조지.
니콜은 이제 피곤해. 그가 문 앞까지 나와서 내게 고맙다고 하며
그러더군. 니콜이 자네를 좋아하네. 다시 전화하겠네, 라고.

니콜이 다시 전화했어? 아부하디드가 물었다.

응.

나도 같이 가면 안 될까? 아부하디드가 웃었다. 그리고 커피 테
이블에 몸을 구부리고 코를 갖다 댔다.

내가 가는데 조지가 계단 아래까지 따라 내려와 말했다. 야, 내
보아하니 나집하고 너 사이에 갈등이 커지는 것 같은데, 너희들

뭔가 해결점을 찾는 게 좋을 거다. 그렇잖으면 둘 다 이제 그거 때려치우든가. 아부나라가 이 일을 알게 되는 일이 없었으면 좋겠다. 그가 알면 나를 시켜서 너희 둘 머리에 총알을 박으라고 할지도 몰라. 정 돈이 필요하면 의용군에 입대하든지.

네 사촌한테나 그러라고 해. 내가 대답했다.

그날 밤, 나는 이웃집들에서 흘러나오는 촛불 100만 개의 아우성대는 불빛을 헤치고 걸었다. 부서진 창문들을 가리고 있는 나일론 천을 통해 부옇게 비쳐 나오는 불빛 아래, 개들이 없는 거리를 걸었다. 상처투성이 담벼락의 도시, 빛이 없는 도시, 비닐로 뒤덮인 도시, 총알구멍으로 도배가 된 도시에서 촛불이 춤을 추었고, 나는 걸었다.

길에서 움돌리 아줌마와 마주쳤다. 그녀는 저녁 기도를 하러 성당에 가는 길이었다. 검은색 레이스 스카프가 그녀의 머리를 감싸고 있었다.

내 너의 잃어버린 영혼을 위해서 기도하마, 바쌈. 하느님의 큰 진노가 우리 모두에게 임하여 있다.

하느님은 죽었어요.

마치 악마와 마주치기라도 한 것처럼 움돌리가 비명을 지르며 성호를 그었다. 나는 어둠 속을 걸었다. 얼핏 보니 악마가 내게 슬그머니 다가오는 것 같았다. 양초 조각, 신문 조각, 도살된 염소의 내장, 오물, 깨진 돌 조각, 잔해, 똥, 쓰레기, 배설물, 망가진 가재도구, 표류물, 난파 잔해, 깨진 유리가 널린 구릉을 킁킁거리며 다니는 야행성 개처럼, 악마는 내 뒤를 밟았다.

뒤에서 천천히 도는 자동차 엔진 소리가 났다. 나는 얼른 뒤를 돌아보았다. 자동차의 전면 유리를 통해서 머리 셋의 실루엣이 보였다. 어둠 속에서 사내의 목소리가 울려 나왔다. 내게 보도로 올라가라는 소리였다. 다시 뒤를 돌아다보고 그것이 나집이라는 것을 알았다. 나집은 웬 낯선 놈 둘과 함께 있었다. 그들이 돌연 차에서 내리더니 문을 쾅 닫았다. 그리고 내게 다가와 나를 밀치기 시작했다. 한 놈이 내 목을 휘감았다. 턱 밑으로 놈의 팔꿈치가 보였다. 다른 한 놈이 내 팔을 잡아 꺾어 등 뒤로 뒤틀었다. 그리고는 보도로 올라가 나를 어떤 철제문에 밀어붙였다. 그제야 나집이 가까이 오더니 내 귀에 대고 속삭였다. 다시는 오락실에 나타나지 마라, 알겠냐? 생각조차 하지 마. 그랬다가는 네 못생긴 면상을 박살내버릴 테니까.

나는 허리춤의 권총 생각이 굴뚝같았지만 목이 졸려 숨이 막히는 듯했을 뿐만 아니라 오른손이 뒤로 뒤틀려 어깨까지 꺾여 있어 어떻게 할 수가 없었다.

너 내게서 훔쳐 간 거 가져와라. 안 그러면 군에 있는 이 친구들이 친히 네 집을 방문할 테니까. 위엄을 부리는 나집의 속삭임은 어린아이 같은 그의 음성과 어울리지 않았다. 두 놈이 내 양팔을 뒤로 꺾어 잡고 나를 땅바닥에 엎어뜨렸다. 나는 머리를 감싸고 꽃밭의 지렁이처럼 몸을 웅크렸다. 그리고 거인 나라 숲 속의 거대한 나무에서 떨어지는 거대한 나뭇잎처럼 내게 덮칠 거인들의 발을 맞이할 준비를 단단히 했다. 놈들의 발이 갈빗대와 얼굴을 짓밟았다. 발로 하는 정지 작업이 끝나자 주먹으로 고르는 작업이 뒤따랐다. 주먹은 잭팟이 터진 슬롯머신에서 나오는 동전처럼 억수같이 쏟아졌다. 나집이 내게 뱉은 침을 신호로 그들은 손을 털고 자리를 떴다.

세 놈이 차에 올라타더니 문을 세게 닫았다. 차가 출발해서 호스피탈 스트리트로 향하는 것을 보고 나는 악마처럼 벌떡 일어났다. 나는 복수심에 불타서 돌진하는 일천 병마의 신군神軍과 같이 파죽지세로 달렸다. 달콤한 피와 독을 입에 머금고, 파괴의 약속을 침처럼 질질 흘리는 하이에나처럼 달렸다. 맹수의 목을 관통해 들어가는 금속 조각처럼 나는 질주했다. 담장 하나를 뛰어넘고 호스피탈 스트리트로 빠지는 뒷골목을 향해 달렸다. (나는 진노의 번갯불, 화염에 휩싸인 트로이의 목마, 머리를 쳐든 인도 코브라였다.) 담장 하나를 더 뛰어넘어 호스피탈 스트리트에 발을 딛자 서서히 가까워지는 놈들의 자동차 불빛이 보였다. 나는 총을 뽑아 노리쇠를 당기고 좁은 도로의 한복판에 우뚝 섰다. 놈들의 차가 멈추더니 후진하기 시작했다. 후진하며 길 양쪽에 주차되어 있는 차들에 마구 부딪혔다. 사자의 발에 깔린 쥐새끼처럼 나집이 찍찍거리는 소리가 들렸다. 나는 먼저 차체를 겨냥하고 오른쪽 헤드라이트를 박살낸 다음 보도 위로 올라갔다. 건물 가까운 곳, 더 어두운 곳으로 몸을 은폐하고 총을 양손으로 포개 잡아 방아쇠에 손가락을 얹었다. 그리고 총 잡은 양손을 앞으로 쭉 뻗고 천천히 놈들의 차를 향해 다가갔다. 나집이 울부짖는 소리가 났다. 후진해, 제발, 후진해! 나는 두 발을 더 발사했다. 왼쪽 헤드라이트가 박살났다. 유리 새장에 갇힌 새들처럼 당황한 놈들의 머리가 실루엣으로 보였다. 내 왼손에서 피가 흐르고 있었다. 나는 부풀어 오른 입술을 질근 깨물고 갈빗대가 아픈 것을 참아가며 놈들에게 천천히 차에게 내리라고 했다. 천천히, 천천히, 천천히.

나집이 제일 먼저 내렸다. 다른 두 놈은 팔을 위로 들고 내가 있는 쪽으로 왔다. 나는 세 놈 모두 차 앞 땅바닥에 엎드리게 했다. 격노하는 달빛 아래, 내 거친 숨소리 아래, 내가 흘리는 피 아래, 내 번득이는 악마의 눈 아래, 세 놈이 내 발과 평행으로 엎드렸다. 나집은 깩깩거리며 배고픈 갓난아이처럼 울었다.

놈들의 몸을 더듬어봤지만 무기는 없었다. 나는 나집만 남겨두고 다른 놈들을 풀어주었다.

우리는 차에 올랐다. 나집에게 운전하게 하고 나는 그 옆에 앉았다. 그는 계속 울었다. 그에게서 오줌 냄새가 났다. 그의 바지는 발목까지 쭉 젖어 있었다. 나는 방향을 지시했다. 그는 내가 가라는 데로 운전하면서 시종 흐느꼈고 또 알 수 없는 말을 웅얼거리며 통사정을 했다.

우리는 다리 밑으로 갔다. 내가 그에게 내리라고 했다. 그는 운전대를 꼭 잡고 앞뒤로 몸을 흔들며 흐느끼면서 자기를 죽이지 말아달라고 빌었다.

내려. 해치지 않을 테니 내리란 말이다.

나 젖었다. 원하는 게 뭔지 여기서 그냥 말해.

내려.

그가 천천히 문을 열었다. 나는 도망갈 틈을 주지 않고 그를 잡아 따뜻한 차 앞머리에 대고 밀어 눕혔다. 그리고 그의 귓가에 총구를 갖다 댔다.

아까 너와 함께 있던 놈들, 누구냐?

몰라. 그가 울먹이며 말했다.

그들이 의용군 놈들이라는 건 알겠다. 나집, 이 애송이야, 네놈은 틀림없이 뭔가 더 알고 있을 거야. 누가 보낸 놈들이냐?

나집이 울었다. 그리고 또 자기를 죽이지 말라고 빌었다.

좋아, 그럼 이렇게 하지. 네가 사실대로 불면 살려주마. 그렇지 않으면 내 이 자동권총으로 러시안 룰렛 게임을 할 거다. 그럼 살 확률이 과연 얼마나 될까? 말해, 그렇지 않으면 네 시체와 고급 구두를 하수구에 버려서 쥐새끼들의 밥이 되게 할 테니까. 쥐들이 아마 네 귓불에서 나는 프랑스제 향수 냄새를 맡고는 환장을 해서 잘근잘근 씹어 먹겠지. 이 잘난 놈아!

나집이 부르르 떨자 따뜻한 오줌이 발목으로 흘러나왔다.

누구야?

나집이 울먹였다. 그리고 자기도 처음 본 자들이라고 했다.

좋아, 그럼. 쥐들에게 보낼밖에!

안 돼! 안 돼! 잠깐만. 걔네들, 드 니로 친구들이야. 제발 내가 말했다고 하지 마. 네 엄마의 무덤을 향해서 빈다. 제발.

네 차는 내가 가져갈 테니, 넌 걸어가라. 바지도 말릴 겸 말이야.

나는 아크라피에의 언덕 내리막길에 차를 주차했다. 글러브 박스를 열어보니 손전등과 증명서가 들어 있었다. 증명서는 군부대

검문소 통행 허가증이었고 나집의 이름이 적혀 있었다. 나는 증명서를 도로 접어 내 주머니에 집어넣었다.

차 안을 샅샅이 뒤졌지만 그 외에는 아무것도 없었다. 자동차등록증이나 무기도 없었다. 나는 차를 버리고 언덕길을 걸어올라 시리아인 주거 지역을 지나갔다. 어떤 여자가 빗자루를 들고 집 앞 계단의 흙먼지를 거리 쪽으로 쓸어내고 있었다. 여자는 내가 그 앞을 지나가는 동안 비질을 멈추고 나를 응시했다. 나도 걸어가며 여자를 쳐다보았다. 나는 계속 길을 재촉했다. 등 뒤에서 멈추었던 비질 소리가 다시 나기 시작했다.

쏟아져 내리는 달빛이 작은 옥상들에 널려서 춤추고 있는 빨래를 물들였다. 저기, 저 크리스천들의 하늘에는 별이 빛났고, 여기, 이 좁은 골목은 검은 그림자로 얼룩졌다.

나는 언덕길을 걸으며 가쁜 숨을 쉬었다. 길가의 1층 창문 너머로 집 안 모습이 얼핏얼핏 보였다. 나는 집집마다 침입의 눈길을 쑤셔 넣었다. 선조들의 슬픈 얼굴이 담긴 누런 사진들, 불꽃 같은 색채의 꽃병에 꽂힌 조화들, 구악舊惡으로 얼룩진 낡은 소파들, 푸른 계곡과 빨간 벽돌집이 그려진 낭만주의 풍경화들, 육중한 목재 식탁과 뱀파이어 영화에서나 볼 수 있는 의자들, 또다시 못에 박혀 벽에 걸린 십자고상이 보였다. 그리고 온갖 소리가 들렸다. 그릇이 부딪치는 소리, 칼질하는 소리, 개들이 제 꼬리를 쫓게 만드는 라디오 전파 소리가 들렸다. 뒷마당들에서는 축 늘어진 팔뚝들에 의해 빨래가 널렸고, 군인들처럼 늘어선 빨래집게는 베네치아 발코니를 장식하는 프레스코 벽화처럼 줄지어 정렬했다. 닭죽 끓이는 냄새가 났다. 양파 냄새가 밴 손에 잡힌 식칼이 도마를 두드리는 소리는 거세된 소년 성가단의 크레셴도 같았다. 아니, 저 폭풍우가 몰아치던 날, 못 박힌 야훼의 아들을 위해서, 그리고 그의 동반자였던 용서받은 도둑의 매달린 시체를 위해서 아람어를 말하던 사람들이 조용히 흘린 눈물 소리 같았다.

조지가 내게 의자를 권했다.

말보로를 한 대 꺼내 물고 불을 붙이고는 담뱃갑을 테이블에 던져놓으며 말을 꺼냈다.

너와 나집 사이의 일은 해결됐냐?

내가 미처 대답하기도 전에 그가 덧붙였다. 포커 오락실 일은 잊어버려. 네가 달리 할 만한 일이 따로 있으니까.

나는 그에게서 눈을 떼지 않았다. 내 손가락 사이에는 담배가 없었다. 목구멍은 후끈거렸고 눈은 근질근질했다. 끓어오르던 분노가 도로 가슴속으로 잦아들었다. 어린 시절의 영상이 테이블 위에서 어른거렸다. 두 아이가 건물의 각진 구석에서 오줌을 누었다. 나무총으로 비둘기를 쏘았고 꼬막손으로 사탕을 훔쳤다. 나무 막대기로 자동차 바퀴를 언덕 밑으로 굴리며 놀았다. 싸구려 샌들을 신었고 보라색 풍선껌을 열심히 씹었다. 주머니는 공깃돌로 불룩했고 새총과 휘어진 화살을 가지고 인디언과 아프리카 사자들을 쫓아다녔다. 사방이 화염에 싸인 가운데서도 까진 무릎을 꿇고 앉아 기도를 했고 외국말로 죄를 고백했다. 조지와 나는 밤늦은 시간에 좁은 골목길이나 음침한 계단 밑에 숨어 훔친 담배를 피웠다.

몰래 피운 담배의 불꽃은 폭탄의 화염처럼 너울거렸다.

조지가 잔을 들어 올렸다. 위스키 일이다.

위스키 일이라. 나는 빈정거리는 투로 웅얼거리듯 말을 받았다.

위스키로 돈을 버는 거야. 나와 몇 달 일하자. 그 포커 오락실은 이제 그만 신경 꺼. 그리고 돈 좀 만들어서 여길 떠나라.

난 너희 군에 입대 안 한다.

그래, 그러지 않아도 돼. 이건 부업이다. 루마니아에서 싸구려 위스키를 들여오는 거야. 가짜 조니 워커 수천 병을 들여와서 가짜 라벨을 붙이는 거지. 진짜 조니 워커로 둔갑시켜 파는 거야. 생산업자에게 수백 상자를 받아 그걸 이슬람 진영으로 보내주는 일이다. 네가 할 일은 그걸 트럭에 실어서 시내의 누군가와 접선하는 거야. 배달만 하면 되는 거다. 그게 네가 할 일의 전부야.

또 누가 이 일에 관련돼 있냐?

아무도 없어. 너와 나, 그리고 생산업자뿐이야.

아부나라는?

아부나라는 별로 신경 쓸 것 없다.

너도 같이 움직이니?

아니. 배달은 너 혼자 해. 혹 검문소에서 붙잡아 세울 경우를 대비해서 내가 네 통행증을 만들어줄게. 일단은 주에 한 번만 하게 될 거다. 그러고 나서 몇 주만 기다리면 서부 지역 전체에서 모두들 사겠다고 아우성치게 될 거다.

이 일은 두 사람이 필요한 일인데.

음, 누구 할 만한 사람 있어?

내가 나중에 알려줄게.

바로 알려줘. 목요일 밤에 첫 선적을 해야 한다. 그 사람이 기다리고 있어. 난 제일 먼저 네 생각이 났다. 난 언제나 널 생각한다.

글쎄, 사람들은 누구나 자기 생각부터 하는 법이지. 나는 라이터를 던져주고 자리를 떴다.

9

나는 베란다 가장자리에 기대어 서서 지나가는 크리스천들을 구경했다. 믿음이 있는 그들은 쇼핑백을 들고 말처럼 종종걸음 쳤다. 그들은 길 끄트머리에 늘어선 장사꾼들의 리어카 앞에 멈추어 서서 부엌용품이나 야채들을 기웃거렸다. 장사꾼들이 골목을 지나가며 외치면 주부들이 발코니에서 줄에 매단 바구니를 돈과 함께 내렸다. 그들은 다량으로 물건을 사며 위에 서서 흥정을 했다. 그러면서도 긴 속눈썹들을 깜빡거리며 물건을 하나하나 골랐다. 물건을 주문하는 그들의 목소리는 부서진 벽에서 벽으로 울려 나갔다. 여자들이 베란다에서 내려뜨리는 바구니들은 어두운 우물에 내리는 두레박 같았다. 장사꾼이 바구니를 채우면 여자들은 광부처럼 줄을 끌어올렸다. 그런 다음 여자들은 불을 피워 솥을 올려놓고 뻘건 소스를 넣은 음식을 만들었다.

라나가 베란다 밑을 지나쳐 갔다. 그녀는 고개를 숙이고 걸었다. 그리고 길 끝까지 가더니 되돌아서 우리 집 베란다 밑을 다시 지나쳐 갔다. 라나는 주부들이 그들의 기다란 혀를 말아 들여 모두 집 안으로 들어갈 때를 기다리고 있었다. 그 혀들. 이웃집에 들락날락하는 그 혀들, 베개를 휘감고 침대에서는 뱀처럼 미끈거리는 그 혀들, 어린 계집애의 치마 아래를 날름거리며, 생리는 하는지 처녀막 전선에 이상은 없는지, 틈만 나면 검사하는 여자들의 그 긴 혀들이 바구니와 함께 말려 올라가기를 기다리며 라나는 거리를 계속 왕복했다.

스푼에 소스를 떠서 후루룩 맛보는 저 혀들. 나는 속으로 생각했다. 죽은 자를 저주하는 저 혀들, 빨래를 널며 다른 사람들의 삶까지도 발코니나 옥상에 내다 거는 저 혀들, 그리고……

울 엄마가 그러더라. 마침내 라나가 문을 들어서며 말했다. 바쌈더러 와서 네게 청혼을 하라고 하든가, 아니면 도둑괭이처럼 네 창문가에서 기웃거리지 말라고 해라, 라고.

내가 지금 뭔가 새로 하려는 일이 있어. 조금만 참고 기다려.

난 더 이상 여기에 올 수 없어, 바쌈. 지난번에 내가 이 건물에 들어오는 것을 아블라 그 수다쟁이가 봤대. 상중 40일도 지나지 않았는데 그런다는 거야. 이 동네 사람들은 하나하나 다 보고 있다가 하루 종일 입방아를 찧는다니까. 난 이제 그게 지겨워, 바쌈, 전쟁과 여기 사람들이 아주 지긋지긋해. 바쌈, 나도 여길 떠나고 싶어. 빨리 여길 떠나자. 너도 평생 부두에서 박스나 나르며 살 거 아니잖아.

내가 지금 뭔가 새로 하려는 사업이 있다니까. 조금만 있으면
돼. 조만간 우리는 여길 뜨게 될 거야. 칼라스 이제 그만하자. 나는 그녀
의 허리를 잡고 입술에 키스를 했다. 그녀의 치마를 걷어 올리고
손으로 그녀의 곡선을 쓸었다. 축축함과 따뜻함이 부드럽게 흘렀
다. 손끝의 따뜻함, 벌어진 입술의 따뜻함, 혀가 전해준 짭짤한 손
끝의 따뜻함이 있었다. 곱슬머리를 휘감는 손가락, 블라우스를 헤
치는 손가락, 살갗을 쓰는 손가락, 베개의 숨통을 죄는 손가
락……

라나가 담배를 피워 물고 말했다. 나 며칠 전에 조지 봤다. 새
BMW 몰던데. 그거 걔 거니?

아닐걸. 아부나라 차겠지.

내 친구 레일라하고 걸어가고 있을 때였어. 그냥 얘기도 하고 옷
구경도 하면서 말이야. 근데 웬 근사한 스포츠카가 우리 옆에 와
서 서는 거야. 처음엔 그게 조지인 줄 몰랐어. 조지가 선글라스를
쓰고 있었거든. 선글라스를 벗더니 갈 데 있으면 태워다주겠다고
하더라. 그래서 내가 고맙지만 우리가 가는 길이 멀지 않으니까
괜찮다고 하고는 다시 걷기 시작했어. 그런데 갑자기 뒤에서 빵빵
하는 소리가 나서 돌아봤더니 조지가 문을 열어놓았더라구. 그래
서 우린 그냥 차에 탔지. 조지가 우리를 동네까지 태워줬는
데…… 걔 정말 웃기더라. 어떤 아랍 음악을 쿵쿵 울리게 틀고는
무슨 경주를 하듯 차를 몰던데…… 바쌈, 너 또 그렇게 입을 꼭
다물고…… 네가 그렇게 말을 안 하고 있으면 내가 미칠 것 같아.
미칠 것 같단 말이야. 넌 오직 내 몸을 탐할 뿐이야. 만나면 넌 항

상 내가 옷을 벗기만 바라. 그런 다음에는 그저 누워서 천장만 멍하니 바라보거나 담배만 피워댈 뿐, 내게 이러쿵저러쿵 한마디 말이 없어. 그러는 너 때문에 내가 돌아버리겠다구.

나는 나중에 조지의 집에 들렀다. 그의 소대원들이 다리를 뻗고 소파에 기대앉아 있었다. 그들은 순면 셔츠, 카우보이 혁대, 리바이스 청바지 차림이었다. 나는 브루마나의 니콜을 알아봤다. 그녀의 남편 로랑은 취한 상태였고 아프리카 얘기를 하고 있었다. 코카인이 고속도로처럼 유리 위에 줄지어 있었다. 코들이 진공청소기의 호스처럼 유리 위를 훑었고, 코로 흡입된 흰색 분말은 눈동자의 마비된 신경세포들에 계속 주입되었다. 아파트는 무적의 전사들, 커지는 웃음소리, 빛나는 이빨들로 웅성웅성했다. 부엌을 메운 곧고 넓은 어깨의 전사들은 음악에 맞춰 구령하는 목소리로 노래를 불렀다. 그들은 뺨에 키스를 하며 서로의 공적을 치하했으며, 그들의 저격병다운 눈매는 S자 라인의 엉덩이를 겨냥했다. 집 안에는 술과 음식이 있었고 담배와 이야기가 있었다.

나는 맥주 한 병을 들고 벽에 기대어 섰다. 그리고 몇몇 사람들과 얘기를 주고받았다. 파디, 아델, 레이몬드, 수하, 샹탈, 크리스틴, 마야, 수하일, 그리고 조지. 조지는 몽롱한 상태로 싱글거리고 있었다.

지금은 그냥 즐겨. 우리 얘기는 나중에 하고. 조지가 말했다. 방 안에서 한 계집애가 코피를 흘리고 있다.

요셉 샤이벤에게 위스키 일을 도와달라고 할 거다.

그 얘긴 내일 하자니까. 그리고 그는 내 뺨에 키스를 했다. 우린 친형제다, 친형제. 그리고 그는 베베와 베베의 남편 므슈 로랑에 게로 갔다.

차를 마시고 있던 참인데 잘 왔네. 생산업자가 문을 열고 말했 다. 잘 듣게. 간단한 일이야. 구매자와의 접촉은 내가 한다. 이건 되는 장사야. 술을 안 마시는 사람은 없으니까. 식사는 했나?

예.

자네 내 아내가 만든 바미아^{오크라} 요리를 한번 맛봐야 하는데 말이 야. 자, 게 앉아서 식사 좀 하지.

아뇨, 먹었습니다. 감사하지만 다음에 하겠습니다.

위스키 좋아하나?

질이 좋은 위스키만 좋아합니다.

생산업자가 웃었다. 그럼 내가 만드는 술은 권하지 않겠네. 그 건 그렇고, 내 자네 삼촌과 아는 사이였네. 그 친구, 언제나 정치 에 휩쓸렸지. 그 모든 정치 활동으로 시간을 허비하지 말라고 내 가 그 친구에게 말하곤 했는데. 그 친구, 사회주의자였지. 시위를 어찌나 좋아하던지! 내일 창고에서 내 아들 하킴이 밴에 물건을 실어줄 걸세. 자넨 그저 그걸 배달만 해주면 돼. 직접 돈을 주고받 는 일은 없네. 접촉할 사람의 이름은 알리일세. 조지가 장소와 가 는 길은 가르쳐주었겠지?

예.

혼자 할 건가?

아뇨.

이건 장사일 뿐이야. 그가 다시 말했다. 종교나 전쟁과는 무관한 장사일 뿐이야. 이슬람이고 그리스도교고 간에, 그런 건 중요하지 않아.

요셉과 나는 알아스왁으로 트럭을 몰았다. 거리는 텅 비어 있었다. 보도의 갈라진 틈으로 잡초들이 삐져나와 자라고 있었다. 잡초들은 부서진 아치형 육교 밑에도 서식했고, 약탈당한 상점들 앞에서도 빛을 반사하며 눈에 띄었고, 썩어가는 모래주머니의 터진 틈에서도 자라나고 있었다. 지금은 잡초가 자라고 있는 폐허가 되었지만, 그렇게 되기 전에 관공서 건물에서는 게으른 정부 관리들이 긴 복도를 어슬렁거렸고, 철제 책상에서 졸았고, 걸쭉한 커피에 콧수염을 빠트렸고, 털이 많고 우쭐해하는 가슴팍을 수직으로 가르는 좁은 넥타이를 과시했었다. 그들은 파리를 쫓는 손으로 뇌물을 받았고, 수없이 많은 거래에 증명 도장을 찍어주었다. 위조된 유언, 불법 지붕, 세례 증명서, 종교상의 이혼, 오염된 송수관, 미성년 운전 면허증, 지불기한이 만료된 수표, 부실 공사, 방치된 하수 시설, 오점이 있는 여행증명서, 베카 계곡의 헬리오폴리스 신전 계단에서 자라는 환각 식물의 은밀한 수확까지 무사히 그들의 손을 통과했었다. 저 징징대며 짜는 가수 페이루즈가 한밤의 반짝이는 별빛 아래 헬리오폴리스에서 노래를 불렀었다. 그 별빛은 동쪽과 남쪽에서 오는 세 명의 바빌로니아인들을 마구간으로 인도했었고, 되새김질하는 소들이 있는 마구간에서는 어린아이가 동정녀의 둥글고 검은 젖꼭지에서 젖을 빨고 있었다.

운전대는 내가 잡았고 요셉은 옆에 앉아 가는 길을 가르쳐주었다. 나는 이곳을 내 손바닥보다 더 잘 안다. 그가 말했다. 우회전해, 저기, 드럼통 옆이다. 스톱.

나는 권총을 들고 밴 옆에 내려섰고, 요셉은 AK47을 들고 차 뒤에 섰다.

샤이, 와서 물건 가져가시오. 샤이. 요셉이 외쳤다.

어느 빈 건물 1층에서 누군가 휘파람을 불었다.

알리? 내가 물었다.

바쌈?

그렇소.

알리의 신호를 받고 소년 둘이 모래주머니 방호벽 뒤에서 나타났다. 그들은 낡은 옷차림에 플라스틱 슬리퍼를 신고 있었으며 얼굴은 흙투성이였다.

나는 밴에 올라 서부 경계선 방향으로 후미를 댔다. 소년들이 빈약한 팔로 밴에서 박스를 내려 건물 안으로 운반했다.

40박스요. 내가 말했다.

마무드, 박스가 몇 개인지 세봤냐?

40개요. 소년이 외치는 소리가 건물 안에서 들려왔다. 40개. 신의 가호를 빕니다.

그럼 안녕, 가는 길에 지뢰 조심하고. 요셉이 소년들에게 외쳤다.

1만 개의 바늘이 이미 니콜의 팔을 찔렀음에도 나는 그녀에게 작은 가방을 가져다주었다. 므슈 로랑은 난로를 켜고 가방에서 꺼낸 가루를 달여 녹였다.

조금만, 베베, 내 사랑. 조금만.

로랑이 팔뚝의 고무줄을 풀어주자 니콜이 나를 보고 미소를 지었다. 돈은 조지한테 줘야 하니, 아니면 네게 줘야 하니?

조지에게 줘.

나는 그 집에서 나와 시내를 향해 천천히 걸었다. 성당 앞에 이르렀을 때 나는 계단에 앉아 담배를 피웠다. 줄무늬 고양이가 몇 마리 지나갔다. 야옹 하고 우는 듯한 총성이 몇 번 울렸다. 땅바닥을 핥듯 뒤꿈치를 끌며 몇 사람이 지나갔다. 머리 위로 종소리가 울렸다.

조지가 아부하디드를 옆에 달고 나타났다.

그 헤로인 중독자는 어떻디? 그가 내게 물었다. 그 영감도 했니?

아니.

영감이 계산은 안 해줬어?

아니, 돈은 네게 주라고 그랬다. 그 가방에 뭐가 들었는지 내게 말……. 나는 말을 멈췄다. 위스키 일한 거, 내 수고비는 가져왔니?

업자에게 아직 못 받았다. 받으면 줄 테니 걱정하지 마.

다음부터는 내가 모르고 하는 일이 없었으면 한다. 난 네 약이나 팔아주는 똘마니가 아니야. 나는 말을 툭 던지고는 그대로 그 자리를 떴다.

조지가 등 뒤에서 나를 불렀지만 대답하지 않았다.

다음 날 나는 하루 종일 침대에 누워 빈둥거렸다. 담배연기가 내 주변을 감돌다가 천장까지 퍼져 회색 구름을 이뤘다. 멀리 폭탄이 떨어졌다. 침대 아래 놓인 접시는 짓이겨져 곱사등 모양을 한 누런 말보로 담배꽁초와 담뱃재로 수북했다. 머리맡의 촛불이 내 손에 들린 만화책을 밝혀주었다. 만화책 『땡땡』의 개 밀루처럼 침대 아래 슬리퍼는 내가 움직이기만을 기다리고 있었다. 누군가 문을 두드리는 소리가 났다. 나는 베개 밑에서 총을 꺼내 들고 민첩하게 촛불의 숨통을 끊었다. 슬리퍼를 신고 문에 다가가 어안렌즈 구멍에 눈을 들이대고 밖을 살폈다. 검은 그림자만이 보였다.

나는 문에서 뒤로 물러섰다. 누구냐?

나다. 나빌라. 바쌈, 문 열어.

나는 물론 그 말에 순종했다.

너 왜 이렇게 어두운 데 죽치고 있니? 성당에서 초를 훔쳐 오든가, 아니면 아예 집에 불을 지르든가 해라. 그렇게 길 잃은 유령처럼 숨어 있지 말고.

나빌라가 내 방으로 따라 들어왔다. 나는 성냥을 찾으려고 손으로 테이블을 쓸었다. 손에 잡힌 성냥갑을 브라질 악기처럼 흔들어본 다음, 성냥개비를 하나 꺼내어 성냥갑 옆을 그어 불을 켰다. 나빌라의 얼굴이 환하게 비쳐졌다.

너 여전히 비쩍 하구나. 여전히 누렇게 뜨고 앙상해. 내가 내일 와서 음식 좀 만들고 집 안 청소도 좀 해야겠다.

그러지 마세요.

너 가구티 봤니?

어제요.

난 지난 일주일 동안 그 아이를 통 못 봤다. 녀석이 일하는 데 가서 물어봤더니 거긴 그만두었더구나. 집에도 여러 번 가보았지만 번번이 없었다. 그 아이를 봤다는 사람도 없고. 옆집 움아델이 그러는데 녀석이 집에 거의 들어오지 않는다는구나.

바쁘니까 그렇겠죠.

뭘 하는데?

일해요.

어디서?

몰라요. 무엇이든 생기는 대로 하거든요.

무엇이든이라니? 그 녀석 도대체 무슨 일에 관계하고 있니? 혹시 아부나라에게 가서 일하고 있는 거야?

예.

대체 무슨 일인데?

보안 쪽 일이에요.

보안! 나빌라가 소리쳤다. 무슨 보안? 아부나라, 그 게으른 돼지에게 전화를 해야겠다. 그 작자에게 전화를 해야겠어. 내 조카 머리카락 하나라도 다치면 그 작자의 어미 무덤에 대고 저주를 할 거라고 말이야. 바쌈, 네가 조지에게 말 좀 해라. 네 말은 들을 거다. 너희 둘은 친형제 같잖니. 그 아이, 학교에 돌아가야 해.

전 레바논을 떠날 겁니다.

어디로 갈 거니?

로마, 파리, 뉴욕, 어디든 갈 수 있는 데로요.

조지도 데려가라. 같이 가. 녀석에게 얘기 좀 해라. 그래, 너희 둘이 같이 떠나라. 프랑스로 가. 내가 조지 아버지의 이름을 가르쳐주마. 그 비겁한 사람. 자기 아들에게 프랑스 여권과 돈을 보내라고 해야겠다. 조지의 신분증도 부탁하고, 자기 아들이 나쁜 길로 빠졌다고 하고, 방문 초청장을 보내라고 해야겠다. 바쌈, 성모 마리아께서 네게 좋은 길을 열어주시길 빌겠다. 네 친형제나 다름없는 그 애 좀 잘 보살펴줘. 꼭. 그래, 언제 떠날 거니?

돈이 생길 데가 있어요. 그 돈이 모아지는 대로요.

네가 지금 바로 떠나서 조지의 아버지를 찾겠다면 필요한 돈은 내가 해주겠다.

아뇨. 저 혼자 할 수 있어요.

이 집 안 꼴 좀 하고는. 바쌈! 나빌라는 마룻바닥에 널려 있는 유리 조각들과 수북한 재떨이들, 옷가지를 치웠다.

내버려둬요.

그녀는 엄마가 그랬던 것처럼 계속 이것저것 집어서 치워가며 집 안을 정돈했다.

나는 보다 못해 그녀의 손목을 잡고 그녀가 들고 있던 베개를 잡아채서 벽에 집어던졌다. 그냥 두라니까요.

나빌라가 내 손을 잡아 꼭 쥐고 얼굴을 만졌다. 넌 이제 혼자니까 네 몸은 네가 건사해야 한다. 쥐처럼 더럽게 해놓고 살지 마. 창문도 좀 열어놓고. 방 안이 온통 담배 냄새, 땀 냄새에 절어 있다. 꼴좋다. 면도도 안 하고 추레한 이 꼴 좀 봐라.

그녀가 내 얼굴에서 손을 거두고 뺨에 키스를 했다. 그리고는 뒤

돌아서서 어두운 복도를 지나 아파트 건물을 나갔다.

두 번째 배달은 조니 워커 60박스였다. 요셉과 내가 탄 밴에 가득이었다. 요셉이 박스를 열더니 위스키 한 병을 꺼냈다.

마시지 마라. 그 가짜는 네 몸에 독이 될 수도 있어. 이런 날 죽기는 좀 그렇잖냐. 내가 말했다.

운명은 재천이다.

아이고, 그러셔? 운명의 노예가 된 전사로군. 내가 그를 놀렸다.

야, 내가 얘기 하나 해줄 테니 한번 들어봐라. 이 얘기를 듣고도 네가 운명을 믿는지 안 믿는지 두고 보자. 전선의 경계초소에서 있었던 일이다. 너도 유세프 아쇼를 알지? 그 시리아인. 우리는 걔를 알비지^{RBG}라고 불렀다.

아니.

뭐 어쨌든. 그 녀석이 경계근무를 서는 주간週間의 일이었다. 나도 그날 경계초소에서 근무를 서고 있었는데 검은 옷을 입은 어떤 아줌마가 초소를 향해 오고 있었어. 저격용 소총의 망원경으로 보니, 그 아줌마의 가슴에 커다란 십자가 목걸이가 있길래 우리 쪽 사람인 것을 알고, 내가 아줌마에게 소리를 쳐서 물었다. 야칼티^{아줌마}, 어딜 가요?

그 아줌마가 자기 아들 유세프를 만나러 가는 길이라고 했다. 초소까지 오는 길에는 지뢰밭이 있어. 지뢰가 한 열 개는 묻혀 있지. 그런데 그 아줌마는 멀쩡하더라니까. 마치 어디선가 홀연 나타난 유령처럼.

그래서 내가 유세프를 불렀다. 그 녀석은 다른 건물에 있었어. 녀석이 내가 있는 곳으로 건너오는 가장 빠른 방법은 그다지 넓지 않은 길을 가로질러 오는 것인데, 그 길은 저격병에게 노출되어 있었다. 다른 길도 있었지만 그 길은 한참 돌아오는 길이었지. 유세프는 자기 엄마가 왔다는 말을 듣고 그 위험한 지름길을 가로질렀어. 녀석이 거의 다 건너와서 몇 미터 남지 않았는데 저격병의 총알이 핑 하고 날아 녀석의 귀를 스치며 빗나간 거야.

녀석의 어머니는 아들을 보자 울기 시작했다. 그리고 꿈자리가 아주 뒤숭숭했다면서 뭔가 끔찍한 일이 일어날 것 같은 예감이 들었다고 했어.

그런데 이 자식이 제 엄마에게 막 화를 내더니 욕을 해대기 시작하는 거야. 또 제 엄마 팔을 잡아 뒤로 밀치면서 소리를 지르며 집으로 돌아가라는 거야. 제 엄마에게 정신 나간 노인네라면서 말이다.

그래서 내가 그 자식 머리통을 한 대 갈겼다. 어머니를 공경하지 않고 그게 무슨 버릇이냐고 하면서 말이야. 그리고 두 번 다시 어머니에게 그런 식으로 말하지 말라고 일렀지. 내가 녀석에게 초소에서 그만 철수하라고 명령을 했어. 내 소대에는 너같이 무례한 인간은 필요 없다, 라고 하면서.

그리고 나는 녀석에게 지프차로 어머니를 집까지 모셔다드리라고 했다. 그렇게 해서 녀석은 집에 가게 됐다. 그 어머니는 목욕물을 따뜻하게 덥혀놓고 외출을 했고 녀석은 그 물로 욕조에서 목욕을 하고 있었어. 그런데 얄궂게도 폭탄이 욕조가 있는 화장실에 떨어져서 그 녀석이 그만 죽고 말았다. 아주 산산조각이 났지. 결국 녀석의 어머니는 실성을 했어. 요즘은 눈만 뜨면 성당 계단에 앉아 기도를 하고 사신다. 아들이 죽은 후로 스스로 무슨 서약을 하고는 세수도 안 하고 목욕도 안 한다고 한다. 자, 이 얘기 듣고 뭐 할 말 없냐?

마셔라.

위스키를 배달하러 알아스왁의 알리에게 가는 길이었다. 어떤 어린 소년 둘이 길 한복판을 가로막고 서서 손을 휘휘 저었다. 찢어진 운동화를 신은 곱슬머리 소년과 슬리퍼를 신고 청바지를 입은 소년이었다. 곱슬머리는 AK47 소총을 들고 있었고 청바지는 앙상한 허리에 권총을 차고 있었다.

나는 밴에서 내려 그들에게 다가갔다. 요셉이 내 뒤를 따라 내렸다.

차에 그대로 있어. 곱슬머리가 소리쳤다.

누가 책임자냐? 여기 책임자가 누구냐니까? 내가 물었다.

나다. 곱슬머리가 말했다. 차로 돌아가.

나는 그 말을 무시하고 그대로 서 있었다.

어딜 가는 길이냐? 곱슬머리가 물었다.

그건 왜 물어? 요셉이 말했다.

밴 뒷문을 열어라. 너무 많이 알려고 하지 마. 곱슬머리가 말했다.

이 새끼들, 너희가 누군지 말하든가, 아니면 당장 길을 비켜! 요셉이 말했다.

곱슬머리가 두 걸음 뒤로 물러서더니 힘들여 소총의 노리쇠를 당기고 우리를 향해 총을 겨누었다. 청바지가 발을 질질 끌며 곱슬머리 옆으로 뛰어왔다. 총의 무게 때문에 걸음이 불안정했다. 걔가 요셉의 얼굴에 총을 겨누었다. 문 열어! 곱슬머리가 소리쳤다. 문 열어! 그 소년이 내게 총을 겨누었다. 소총 무게가 녀석 몸무게의 두 배, 나이의 세 배는 될 것 같았다.

요셉과 나는 뒤돌아 밴으로 갔다. 소년들이 뒤에서 우리를 재촉했다.

뒷문이 잠겨 있다. 앞에서 열쇠를 가져와야 해. 내가 말했다.

운전석으로 가는 내 뒤를 두 녀석이 모두 쫓아왔다. 나는 한 손으로 차 열쇠를 빼면서 재빨리 옆자리에 놓여 있는 요셉의 군용 혁대를 더듬었다. 무언가 잡혔다. 수류탄이었다. 나는 일부러 열쇠를 바닥에 떨어뜨렸다. 열쇠를 집으려고 운전대 밑으로 고개를 숙여 더듬거리면서 다른 손으로 수류탄을 집은 다음 몸을 일으키며 안전 레버를 꼭 쥐고 안전핀을 뽑았다. 그리고 돌아서 녀석들을 마주보고 그들의 어린 얼굴 앞으로 팔을 뻗었다.

무기 내려놔. 이 개자식들아. 난 하느님이든 천국이든 상관 안 하니까. 이 손을 펴서 우리 모두를 산산조각 난 고깃덩어리처럼 날려버리겠다.

어서, 이 개새끼들아. 군바리를 엿 먹이면 어떻게 되는지 보여주겠다. 요셉이 소리를 지르며 총을 꺼내어 소년들의 얼굴을 겨냥했다. 그 총들 내려놔. 요셉이 외쳤다. 바쌈, 셋까지 세. 그래도 저 새끼들이 무기를 안 내려놓으면 손을 확 펴버려. 감히 우리를 엿 먹이려 들다니!

권총을 들고 있던 녀석이 먼저 총을 내렸다. 곱슬머리는 잠시 그대로 AK47을 겨누고 있었다. 그러다가 눈을 껌벅이며 점점 더 빨리 숨을 들이쉬기 시작했다. 곱슬머리가 서서히 총을 내리자 요셉이 달려들어 총을 모두 빼앗았다. 요셉이 곱슬머리의 뺨을 때리는 동안 청바지는 슬금슬금 뒤로 물러나다가 뒤돌아서더니 그대로 달음박질해서 뒷골목으로 사라졌다.

요셉은 곱슬머리 소년의 티셔츠를 움켜잡고 밀가루 부대처럼 내둘렀다. 그는 포장로에서 소년을 질질 끌고 다니다가 발로 짓밟았다. 이 개 같은 새끼야, 네놈이 뭔데 우리 앞을 가로막아? 요셉이 소리를 질러댔다.

어린 곱슬머리 소년은 울기 시작했고 깡마른 팔로 얼굴을 가렸다.

내 네놈을 감방에 처넣어 썩게 없어지게 할 거다, 이 개새끼야.

나는 쥐고 있던 수류탄을 어떤 빈 건물의 창문으로 집어던지고 땅바닥에 몸을 던졌다. 수류탄 터지는 소리가 사방으로 울려 퍼졌다. 그러고 나서 나는 요셉을 소년에게서 잡아뗐다. 소년의 머리에서는 피가 흐르고 있었고 코는 뭉개져 있었다. 녀석은 눈을 내리깔고 손등으로 피를 훔치며 어린애답게 흐느껴 울었다.

너 어디서 왔냐? 내가 물었다.

우리는 여기 알아스왁에 살아요.

왜 밴을 열라고 했지?

무엇이든 가져가려고요. 소년은 말하고 피를 뱉었다.

어디로?

무엇이든 가져가서 팔려고요. 우리는 형들이 군인인 줄 몰랐어요.

너희들 무기는 어디서 났니?

전사한 시리아 군인 걸 주은 거예요.

너 몇 살이냐?

열네 살.

이름은?

하싼.

빌어먹을 이슬람 놈들이 우리 구역에! 요셉이 소리를 치고는 총을 뽑아 들었다. 내 이 버러지 같은 놈을 끝장내야겠다!

내가 요셉의 팔을 잡아 차 안으로 밀어 넣었다.

뒤돌아보니 소년은 절뚝거리며 달아나고 있었다. 그리고 폭격으로 폐허가 된 도시의 담벼락 뒤로 이내 모습을 감추었다.

요셉이 차 안에서 웃으면서 내게 마주눈^{미친놈}이라고 했다.

이제 너를 마주눈이라고 불러야겠다. 소련제 수류탄이 우리 모두 날려버릴 뻔했어. 하필이면 그 고약한 걸 집어가지고! 그 수류탄은 제일 예측 불가능한 거야. 단 1초 만에 터질 수도 있고 어떨 때는 3분이나 지난 다음에야 터지기도 한다구. 어느 쪽이 됐든, 하마터면 우리 인생 종칠 뻔했다. 마주눈. 그는 더 크게 웃기 시작했다……. 마주눈.

알리와 소년들이 우리를 기다리고 있었다. 소년들이 짐을 부리는 동안 알리가 내게 다가와 담배를 권했다.

저쪽 상황은 좀 어때요? 내가 물었다.

한때는 모두 하나였는데, 이젠 이쪽이니 저쪽이니 하며 구분해

서 불러야 하다니, 나 원 참. 알리가 고개를 가로저었다. 저쪽에
가본 적 있나?

오래전에요. 내가 어렸을 때였죠. 그쪽에 친척이 있어요.

아, 그런가?

예, 삼촌이 있습니다. 공산주의자죠.

성함은?

나임 알아비아드입니다.

내 자네 삼촌을 아네. 알리가 깜짝 놀라며 말했다. 그와 나는 함께
싸웠지. 그는 지금 공산당의 최고 지도자일세. 서로 연락은 하나?

아뇨. 오랫동안 연락이 끊겼습니다.

나는 요셉이 다가오는 것을 보고 알리에게 눈을 찡긋했다. 우리
는 화제를 바꿨다.

소년들이 위스키 운반을 마치자 나는 요셉에게 소변을 보고 오
겠다고 하고 안으로 들어가 알리를 불렀다.

엄마가 돌아가셨어요. 혹시 삼촌께 전해주실 수 있을까 해서요.

고인의 명복을 비네. 내 자네 삼촌과 연락을 취해보지. 그가 고
개를 수그리고 말했다.

10

한밤중 문 두드리는 소리에 나는 잠이 깼다. 문을 열어보니 므슈 로랑이 손에 촛불을 들고 서 있었다. 나는 그에게 들어오라고 했다.

난 지금 조지를 찾고 있네.

그의 집은 가봤어요?

응, 하지만 거기엔 없네.

그럼 지금 근무 중이겠죠.

어디에서? 급하네.

군부대에 가보세요. 아니면 지금 어딘가 다른 데서 임무 수행 중인지도 모르고요. 지난주 그 친구의 파티에서 뭔가 그런 비슷한 얘기를 들었거든요.

베베가 약이 필요하네. 몸을 덜덜 떨어.

난 도움이 안 되겠군요, 므슈 로랑.

급하네.

중독자 병원에 데려가지 그러세요?

응, 프랑스에 가면. 거기에 있는 어떤 병원에 빈자리가 나길 기다리고 있네만……. 혈액 교환. 그곳에서는 혈액 교환을 하네.

므슈 로랑, 왜 이 짓을 하시죠?

왜 베베가 해달라는 대로 다 해주냐고?

그녀가 원하는 건 왜 무엇이든 다 들어주죠?

담배 한 대 주겠나?

예. 커피 좀 드릴까요?

아니. 내 자네의 질문에 대답을 해주지. 한때 우리 레바논 사람들이 아프리카를 휘젓고 다녔던 적이 있네. 우리는 중간상인들이었네. 거래 당사자들 양쪽으로부터 수수료를 챙기는 일이었지. 그곳을 일군 것은 우리들이었네. 내가 프랑스인 숙부에게 가려고 고향을 떠나 배를 탔을 때는 자네나 베베는 아직 세상에 태어나지도 않았을 때였어. 얼마 동안 숙부 밑에서 일을 해서 돈을 모아 고향으로 돌아갈 생각만 갖고 그리 갔던 거야. 고향으로 돌아가 언덕에 집을 짓고 얌전한 고향 처녀와 결혼할 생각이었지.

그런데 우리는 많은 돈을 벌게 되었네. 빈민촌이나 정글을 돌아다니며 옷감을 팔아서 말이야. 프랑스인, 포르투갈인 등 누구를 막론하고 그곳을 찾는 자들의 중간상인 노릇을 했네. 우리는 자동차와 냉장고를 들여왔고 경찰, 시장, 군사령관 등과 같은 자들에게 뇌물을 주었네. 그리고 우리는 모두 펜트하우스에 살았지. 아프리카의 레바논 사람들이 모두 펜트하우스에 살았던 거 아는가?

우리는 우리의 전용 클럽에서 파티를 열곤 했지. 젊은 나는 열심히 일했고 장사하는 법을 배웠네. 난 아프리카의 흙냄새가 나는 돈, 눅눅한 침대 매트리스 냄새가 나는 돈을 트렁크에 가득 담아 가지고 다니며 여행을 했네. 아프리카의 화장실에서 삼킨 다이아몬드를 스위스 호텔의 화장실에서 배설해냈지. 흑백 혼혈 여자들이 우리 앞에서 기다시피 했고, 테이블 위에서 아랍 노래에 맞춰 춤을 추었지. 그 노래들은 우리를 향수에 젖게 하고 퇴폐적으로 만들었네. 이제 알겠지, 우리 레바논 사람들이 총도 없이, 군대로 없이, 노예도 없이 그런 데를 휘어잡고 다녔다는 것을.

그렇게 세월이 흘렀네. 그사이 내가 떠나온 고향 언덕의 성당에서 무릎을 꿇고 기도하던 젊은 신부의 허벅지에 살이 겹치고, 무릎이 비누조각이 되도록 내버려두었던 걸세─세월이 흘러도 그 작은 언덕은 항상 내 마음속에 자리하고 있었지. 자네 이제 알겠지, 나도 얻은 것이 있지만 대신 잃은 것도 있다는 것을. 난 자가용 비행기를 타고 다녔네. 도박사들의 손톱 때문에 초록색 테이블보가 찢겨진 블랙잭 테이블에서 도박도 해보고……. 또 우리는 그 부패한 군부대 장성들을 구워삶았네. 그들은 완전히 우리 손바닥 안에 있었어.

우리는 사람들의 부를 빨아들였고 그들의 딸들을 데려다 권력자들에게 선물로 바쳤지. 사람들은 우리를 싫어하면서도 우리를 필요로 했네. 그런데 어느 날 일이 터졌네. 빈민들이 총칼을 휘두르며 맨발로 시내를 덮쳤고, 우리들은 펜트하우스에서 쫓겨났네. 그들은 모자이크 풀장에 똥을 쌌고, 우리가 애용하던 물담뱃대들을 부러뜨렸네. 그들은 커다란 창문으로 그들의 원시적인 마을이 내려다보이는 대리석 응접실에 진을 쳤지. 우리가 전에는 의식하지도 못했던 판자촌들, 역겨운 냄새가 나는 하수구들을 내려다보면서 말이야. 우리는 그들의 초콜릿 피부색 누이들의 배를 베개 삼았고, 그 여자애들의 허연 손바닥을 우리 셈족의 정액을 닦는 타월로 썼네. 또 울타리와 경비견에 둘러싸인 우리 이마의 땀을 닦아주는 타월로 쓰기도 했지.

나는 달아났네. 유럽인들이나 남아프리카 공화국 백인들의 잘 태운 피부로 빛나던 유흥지들을 뒤로하고 나는 달아났네. 내 자동차들, 비누공장, 내 혼혈 사생아들을 뒤에 남겨두고 말이야. 나는 그렇게 달아나서 결국 여기까지 오게 되었네. 그 처녀를 찾아서, 어린 시절의 그 언덕을 찾아서.

나는 이제 늙은이일세. 그러니 내가 감상적이더라도 이해하게. 내가 베베를 만났을 때 그 아이는 혼자였네. 언덕에서 베베를 처음 보았을 때 나는 그게 좋은 징조라고 생각했지. 나는 그 아이가 원하는 것, 필요로 하는 것은, 그것이 무엇이든 다 사주었네. 왜냐고 묻겠지. 유감스럽게도 나는 그 아이에게 달리 해줄 수 있는 게 없기 때문이야. 이제 그 아이는 내게 집과 같아. 딸이자 아내이기도 하지. 눈물을 보여서 미안하네. 난 그 아이가 이곳을 떠나자고 할까 봐 두렵네. 난 여생을 고향 언덕 가까운 곳에서 보내고 싶은 마음뿐일세.

자, 자네, 조지를 좀 찾아주겠나? 제발 부탁이네.

다음 날 나는 동네 식품점에서 장을 봤다.

신선한 푸른 아몬드가 있는데, 아몬드주酒에 그만이야! 한 되 사려나? 식품점 주인 줄리아 아줌마가 말했다.

아뇨. 요즘 술 별로 안 해요.

혹시 빈 병 버릴 거 있어? 내 딸 수아드를 보내서 가져오라고 할 테니.

글쎄요. 부엌에 있나 한번 볼게요.

네 어머니의 명복을 빈다. 네 어머니는 정숙한 부인이었다. 하느님이 그놈들의 손목을 잘라버리기를…….

나는 빵과 치즈를 사고, 줄리아에게 고맙다고 하고 나왔다.

어떤 지프차가 집으로 돌아가는 일방통행로 반대편에서 달려왔다. 초록색 제복 차림의 젊은 의용군들이 타고 있었다. 이마에 밴드들을 둘렀고 그들의 소총은 건물의 발코니와 차양을 향하고 있었다. 지프차가 내 옆에 멈추더니 조지가 내렸다. 그는 피곤하고 더러워 보였다.

바쌈, 우리 지금 막 돌아오는 길이다. 통조림만 갖고 끼니를 때우면서 10일 동안 샤워도 한번 못했다. 군화 때문에 아킬레스건이 끊어지는 것 같다. 너 아크람 세이프 아냐? 장 세이프 동생인데 우린 녀석을 엘나섹이라고 부르는데.

응, 걔네 집이 안툰 세탁소 위층이지.

그 녀석이 겨드랑이 아래쪽에 총을 맞고 죽었다. 소말리아 깜둥이 새끼들이 팔레스타인 놈들과 한패가 되어 싸운다는 거, 너 알고 있냐? 온 세상이 몰려들어 우리와 전쟁을 하고 있다.

조지가 나와 함께 걸었다. 그의 군화에는 구석구석 갈색 흙이 배어 있었고 턱에는 뻣뻣한 검은 수염이 자라 있었다. 그는 칼라슈니코프 소총을 위로 쳐들고, 좁은 길을 꽉 메운 자동차들 틈을 따라 이동했다. 그는 소총을 머리 위로 들어 올리고 베트남의 습지에 잠긴 몸을 천천히 움직여나가는 미군 병사처럼 보였다. 우리는 도중에 가게에 들러 초록색 하이네켄을 몇 병 샀다. 그리고 걸어서 아파트를 올라갔다. 사람과 건물이 밀집해 있는 베이루트의 전기는 제 마음 내키는 대로 들락날락했다. 엘리베이터가 있어도 사람들은 더 이상 그것을 사용하지 않았다. 위험을 무릅쓰고 탔다가 그 안에 몇 시간씩 갇혀 있을 수 있기 때문이었다. 또 그 작은 금속 박스를 붙들고 있는 쇠줄은 프랑스군이 베이루트를 떠났을 때만큼이나 오래되어 부식되어 있기도 했다.

조지는 군장과 소총을 거실 의자에 털썩 내려놓았다. 그리고는 군화를 벗고 소파에 누웠다.

엘나섹은 어디서 죽었니? 내가 물었다.

크파르 알왈리에서.

어떻게?

맥주병 따가지고 와서 앉아라. 얘기하자면 한참이니까. 너 어디 갈 데 있냐?

아니, 아직은. 나는 맥주병을 딴 다음 팔을 뻗쳐 조지의 가슴에 한 병을 안겼다.

오늘은 부두에 일이 없나 보지?

아니, 있는데, 아직은 시간이 좀 있다. 말해봐라. 들을 준비가 되었으니.

조지가 길게 한 모금 들이키고 소파에 몸을 쭉 뻗었다. 맥주가 미지근하다고 말하고 잠시 뜸을 들이더니 그는 쉬지 않고 얘기를 했다. 나는 방해하지 않고 듣기만 했다.

그러니까 새벽 4시경에 이웃 마을에서 총소리가 났다. 내가 일어나 소대원들을 깨웠어. 산속의 새벽 추위가 지독했다. 그 마을에 도착한 것이 4시 반이나 5시 정도 되었을 거야. 지휘관인 한문이 휴가 중이었기 때문에 내가 대신 지휘를 하고 있었지. 나는 소대를 둘로 나누었어. 요셉하고—네 파트너 요셉 말이야. 조지는 바쌈에게 윙크하며 덧붙였다—알락타부트에게 언덕 위에서 경계를 서라고 하고는 멀찌감치 지프차들을 세워두고 걸어서 갔다. 마을의 큰길에 들어서면서 나는 나머지 소대원들에게 기다리라고 하고 아부하디드만 데리고 계속 나아갔다. 그때가 날이 밝기 시작할 때였는데, 지형지물이 좀 더 잘 보이면서 뭔가 움직이는 게 눈에 띄었다. 어떤 여자들과 아이들이 한 콘크리트 건물에서 나오고 있는 거야. 저마다 비닐봉지와 담요를 들고 계곡 쪽으로 뛰어가더라구. 그래서 우리가 뒤쫓아 가 어디를 가냐고 물었더니, 그중에서 가장 연장자로 보이는 아줌마가, 내려가고 있소, 라고 했다. 어디로 내려간다는 거요? 라고 내가 또 묻고 나서 그 여자가 들고 있던 비닐봉지를 잡아채서 땅바닥에 내동댕이치고는 군홧발로 짓밟았지. 그들이 모두 무서워서 떨고 있더군. 그리고 그중 한 아이가 소리죽여 울기 시작했어.

남자들은 어디 있소? 하고 내가 그 여자에게 물었다.

여자가 잠시 아무 말도 안 하다가 이윽고 입을 열더군. 그들은 그곳 주민이 아니라 묵을 곳을 찾는 피난민이라고. 그리고 그날 아침 그 건물에서 쫓겨났다고.

건물에 누가 있소? 누가 당신들을 쫓아낸 거요?

남자들이요.

어떤 남자들이?

여자가 다시 입을 다물었다.

몇 명이나 되오?

두 명이요. 여자가 웅얼거리면서 말하더군.

그래서 내가 그랬지. 가시오. 아무 말도 하지 말고 뒤도 돌아보지 말고. 만일 어떤 조짐이라도 보이면 애들부터 먼저 쏘겠소, 라고.

여자들이 모두 아이들의 손을 움켜잡고 아래쪽으로 미끄러지고 넘어지며 계속 뛰어 내려갔지. 여자들은 모두 검은색 상복 차림이어서 나는 그들이 모두 친족일 거라고 생각했어. 나는 아부하디드더러 가서 나머지 소대원들에게 진격하라는 신호를 보내라고 했다.

아부하디드가 어떤 돌벽 모서리에 몸을 밀착하며 이동하기 시작하자마자 그 건물 위에서 그에게 총알이 빗발치는 듯했어. 마을 주변을 에두르는 용수로가 거기 있었는데 녀석이 그곳으로 몸을 던지더군. 물이 얼음장 같았을 텐데 말이야. 나머지 소대원들은 총소리가 나자 우리가 있는 쪽으로 돌진하며 건물 위를 향해 발포를 하기 시작했다. 나는 그 건물 아래에 혼자 있으면서 궁리를 하다가 결국 건물에 올라가서 그놈들을 없애버려야겠다는 생각을 했다. 그런데 가만 보니 아부하디드가 흔적도 없이 사라진 거야.

나는 녀석이 죽었는지 살았는지 알아보려고 총격이 멎기를 기다
렸다. 근데 정말이지 이 자식이 아주 개구리 같았다. 물속으로 잠
수해서 그곳을 빠져나간 거야. 어쨌든 우리는 함정에 걸려들었던
거다. 그러니까, 건물 안의 그놈들이 우리의 주의를 끄는 사이 다
른 놈들의 지프차가 우리 소대원들 뒤에서 접근하고 있었던 거야.
전형적인 매복 작전이었지, 안 그러냐? 건물의 그놈들은 우리의
주의를 돌리려고 일부러 심어놓은 놈들이었다. 우리가 거기서 살
아남을 수 있었던 것은, 요셉과 알락타부트가 언덕에서 내려오다가
뒤로 다가오는 적의 지프차를 봤기 때문이야. 그들이 지프차의 적
군들과 벌인 교전이 다른 소대원들에게 경고가 되었던 것이지. 나
는 그 엉뚱한 방향에서 들리는 총격전 소리를 듣고 뭔가 잘못되었다
는 것을 깨달았던 거고, 곧 매복 작전에 말려들었다는 감을 잡았지.

　그러는 동안 아부하디드는 젖은 쥐새끼처럼 용수로를 기어 돌아
가 건물의 반대편에서 나타났어. 추워서 덜덜 떨고 있는 것을 내
가 발견하고 내가 재킷을 벗어주었다. 우리 둘은 건물을 올라가
그 두 놈을 처치한 다음 나머지 소대원들과 합세하기로 결정하고,
내가 앞장서 건물 안으로 들어갔다. 아부하디드의 총이 젖어서 혹
시 발사되지 않을까 봐 말이야. 그런데 칼라슈니코프는 얼마나 잘
만들어졌는지 물이나 먼지에도 끄떡없더군. 그에 비하면 M16은
완전히 엿과 바꿔 먹을 총이다. 장난감 총 같거든. AK47이 여전히
제일이다. 정말이야. 그래서 나도 AK47로 바꿨다. 이스라엘 놈들
도 자기네들 총과 우리 AK47을 서로 바꾸자고 했을 정도야.

　우린 건물의 어디에서 총알이 날아왔는지 정확히 알 수가 없었

다. 콘크리트 건물들 때문에 총성이 여기저기 울려서 말이야. 하지만 그 안에 두 놈밖에 없다는 것은 우리가 이미 알고 있는 사실이었고. 그래서 아부하디드와 나는 일단 기다렸다. 그러다가 총소리가 크게 나기 시작하자 그 틈을 타서 계단을 뛰어오르기 시작했다. 놈들이 우리 군홧발 소리를 듣지 못하도록 총성이 울리기를 기다렸던 거야. 3층에 오르자 탄창을 가는 소리가 들렸다. 그래서 우리는 수류탄 하나를 그 방 안으로 던지고 벽 뒤로 몸을 던져 엎드렸다. 그 염병할 폭음이 어찌나 컸던지 며칠 동안이나 귀에서 휘파람 소리가 났다. 난 아직도 그 소리가 들린다. 또 아직도 가끔씩 머리가 부서지듯 아프고 귀가 윙윙거려. 공사 중이던 건물이라서 그런지 먼지는 또 얼마나 많이 나던지 가라앉지를 않더라구. 우린 귀가 먹었을 뿐만 아니라 앞까지도 보이지 않게 되었다. 짙은 먼지구름 속에서 앞뒤를 분간하지도 못했고, 숨을 쉬기도 어려웠지. 그래도 우리는 일어나서 방 안을 수색하고 모두 죽었는지 확인해야 했다. 먼저 아부하디드가 방 안쪽으로 총을 들이밀고 사격을 하며 들어갔고 나도 그 뒤를 따랐다. 하지만 안에는 아무것도 없었어. 아부하디드가 어떤 그림자를 봤다고 했지만 나는 녀석의 젖은 불알이 식어서 헛것을 본 거라고 했다.

조지가 이 말을 하고는 웃었다. 나도 따라 웃었다. 그리고 그는 계속했다.

그 두 놈은 바닥에 쓰러져 있었다. 총을 쏘며 방 안을 샅샅이 뒤지는 가운데 나는 놈들 중 한 놈이 아직 숨 쉬는 소리를 들었다. 얼굴을 들여다보니 소말리아나 다른 어떤 아프리카 놈이더라구. 그래서 내가 대검으로 놈의 숨통을 완전히 끊어주었지. 온 세상이 단합하여 우리를 대적하러 오고 있다, 바쌈, 바로 여기 우리나라로 말이야. 팔레스타인, 소말리아, 시리아—모두 이 땅을 먹으려고 한단 말이다.

아부하디드와 나는 서둘러 다른 소대원들에게로 갔다. 우리가 도착했을 때는 엘나섹이 이미 겨드랑이 아래쪽에 총상을 입은 뒤였어. 녀석은 지프차 뒤쪽 가까운 곳에 있었다. 이 녀석은 부상을 당하고도 약 15분 동안이나 적들을 꼼짝 못하게 하고 있었다. 우리는 엄호사격을 하며 자글룰이 엘나섹을 데려오도록 했다. 지프차로 빠져나가려고 했지만 적군이 길목을 막고 있었지. 엘나섹은 여전히 피를 흘리고 있었어. 만일 제시간에 병원에 갈 수만 있었다면 죽지 않았을 거다. 하지만 놈들이 우리를 꼼짝도 못하게 했어. 지원병이 도착해서야 비로소 다시 교전을 하고 놈들을 퇴각하게 만들었다. 그렇게 해서 엘나섹이 죽은 거다. 피를 너무 많이 흘려서. 녀석은 고무줄로 팔뚝에 동여매 늘 지니고 다니던 나무 십자가와 성 엘리아스 성화에 손을 얹고 있었다. 아직 의식을 잃기 전이었지. 그래서 우리는 그 성화를 팔뚝에서 풀어서 녀석의 손에 꼭 쥐어주었다. 그랬더니 녀석이 그것에 키스를 하고 기도를 했어. 그러고 나서 몇 분 후에 의식을 잃고 자글룰의 품안에서 숨졌다. 녀석은 신앙심이 깊었다.

조지가 여기서 얘기를 멈추더니 물었다. 물 나오니?

가서 틀어봐라. 참, 나빌라 이모가 네 안부를 묻더라.

그래?

므슈 로랑도 너를 찾고 있고.

난 그 영감이 원하는 게 뭔지 안다. 지난번 니콜에게 준 약값도 아직 못 받았어.

조지, 너 도대체 무슨 짓거리냐? 그 여자를 중독자로 만들다니.

그 불구 영감은 돈이 많다. 후장 가득 아프리카 다이아몬드를 품고 있다구.

조지는 화장실로 가서 양동이에 물을 붓고 손과 얼굴을 씻었다. 그리고 양말을 벗고 발목 부분의 물집을 살피고는 나머지 물을 발에 부었다. 그는 내 옷을 빌려 입고 소파에 드러누웠다.

조지와 나는 그날 함께 밥을 먹었다. 나는 그와 먹은 음식의 소화를 돕기 위해 담배를 피웠다.

나는 식사 후에 전쟁용사가 잠자도록 내버려두고 그의 오토바이를 몰고 부두로 갔다. 나는 밤샘 작업을 했다. 선창가의 바닷바람이 내가 흘리는 땀을 흩뿌렸다. 나는 짠 바람 속에서 기중기로 창고에 물건을 쌓아 올렸다.

아침 교대 시간이 되었을 때 나는 아부타릭 십장의 사무실에 갔다. 매일 아침 아부타릭의 컨테이너 앞에 사람들이 모였다. 사무실로 개조한 컨테이너였다. 우리는 사무실 앞에 있는 플라스틱 의자나 빈 탄약 상자에 앉아 커피를 홀짝이며 얘기를 나눴다. 아부타릭은 탈알자타르 전투에 참전한 적이 있는 전투요원이었다. 그는 알레이에스 총사령관과 개인적으로 아는 사이라는 것을 자랑스럽게 여겼다. 그는 수염을 만지작거리며 다음 주에 큰 배가 들어온다고 알렸다.

짐을 부릴 인부들이 더 필요하다. 아부타릭이 말했다. 그는 경비원들이 다우라에 가서 이집트 사람이나 실론 사람들 가운데서 하역 인부들을 구해 오는 것이 좋겠다고 했다.

얼굴이 갸름하고 피부가 거무스름한 젊은 경비원 샤힌이 줄곧 따분하다는 듯 줄담배를 피웠다. 그러더니 자리에서 일어나 담배를 하나 더 피워 물고는 낮고 잔잔한 목소리로 말했다. 이들 불쌍한 인부들은 햇볕에서 하루 종일 서성거리며 일자리를 기다립니다. 건축 일이든 다른 어떤 막노동이든, 누군가 와서 일감을 주길 기다립니다. 그러다가도 우리 군용 지프차만 보면 뿔뿔이 도망을 갑니다. 수당도 받지 못하는 일은 하고 싶지 않다는 거죠. 군에서는 일을 시키면서도 그들에게 밥도 안 줄 때가 있어요. 지난번에 한번은 어떤 이집트인 인부를 잡으려고 다우라 거리에서 부르주 하무드 거리까지 뛰어야 했습니다. 그자는 플라스틱 슬리퍼를 신고 있었는데도 정말이지 가젤처럼 잘 뛰었어요. 그러다가 나는 결국 숨이 차서 멈추고는 총을 뽑아 공포를 쐈어요. 내가 저를 겨냥해서 쏜다고 생각했는지 그가 바로 멈춰 섰습니다. 그렇게 해서 결국 그자를 지프차에 태워 산으로 데려갔습니다. 새로운 진지를 구축하는 데 쓸 모래주머니를 채우는 일이었습니다. 그때가 4월이었죠. 이곳 해변은 따뜻했지만 높은 산속은 추웠습니다. 밤에는 추위가 더 심했죠. 인부들은 모두 재킷은커녕 반소매 옷을 입고 있었고 신발도 없었습니다. 그들은 지프차 뒤에 서로 꼭 붙어 앉았어요. 우리는 그들에게 모래주머니를 채우도록 했습니다. 저녁이 되자 기온이 뚝 떨어졌어요. 아침에 보니 그중에 한 사람이 얼어 죽어 있었습니다. 그자의 친구들이 모두 울고 있더군요. 한 사람은 죽은 그 친구 옆에서 울고 있었어요. 그런 상황에서 베레타라는 별명을 가진 샤키르 르타이프가 울고 있는 그 사람에게 가서 담배 있으면 한 개비 달라고 하더군요. 그 말을 듣고 그자가 울음을 멈추더니 베레타의 눈을 쳐다보면서 뭐라고 했는지 아세요? 전하, 실크 넥타이도 드릴까요? 라고 하더군요. 정말이지 난 그날 이후로는 그자들에게 강제 부역을 시키거나, 그들의 뒤를 쫓아가 잡아 오는 일을 거부합니다. 그들에게도 영혼이라는 게 있습니다. 나는 안 합니다. 더 이상은 안 해요!

부두의 물품 관리와 경리를 책임지고 있는 사이드가 샤힌을 쳐다보고 말했다. 음, 만일 당신이 이집트에 일하러 간다면 그곳 사람들이 당신을 어떻게 취급하는지 보고 싶소. 당신은 크리스천이오. 예수를 믿는 콥트 이집트인들을 비롯한 다른 크리스천들을 보시오. 그들이 이슬람 국가에서 어떤 취급을 받고 있소?

왜 그 자리에서 입을 열었는지 잘 모르지만—나는 그저 커피를 마저 마시고, 담배를 바닥에 문질러 끄고, 배를 타고 어디론가 훌쩍 떠나버리고 싶은 마음뿐이었는데—내 자신 스스로 놀랍게도 거기에 끼어들어 한마디 거들었다. 서부 베이루트에는 아직도 많은 크리스천이 살고 있지만 그들을 귀찮게 하는 이슬람교인들은 아무도 없어요.

그자들은 모두 반역자들이고, 공산주의자들이고, 사회주의자들이야. 사이드가 재빠르게 대답했다. 두 사람 모두 그쪽으로 넘어가는 편이 좋겠군. 그가 증오의 눈으로 나와 샤힌을 쳐다보았다.

이 도둑놈이 누구더러 공산주의자라는 거야? 우리 모두 네가 무슨 짓을 하는지 다 안다. 샤힌이 대들었다. 그가 총을 들어 올렸다. 총구가 그의 가슴에서 앞쪽으로 약간 기울었다. 내 형은 샤히드순교자였다. 대의를 위해 싸우다 죽었다. 소대원들을 구하기 위해 수류탄 위로 자기 몸을 던졌단 말이다.

아무렴. 그 얘기는 이미 듣고 또 들은 얘기다. 사이드가 응수했다. 그리고 그건 네 형의 잘못이었다는 것 또한 알고 있다. 수류탄 핀을 뽑아 들었다가 던지지 못하고 제 발아래 떨어뜨렸다는 걸 말이다. 네 형은 서툴렀을 뿐, 그 이상 아무것도 아니야. 이놈의 전쟁에서는 영웅이 아닌 놈들이 없으니, 나 참.

이 아르스개자식가! 내가 네 숨통을 끊어버리겠다. 샤힌이 소리치며 AK47의 노리쇠를 당겼다. 그러나 그가 미처 사이드를 겨냥하기도 전에 아부타릭이 총구를 잡아 하늘로 쳐들었다. 그리고는 샤힌의 뺨을 갈기고 총을 놓으라고 했다.

청년 샤힌이 총을 놓았다. 아부타릭이 선언했다. 아무도 내 앞에서, 내 영역에서 다른 사람에게 총을 겨누지 못한다. 다음에 또다시 이렇게 총을 들이대는 일이 있으면 내게 들이대는 것으로 간주하고 그에 상응한 대우를 해주겠다. 그는 우리 모두에게 소리를 치며 해산하라고 했다.

내가 오토바이를 세워둔 곳으로 가고 있는데 사이드가 낡은 벤츠를 타고 천천히 내 옆으로 다가왔다. 그가 나를 쳐다보았다. 나도 그를 마주보았다.

네 이름이 뭐라고 했지? 그가 물었다.

나는 대답하지 않았다. 나는 그에게서 시선을 떼지 않았다. 그의 양손이 운전대를 잡고 있었으므로 나는 침착하게 행동했다.

사이드가 천천히 머리를 끄덕였다. 그리고는 한쪽 팔을 차창 밖으로 내밀어 문 위에 걸쳤다. 그렇지, 알아비아드. 이제야 생각이 났다. 그가 비꼬며 말했다. 서쪽에 아직 그 이름 가진 놈들이 살고 있음에 틀림이 없어. 그리고는 그의 차가 멀어져갔다.

나는 오토바이를 타고 집을 향했다. 집 앞 골목길에 미처 들어서기 전에 고개를 돌리는데 우리 아파트 건물을 나서는 라나가 눈에 띄었다. 조지가 라나의 뒤를 따랐다. 조지는 라나와 반대 방향을 향했다. 그녀가 뒤돌아서서 그를 바라보고는 머리 모양을 매만졌다. 그리고 그에게 무슨 손짓을 해 보이고는 고개를 숙이고 빠른 걸음으로 길모퉁이를 스치며 돌더니 비밀스런 벽 뒤로 사라졌다.

그들을 보자마자 나는 급히 방향을 바꿔 세이달레 스트리트로 들어섰다. 아크라피에 거리에 들어선 나는 빠르게 오토바이를 몰며 앞서 가는 차들을 추월해나갔다. 젊은 애들 넷이 탄 빨간색 레놀트가 나와 레이스를 하려 했다. 그들이 내 뒤에서 야유를 하며 차의 경적을 울려대기도 하고 내 앞을 가로막기도 했다. 그들 중 하나가 창밖으로 몸을 내밀었다. 그의 몸이 허리까지 나왔고 하반신은 다른 누가 붙들고 있었다. 창밖으로 상반신을 내민 놈이 나를 넘어뜨리려고 팔을 뻗쳤다. 나는 더 속력을 내며 보도로 올라갔다. 그리고 한 발을 땅에 짚고 경계석 쪽으로 오토바이를 기울인 다음 액셀러레이터를 당겨 반대 방향으로 돌았다. 나는 오던 길로 오토바이를 몰아 그들을 따돌렸다.

집에 들어가 보니 그릇들이 깨끗이 설거지되어 있었다.

나는 오전 내내 잠을 자고 오후에 라나의 집으로 갔다. 그녀의 아파트 건물 맞은편에서 담배를 물고 서성이며 기다렸다. 생선 가게의 담벼락에 기대어 있기도 했다. 비가 조금씩 오다가 폭우로 변했다. 빗물은 지붕에서 홈통을 타고 내려와 길 위로 쏟아졌다. 사람들이 가지각색의 우산 밑에 얼굴을 파묻고 내 앞을 지나갔다. 지나가는 차들은 고인 물을 V자로 가르면서 일시적인 파도를 만들었다.

이내 해가 다시 들었고 집들은 흠뻑 젖은 개가 등을 털 듯 지붕의 빗물을 털어냈다. 생선 가게의 생선은 마지막으로 한 번 몸을 꿈틀하고는 신선함을 털어버렸다. 그리고 고향 바다의 기억은 깊은 망각으로 빠져들었다. 나는 라나를 기다렸다. 하지만 그녀는 젖은 거리에 발을 담그러 내려오지 않았다.

다음 날 나는 우리 집에서 라나와 만나기로 약속했다. 나는 그녀에게 물었다. 왜 더 이상 내게 오지 않느냐고.

바빴어.

이 앞을 지나간 적도 없었고?

바빠, 바빴단 말이야. 라나가 눈길을 돌렸다. 혼란스러운 눈치였다.

설거지해놓은 거, 고맙다고 해야겠지? 라나의 머리채를 휘어잡아 머리를 뒤로 젖히며 내가 물었다. 나는 격정적으로 그녀에 목에 키스를 퍼부으며 젖가슴을 더듬었다.

바쌈! 그녀의 속삭임, 겁먹고 어리둥절한 속삭임이었다. 나는 라나의 옷자락을 잡고 부모님이 쓰던 침실로 갔다. 그녀의 옷을 벗겨내는데 블라우스의 단추들이 떨어져나갔다. 그녀의 손톱이 나를 공격했다. 그녀의 뺨에 내 손바닥이 날아갔다. 그녀가 울음을 터뜨리며 내 팔을 벗어나 젖가슴을 드러낸 채 방을 뛰쳐나갔다. 의자에 걸려 비틀거리다 벽의 모서리에 부딪힌 그녀는 마치 집에 불이라도 난 듯 몸을 날리더니 손잡이를 홱 잡아 틀어 문을 열고 비척거리며 밖으로 나갔다.

나는 부모님의 침실로 돌아가 거울을 들여다보았다. 눈에서 눈물이 흘렀다. 나는 서랍에서 아버지의 손수건을 꺼내 눈물을 닦았다.

나는 곧바로 총에 탄환을 장전하고 조지의 집으로 갔다. 문을 두드렸지만 아무런 응답이 없었다.

나는 산으로 오토바이를 몰아 휑한 언덕에 올랐다. 절벽 가장자리에 오토바이를 세우고 풀밭을 내려다보았다. 흙이 헝겊 조각처럼 멍하게 여기저기 널려 있는 갈색 계곡을 바라보며 나는 저주를 퍼부었다. 총을 뽑아 들어 언덕을 향해 방아쇠를 당기고 새들을 겨냥했다. 총소리는 바위에 부딪치고 애도하면서 배반의 음절로 내게 되돌아왔다.

11

며칠이 흘렀다. 그동안 조니 워커 1만 병이 서쪽으로 행진하여 목구멍을 태웠고 집안을 작살냈다. 남자들은 술을 들이켰고 침실 문들은 그들의 코앞에서 세게 닫혔다. 다시는 다리를 벌리지 않겠 다는 결단이 문밖으로 메아리쳤고 손가락에서 뺀 결혼반지가 낡은 화장대를 향해, 눈물을 보여주는 거울을 향해, 거실과 맞닿은 벽을 향해 날았다.

어느 날 오후, 위스키 업자가 내게 전화를 했다. 다음 날 급히 배 달해야 할 게 있다는 것이었다.

다음 날 아침, 나는 창고에서 위스키를 실었다. 그리고 요셉의 집에 들러 그를 태웠다. 나는 차 안에서 요셉에게 돈을 건네주었 다. 그는 돈을 세어보고 싱긋 웃었다.

알리는 제시간에 오지 않았다. 우리는 기다렸다. 머잖아 일하는 소년 중에 한 명이 나타나더니 알리가 오는 중이라고 했다. 나는 요셉에게 밴을 뒤로 대라고 했다. 그리고는 담벼락 뒤로 돌아가 알리를 만났다. 그가 나와 악수를 하고 나서 재킷에서 어떤 봉투를 꺼냈다. 그는 그것을 반으로 접어 재빠르게 내 재킷 품안에 찔러 넣고 내게 눈을 찡긋해 보였다. 요셉이 밴에서 좀 떨어진 곳에서 짐 부리는 소년들을 지켜보고 있는 틈을 타서 나는 재빨리 운전석 밑에 봉투를 숨겼다.

일을 마치고 돌아오는 길에 요셉이 최근에 거리에서 이스라엘 군인을 몇 명 봤다고 했다. 그들이 오고 있어. 그가 말했다. 한 달 정도 있으면 여기서 그들을 보게 될 거야. 그들이 시리아 놈들과 팔레스타인 놈들을 몰아낼 거다.

네가 그걸 어떻게 아니?

얼마 전에 드 니로가 날 만나러 왔었다. 어떤 보안 작전에 내가 필요하다면서 말이야. 우리는 믿을 만한 애들을 몇 명 더 데리고 산으로 갔다. 그곳에 도착해서야 그게 무슨 일인지 알게 되었지. 알레이에스가 어떤 중요한 이스라엘군 장군과 그곳에서 회담을 가진다는 거였어. 그러니까 그 지역을 수색 정찰하고 주변을 경계하는 게 우리가 할 일이었다. 반 시간쯤 있자니 헬리콥터가 한 대 앉더니 이스라엘 군인 다섯 명이 내리더군. 붉은색 군화를 보고 그들이 특수부대 요원임을 알았다. 그들은 알레이에스와 세 시간 동안 회담을 가졌다. 네 친구 드 니로는 이제 거물이다. 아부나라의 오른팔이야.

그 이스라엘 장군의 이름이 뭐냐?

뭐라더라……. 드로리르 장군이라고 했던가……. 잘 생각이 안
난다.

나는 집에 도착하자마자 급히 내 방으로 들어가 알리가 준 봉투
를 열어보았다. 나임 삼촌의 편지였다.

바쌈 보아라,

네 어머니가 돌아가셨다는 얘기를 듣고 너무나 슬펐다. 나는 울
었다. 나를 더욱 슬프게 한 것은 내가 장례식에 참석할 수 없었다는
사실이다. 내가 너와 함께 있으면 정말 좋겠구나. 때가 이렇게 어
려우니 더욱 그렇다. 네가 그쪽에서 혼자 어떻게 살고 있을까 하고
생각해본다. 아직 어린 나이에 혼자가 되었으니 말이다. 내가 오랜
세월이 흐르도록 너와 네 어머니에게 연락을 하지 않은 것은 다 이
유가 있다. 좌익에 속해 있는 내 신분 때문에 자칫 너와 네 어머니
가 곤경에 처하게 되지는 않을까 하는 두려움 때문이었다. 하지만
이제는 네가 혼자가 되었으니 언제든 이쪽 서부 베이루트로 넘어온
다면 대환영이다. 내가 그 준비를 해줄 수 있다. 이곳에 오면 나와
네 숙모 날라, 네 사촌 니달과 함께 지내면 된다. 넌 아직 그들을 못
봤지. 편지와 함께 네게 적은 금액이지만 돈을 좀 보낸다. 네가 돈
이 필요할지 모르니까 말이다. 또한 다른 봉투 하나를 동봉하는데
그것을 내 옛날 지인인 잘릴 알타후네에게 전해주기 바란다. 그의
연락처는 아래에 있다. 그가 네 연락을 기다리고 있다.

너를 사랑한다.

네가 보고 싶다.

—나임 삼촌이

나는 그의 이름과 연락처를 다른 데 적고 편지를 잘게 찢어 재떨이에 태웠다. 돈을 세어보니 100달러짜리 지폐 열 장이었다. 휘파람 소리라도 날 것 같은 빳빳한 새 돈이었다. 전달해줄 봉투는 봉해져 있었고 겉봉에 잘린 알타후네의 약자가 씌어 있었다. 나는 이 봉투도 열어보았다. 돈 한 다발과 어떤 집의 설계도면 같기도 하고 지도 같기도 한 그림이 들어 있었다. 아사스^{기초 구조}라는 말이 빨간색으로 씌어 있었고 여러 군데에 동그라미가 그려져 있었다.

그날 밤 나는 내가 당한 일에 복수를 하고 싶었다. 포커 오락실 건너편에서 기다리자니 나집의 친구가 그곳에서 나왔다. 나는 길 건너에서 계속 그를 주시했다. 그는 오래되고 낡은 파란색 승용차에 탔다.

나는 헬멧을 쓰고 오토바이에 올라 다우라까지 그의 뒤를 쫓았다.

그는 차를 세워놓고 제과점에 들어가더니 고기 파이를 사 들고 나왔다. 그는 파이를 싼 신문지를 벗기고 한 입 베어 물며 집으로 향했다. 그가 건물 안으로 들어가자 나도 곧 그 뒤를 따라 계단을 올랐다. 한 층 계참에 이르렀을 때 내가 그의 어깨에 손을 얹어 잡아당겼다. 그가 얼굴을 뒤로 돌릴 때 나는 머리로 그의 얼굴을 받았다. (오토바이 헬멧을 벗지 않았기 때문에 그에게 나는 무슨 B급

영화에 나오는 외계인처럼 보였을 것이다—바라는 바였다.) 그가 계단에 쓰러져 신음하며 양손으로 피투성이가 된 코를 감쌌다. 그의 눈에 핏발이 섰다. 나는 그의 주머니에서 돈을 꺼내 내 주머니에 넣고는 바로 돌아 나와 길모퉁이에 세워둔 오토바이를 타고 집을 향했다.

언제나 그렇듯 변함없이 밤이 찾아왔다. 나는 검은색 옷을 입고 얼굴과 손에 구두약을 발라 문댔다. 그리고 길 쪽으로 난 창가에 촛불을 밝혀놓고 집을 나왔다. 곱슬머리에 푹 눌러 쓴 모자는 내 큰 눈을 가릴 정도였다. 모자는 밤과 새들에게서 나를 숨겨주었고 내 움직임이 야채 가게 주인의 눈에 띄지 않게 해주었다. 나는 길 건너 맞은편 건물로 갔다. 모두가 내 반대편이라는 생각이 들었다. 도시, 총, 친구, 적군 등 그 모든 것이. 나는 곧장 그 건물의 옥상으로 올라가 소리 안 나게 천천히 육중한 철제문을 열었다. 그리고 옥상 가장자리에 앉아 길 아래를 주시했다. 우리 집 창문의 밝은 촛불이 춤을 추고 있었다.

헤드라이트를 켠 차 한 대가 천천히 집 앞을 지나갔다. 잠시 후, 같은 차가 이번에는 헤드라이트를 끄고 다시 돌아오더니 집 앞에 섰다. 나는 권총을 뽑아 들고 아래층으로 달려 내려가 입구에 몸을 숨기고 나집과 그의 짝패를 지켜보았다. 짝패의 주저앉은 코에는 거즈가 붙어 있었다. 그들이 촛불 밝혀진 창문을 올려다보았다. 무언가 엉성하고 겁먹어 보이는 품이 그야말로 어린애들 같았다. 그들은 주저했다. 나는 삐걱거리는 다락방의 원귀처럼 어둠 속에 도사리고 있었다. 방아쇠를 당기려는 비난의 손가락을 제지하며, 적의 숨통에서 마지막 숨을 뽑아내려고 뻗는 보이지 않는 팔을 제지하며, 나는 그 자리에 그대로 서 있었다. 나집과 그의 짝패가 서로 귓속말을 주고받더니 도로 차에 올라타고 자리를 떴다. 그들은 다시 돌아오지 않았다.

나는 다시 옥상에 올라가 조지를 생각했다. 나는 조지를 거의 죽일 뻔했다. 내 불알친구 조지, 내게 배신의 키스를 한 내 형제, 키스로 내 애인을 빼앗아 간……. 난 이곳을 떠나야 한다. 난 이곳을 떠나야 한다. 나는 주머니에서 돈을 꺼내 다시 세어보았다. 그리고 다시 똘똘 만 돈뭉치를 고무줄로 돌렸다.

옥상 뒤쪽으로 가니 라나의 아파트가 보였다. 그녀의 창문은 어두웠다. 나는 총을 들고 여기저기를 겨누어보았다. 비어 있는 물통, 춤추는 메추라기, 휘파람을 부는 폭탄, 라나의 아파트, 그리고 우리 집을 겨냥해보았다. 나는 총구를 가까이 들여다보았다. 그리고 여러 가지 떠나는 방법을 생각해보았다. 귀신이 네 팔을 꺾고 방아쇠를 당겨 얼굴을 날려버릴 수도 있을 것이다. 하지만 운이 좋다면 그냥 옥상에서 떨어뜨릴지도 모른다. 그러면 길바닥에 떨어져 기다리기만 하면 될 것이다—메추라기들이 와서 너를 들어 올려 하늘로 날아오르기를 말이야. 그러면 너는 떨어지는 미사일들을 네바다 사막으로, 똑딱거리는 빅벤으로, 피사의 사탑으로 되쫓아버리겠지. 또는 꾸꾸거리며 우는 그 메추라기들을 꼭 붙잡고 바다로 날아가 독을 품은 물고기와 입을 닫는 조개들을 잡을 수도 있을 거야. 또는 우아하게 유람선의 돛을 잡고 배 안에서 흘러나오는 맘보 선율에 맞춰 배를 흔들 수도 있겠지. 관광객들이 연회복에 샴페인을 엎지르지 않도록 조심하면서 말이야. 그러면서 한편으론 철새처럼 이주하는 중성의 비잔틴 천사들에게 물총을 쏘기도 하겠지. 또는 뱃사람들의 유령들을 하나씩 물방울에 가두어 띄울 수도 있을 거야. 그래서 물방울이 수면에 닿아 터지면서 유령들이 다시 바다에 빠져 죽는 것을 구경하는 거야. 또는 물속의 요정들을 학살하고 그들의 작은 초록색 옷을 걷어서 포도 잎처럼 돌돌 마는 것도 괜찮겠지. 네 주머니의 돈처럼, 하얀 발코니에 널려 바람을 쐬는 페르시아 양탄자처럼.

또는 그냥 아무도 없는 층계를 걸어 내려가, 촛불 깜박거리는 네 집으로 돌아가 눈을 좀 붙일 수도 있겠지.

아침에 누군가 문을 두드렸다. 므슈 로랑이었다. 그는 고뇌에 찬 얼굴이었고 눈은 잔뜩 충혈되어 있었다.

간밤에 자네 친구 조지가 내게 왔었네. 짐승처럼 굴더군. 돈을 내놓으라고 말이야. 늘 주던 금액을 주었는데, 그것 말고 더 내놓으라는 거야. 그러더니 베베의 손을 잡아끌고 어디론가 가버렸네. 그리고는 아직 돌아오지 않았어. 녀석이 적대적으로 굴더군. 아주 적대적이었어. 그를 좀 찾아줄 수 있겠나? 난 간밤에 한숨도 못 잤네.

므슈 로랑, 나는 조지의 심부름꾼이 아닙니다. 저번 날 밤에 그걸 가져다드린 건 조지가 특별히 부탁해서 그랬던 거예요. 만일 그 안에 무엇이 들었는지 알았다면 난 그 부탁을 거절했을 겁니다.

조지는 아주 적개심에 가득 차 있었네. 므슈 바쌈, 제발. 로랑이 애원했다. 조지가 약에 취해 몽롱했던 것 같아. 이제는 내게 큰돈을 요구하고 있네. 협박까지 하면서 말이야. 이젠 여길 떠나야겠네. 여긴 이제 정말 위험해졌어. 끝까지 망명자로 사는 것이 내 운명인가 보네. 조지와 베베를 좀 찾아주겠나? 난 베베만 찾으면 되네.

조지의 집에는 가보셨나요, 므슈 로랑?

아니, 자네 친구가 화를 낼까 두려워서. 그 친구 정상이 아니야. 가서 그들을 좀 찾아주게.

나는 므슈 로랑에게 자리를 권하고 화장실로 들어갔다. 양치질과 고양이 세수를 한 뒤 방에 가서 바지와 셔츠를 입고 거실로 나왔다. 들고 나온 재킷을 입으려고 한쪽 팔을 넣는데 그가 뒤에서 재킷을 잡아 다른 쪽 팔을 마저 끼워주었다.

우리는 집을 나섰다. 므슈 로랑이 내 뒤를 따라오다가 곧 발걸음을 재촉하며 나와 나란히 걸었다. 야채 가게의 아부돌리가 우리 옆을 지나쳐 갔다. 그는 나를 본 척도 하지 않고 고개를 돌려 므슈 로랑만 흘끗 쳐다보았다. 그들은 예를 갖춰 서로 고개를 끄덕였다.

나는 조지의 아파트 문을 두드렸다. 로랑은 아래 현관에서 기다렸다. 그는 서성거리며 담배를 피우면서 간간이 늙은이들이 흔히 하는 마른기침을 했다.

나는 다시 문을 두드렸다. 베베가 잠이 덜 깬 반라의 몸으로 문을 열었다.

조지 안에 있어?

아니, 없는데.

어디 갔지?

그냥 나갔어.

네 남편이 아래에서 기다린다.

정말? 룰루가 와 있다고? 그녀는 맨발로 뛰어 내려갔다.

로랑은 아내를 보자 마른기침을 하며 길에 담배를 집어던지고 그녀에게 다가섰다.

베베, 베베.

괜찮아요? 룰루, 내 사랑. 니콜이 로랑의 금발을 쓰다듬었다.

잠을 못 잤어.

나는 괜찮아요. 니콜이 그의 손을 잡고 뺨에 키스를 했다.

두 사람이 밑에서 얘기를 하고 있는 동안 나는 안에 들어가 그의 방을 들여다보았다. 침대 옆에 주사 바늘과 불에 그을린 스푼이 있었다. 방구석에 그의 소총이 세워져 있었다. 방에서 연기와 약 냄새가 났다. 바닥에 레이스 브라가 떨어져 있었다. 부엌 싱크대에는 더러운 그릇이 가득했다. 나는 수도꼭지에 입을 갖다 댔다. 물이 찔끔 나오다가 아예 끊겼다. 마지막으로 떨어지는 한 방울이 내 목구멍을 타고 흘러내렸다. 물방울은 빈 파이프의 공기 맛이었다.

내가 현관으로 내려가는데 베베가 뛰어 올라오고 있었다.

파파와 함께 갈게요. 5분만 기다려요. 내 소지품을 가져올게요.

로랑이 현관에서 내 손에 키스를 하려고 했다. 나는 얼른 손을 잡아 뺐다.

고맙네, 고마워. 그는 고맙다는 말을 하인처럼 반복했다. 나는 므슈 로랑이 버린 담배꽁초를 밟아 끄고 그곳을 떴다.

집으로 돌아가는 길에 나는 로마노스의 잡지 가게에서 신문을 집어 들고 머리기사들을 훑어보았다. 이스라엘군, 남쪽 국경지대로 진군하다. 크리스천 진영, 이슬람 진영, 사회주의 진영, 서로 교전하다. 성직자들의 장황하고 공허한 연설. 할리우드 여배우와 사우디 백만장자의 결혼. 우디 앨런 클라리넷을 연주하다. 사히브 하메메, 이집트 여배우와의 사랑을 고백하다. 그러는 동안 로마노스는 내가 신문을 살 것인지 아니면 늘 하던 대로 읽기만 하다 그냥 갈 것인지 가늠하고 있었다.

　나는 신문을 도로 놓고 다시 걷기 시작했다. 아부유세프가 나를 멈추어 세우고 엄마의 명복을 빌며 나를 위로했다. 배관공 살라가 지나가다가 우리를 보고 멈추어 서서 변명조로 말했다. 고인에게 하느님의 은총이 함께하기를 빌겠네. 근데, 자네 어머니가 돌아가시기 전에 내가 자네 집 부엌의 파이프를 고쳤거든. 부엌 싱크대 밑에 렌치를 비롯한 연장 몇 개가 있을 것이네. 그리고 자네가 수리비를 좀 계산해주었으면 하는데. 얼마 되지 않는 금액이지만 말이야. 이런 말을 하기에 마땅한 시기는 아니지만 우리 아이들이 헐벗고 있어서 하는 말이네. 아내는 내게 시집온 날을 저주하고 있지 뭔가. 저를 내게 강제로 떠민 폭군 같은 장인을 저주하고, 온통 군살이 박인 내 투박한 손을 저주하고, 다시는 자신의 축 처진 가슴을 만지지 못할 잘린 내 검지를 저주한다네. 아내는 제 인생과 팔자를 모두 싸잡아서 저주하고 있네. 내가 이런 처지에 있어서 말이야, 그래서 자네에게 계산을 해달라고 하는 건데……. 하느님께서 자네 어머니의 영혼에 안식을 주시기를 비네. 고인은 정말 천생 여자다운 여자였어.

　나는 살라를 데리고 우리 집으로 갔다. 집에 들어서자 그는 곧바로 연장을 놓아둔 곳으로 갔다. 그사이 나는 재빨리 식탁 뒤로 몸을 굽히고는 호주머니의 돈뭉치에서 지폐 몇 장을 뽑았다. 그리고 그것을 반반하게 펴서 엄마의 빚을 갚았다.

다시 나간 거리는 조용했다. 폭탄은 지난 며칠 동안은 우리 동네 쪽으로 날지 않았다. 택시 운전사들이 가솔린을 놓고 서로 다투었고, 여자들은 폭포수와 물의 성인성녀들을 저주했고, 남자들은 면도를 하지 않아서 그야말로 패배자들처럼 보였다. 어떤 사람들이 허리에 찬 구식 권총을 과시해 보였다. 가게와 가게 사이를 바쁘게 옮겨 다니는 사람들도 보였다. 카드놀이를 하기 위해 물담배연기가 자욱한 카페 안으로 마술사 후디니처럼 사라져 들어가는 사람들도 있었다. 사과향 물담배연기가 쓰레기 냄새를 덮어주었고 또 히스테릭한 마누라들의 노여움이 치고 들어오지 못하도록 도박꾼들을 감싸주기도 했다.

내가 다니던 학교 앞을 지나가는데 회색 덧옷을 입은 어린아이들이 삼삼오오 걸어가고 있었다. 저마다 손에는 책을 들고 있었고 등에는 갈색 책가방을 메고 있었다. 아이들은 성당의 식당을 향하여, 긴 옷을 입은 사제들을 향하여, 나폴레옹의 전쟁을 향하여, 직삼각형을 향하여, 술에 취한 베두인 민족의 전통시를 향하여 발을 질질 끌며 걸어가고 있었다. 베두인 사람들은 다양한 신들을 찬양했고 부드러운 모래 밑에 묻힌 망자들을 애도했다. 항상 변하는 모래언덕은 반달 아래서 춤추는 종려나무와 함께 이리 쏠리고 저리 쏠렸다.

12

이스라엘 군대가 우리의 영토 안으로 진군했다. 그들은 강줄기와 올리브 나무들을 갈랐다.

바르탄과 나는 도로변에서 함께 신문을 읽고 있었다. 신문의 머리기사가 크게 팡파르를 울리는 듯했다. 이스라엘군, 남부에 진입하다! 시리아군의 후퇴! 무카와마, 준비를 갖추다! 크리스천 진영, 침략자들과 동맹하다!

아부푸아드가 지나가다가 우리가 펼쳐 든 신문에 고개를 디밀고 속삭였다. 그들이 여기에 있네. 라디오에서 들었어. 우린 팔레스타인 놈들을 몰아냈지만, 그 대신 꼼짝없이 이스라엘 놈들을 끌어안게 되었어.

거리의 악사 알샤미가 자기 특유의 리듬에 맞춰 노래를 부르고 나서 손으로 자신의 수염을 쓸었다. 누구든 올 테면 오라지. 우리는 이제 이 전쟁에 지쳤으니. 우리는 일해야 하노라. 내 이 세상 떠날 때, 지붕의 회색 메추라기, 내 머릿속에서 울리라, 내 이 세상 떠날 때. 남풍을 타자, 그리 하면 내 활공할 수 있으리! 내 활공하여 가까운 바다를 가로지르리라.

집으로 돌아가는 길에 우연히 므슈 로랑을 만났다. 그가 내 팔을 붙들고는 고개를 끄덕이면서 말했다. 이스라엘군이 들어왔네, 그들이 들이쳤어.

시장에서 라나를 보았다. 그녀는 나를 무시하고 상인들이 소리치는 틈바구니로 빠져나갔다. 나는 그녀의 뒤를 쫓았다. 내가 다가갔지만 그녀는 계속 나를 못 본 척하고 야채를 집어 들었다.

나는 그녀의 손을 잡고 말했다. 가자, 어디 가서 얘기 좀 하자.

그녀가 조용히 대답했다. 우린 서로 할 얘기가 없어. 제발 이 손 좀 놔. 꺼져. 꺼지란 말이야. 넌 언제나 혼자 있고 싶어 했잖아. 멀리 떠날 생각만 하고 있잖아. 네게 나 같은 건 필요가 없는 존재야. 네겐 아무도 필요 없어. 게다가 난 이제 약혼한 몸이야. 누군지 묻지 마. 절대로 말하지 않을 테니까.

네 약혼자가 누군지 알아내서 내가 죽여버릴 거야.

할 테면 해봐. 네가 보태주지 않아도 이미 내 약혼자는 많은 사람을 죽였어. 또 앞으로도 계속 그럴 거구.

난 그녀가 가도록 놓아주었다.

이스라엘군이 북으로 진군해서 서부 베이루트를 포위 공격했다. 옆집에서 크게 틀어놓은 라디오 소리를 듣고 알았다.

도취된 크리스천 진영의 군대가 지프차들을 타고 바삐 지나가는 것을 발코니에서 구경했다. 불꽃 같은 오렌지색 기가 지프차들의 지붕과 보닛을 덮고 있었다. 왜 오렌지색 기를 달고 다니는지 요셉에게 물었더니 이스라엘의 동맹군임을 알리기 위한 것이라고 했다. 야, 미친놈, 당분간 위스키 배달은 없겠지? 그가 낄낄거렸다.

이스라엘군의 제트기가 베이루트의 상공을 날며 가옥, 병원, 학교 등을 닥치는 대로 폭격했다. 이웃집들의 창문을 통해 흘러나오는 라디오 소리가 다 함께 팡파르를 불었다. 서부의 주민들이 목숨을 건지기 위해 피난을 가고 있는 그 시간, 동부의 우리들은 저항군의 대탄도탄이 밤하늘에 작렬하는 것을 구경하고 있었다. 나도 옥상으로 올라가 서부의 하늘을 바라보았다. 이스라엘군의 폭격기에서 떨어지는 번갯불 아래 보이는 것들이 온통 번쩍거렸다. 하늘을 향해 끈질기게 날아오르는 붉은 빛줄기가 하나 있었다. 그 빛줄기는 끊이지 않았다. 혹시 그 작은 신들을 향해 대공포를 쏘아 올리고 있는 사람이 내 삼촌은 아닐까 하는 생각이 들었다. 또한 그 싸구려 위스키들이 알리의 손에서 몰로토프 칵테일로 바뀌고 있을지 모른다는 생각이 들기도 했다.

삼촌의 편지를 전달하려 잘릴 알타후네에게 전화를 했다. 전화를 받은 그는 몇 마디 하지 않았고 무례했다. 우리는 사생 커피숍 앞에서 만나기로 했다. 내가 커피숍 앞에서 기다리고 있으면 그 앞으로 차를 대겠다고 했다. 그는 내가 혼자 올 것이냐고 물었고 나는 그렇다고 하며 그를 안심시켰다.

그 봉투, 잊지 마라. 그가 말했다.

나는 그의 고막이 터지도록 세게 수화기를 내려놓았다.

나는 약속대로 커피숍 밖에서 기다렸다. 화창한 날씨였다. 수녀
들이 가르치는 학교에서 나오는 짧은 치마 차림의 소녀들을 구경
했다. 소녀들은 굵은 고무줄로 묶은 책들을 아직 여물지 않은 젖
가슴에 바짝 끌어안고 있었다. 소녀들은 합창하듯 일제히 킥킥거
리며 그들의 비옥한 엉덩이와 말끔하게 면도한 다리를 일정한 리
듬으로 움직였다. 한편 그들의 커다란 갈색 눈은 분주히 주변을
흘끔거리며 살폈다.

내 앞으로 차 한 대가 와서 섰다. 안경을 쓰고 모직 재킷을 입은
사내가 상체를 기울여 차 문을 열고 내 이름을 불렀다. 나는 열린
문으로 차에 올랐다. 사내는 나와 인사도 하지 않았다. 그는 불안
하고 혼란스러운 모습이었다. 두꺼운 모직 재킷을 입은 탓에 그의
속이 얼마나 끓고 있을까 하고 나는 생각했다. 그는 나라는 존재
는 거들떠보지도 않고 봉투만 바라보았다.

그게 다야? 그가 물었다.

그게 다라뇨? 그가 찾는 게 무엇인지 알면서도 나는 능청을 떨
었다.

봉투 말이야.

네.

그는 급커브를 틀고 내리막길을 통해 시리아인들의 주거 구역으

로 갔다.

그는 차를 멈춰 세우고 안경을 고쳐 쓰고는 내가 쥐고 있는 봉투를 채어 갔다. 어디 보자.

그는 거칠게 굴었다. 나는 그의 기이한 무례함에 부아가 치밀었다.

그가 눈을 가늘게 뜨고 나를 쳐다보았다. 너 이거 열어봤냐? 그가 소리쳤다.

아뇨.

열어봤지?

네.

어째서? 그가 소리쳤다.

그냥 그러고 싶어서요.

너 하지 말아야 할 짓을 했구나.

돈은 그대로 다 있어요. 세봐요.

그가 돈을 세기 시작했다. 그러고 나서 봉투를 주머니에 찔러 넣고 말했다. 됐다, 이제 그만 가봐라.

내가 권총을 뽑아 들고 말했다. 아니, 당신이 가.

그는 얼어붙었다.

잘 들으시오. 나는 그저 부탁받은 일을 해주는 것뿐이오. 그런데 당신은 내게 고맙다는 말 한마디조차 안 했어. 난 여기서 저 멀리까지 걸어서 돌아가지 않을 거야, 알겠소? 다른 건 아무래도 괜찮아. 하지만 무시당하는 건 참을 수가 없다구. 내게 존중이라는 것은 아주 중요하단 말이오. 난 존중이란 놈은 아껴주지만, 무례란 놈을 보면 그 목을 치는 사람이오. 한마디만 더 하면 당신을 쏴 죽이고 그 돈을 내가 가질 거요. 알겠소?

사내는 갑자기 활짝 웃음을 지어 보였다. 그는 요술처럼 순식간에 바퀴벌레에서 사죄하는 곱사등이로 변신했다. 그가 머리를 조아리며 나를 우스타드^{선생}라고 불렀다.

선생의 삼촌은 내 친한 친구요. 정말 아주 친한 사이요. 그는 200리라를 꺼내어 내밀며 싱긋 웃었다. 이것은 선생의 수고비요.

차를 돌리시오. 나는 말했다. 어서.

며칠 동안 서부의 민간인 사망자 수는 계속 늘어갔다. 그러던 어느 날 아침, 의용군들이 우리 집 문을 두드렸다.

치안군이다. 문 열어! 그들이 문밖에서 소리쳤다. 문을 열자 그들이 들이닥쳐 나를 벽에 밀어붙였다. 한 사람이 내 머리에 총을 대고 두 사람은 집을 뒤졌다.

뭐야? 내가 물었다.

닥쳐, 이 하샤쉬^{아편쟁이}야! 내 머리에 총을 대고 있던 자가 뺨을 때렸다. 너 우리와 같이 가야겠다. 아부나라 사령관님이 네게 볼일이 있으시단다.

옷이나 입고. 내가 말했다.

총을 대고 있던 자가 나를 떠밀었다.

간다니까! 속옷 차림으로 사령관을 만나라는 거야?

그가 내 티셔츠를 움켜잡고 말했다. 빨리 입어라.

나는 앞장서서 방으로 들어가 바지를 집어 들었다. 그리고 그가 내 등을 밀 때 바지 주머니에 손을 넣어 돈뭉치를 쥐었다. 그가 다시 내 등을 밀자 나는 일부러 넘어지며 그 틈을 타서 낡고 육중한 소파 밑으로 돈을 밀어 넣었다. 그들은 나를 데리고 나가 지프차에 태웠다. 현관 앞에 서 있던 야채 가게 주인 아부돌리가 고개를 가로저으며 말했다. 주란깡패들. 그리고 내 눈을 똑바로 쳐다보았다.

왜 나를 잡아가는 거냐? 내가 그자들에게 물었다.

총을 들이대고 있던 자가 옆으로 돌아앉더니 내 머리카락을 움켜잡았다. 한마디만 더 하면 네 입에서 피가 튀게 해주겠다. 알겠냐?

내가 탄 지프차가 이윽고 마잘리스에 도착했다. 의용군 둘이 나를 데리고 계단을 내려갔다. 그들이 나를 데려간 곳은 지하실의 어떤 방이었다. 방에는 테이블 하나와 의자 두 개가 있었다. 나는 한 의자에 앉아 기다렸다.

두 시간이 지났지만 나는 여전히 기다리고만 있었다. 철제문이 세게 닫히는 소리, 보초의 발자국 소리, 신음소리 등이 간간이 들릴 뿐이었다. 나는 눅눅한 지하의 습기, 차가운 벽, 어렴풋한 지린내를 느끼고, 날콘크리트 바닥의 방을 안절부절못하며 왔다 갔다 했다. 그러다가 다른 의자에 앉기도 했다. 어쩌면 포커 오락실 일이 들통 났을지도 모른다. 나집, 그 멍청한 놈을 없앴어야 했는데. 아니, 혹시 조지가 또 나를 배신한 것은 아닐까?

곧 내 마음속에 복수심이 불타올랐다. 포커 오락실 일일까? 아니면 잘릴 알타후네에게 전해준 삼촌의 봉투 때문일까? 나는 내게 퍼부어질 귀싸대기와 반복적인 심문에 대비해서 마음가짐을 단단히 했다. 자, 바쌈, 끝까지 같은 말을 해야 한다, 끝까지 같은 말을 해야 해. 담배를 피우고 싶은 마음이 굴뚝같았다. 마침내 열쇠 소리가 나고 문이 열리더니 아부나라가 미소를 머금고 들어왔다. 경호원이 한 명 뒤따랐다.

아! 너 바쌈이로구나. 내 넌 줄 알았다. 선글라스 뒤에 눈을 감추고 있는 그가 말했다. 방 안의 전등불이 희미한데, 선글라스를 쓰고도 내가 제대로 보이는지, 나는 그게 궁금했다. 낮은 천장에서 늘어뜨린 전등불이 그의 머리 가까이에 있었다.

일어나! 경호원이 소리치며 내 뒤통수를 갈겼다.

동작 봐라! 경호원이 또 내 뒤통수를 갈겼다. 그리고 나를 밀치며 정강이를 걷어찼다. 나는 균형을 잃고 바닥에 쓰러졌다. 손바닥에 느껴진 우툴두툴한 콘크리트 바닥은 차고 습했다. 바닥에 쓸린 옷에 회색 가루가 묻어났다. 거칠고 반반하지 않은 바닥에 허연 가루가 깔려 있었다. 콘크리트를 대충 부어 지은 건물이라는 생각이 들었다. 내 얼굴에 발바닥이 덮치며 눈에서 불꽃이 튀는 가운데서도 반반하지 않은 바닥에 대한 생각이 내 의식을 맴돌았다. 의자가 기우뚱거린 게 그래서였구나, 하는 생각마저 들었다.

나는 피를 흘리며 일어섰다. 아부나라가 손을 흔들자 그 괴물 같은 놈이 나를 짓밟으며 추던 다브카 춤을 멈췄다.

네 죄를 알렸다?

아뇨.

잘 들어라. 나는 아주 바쁜 사람이다. 네 야싸레좌파 삼촌은 내 친구였다. 불지 않으면 너를 여기 람보와 단둘만 남겨두겠다.

무엇 때문에 그러는 건지 모르겠어요.

그 영감을 왜 죽였어?

영감이라뇨?

또 뭔가 없어진 게 있다고 그자의 아내가 그러던데.

누굴 죽였다는 거죠? 무슨 말인지 모르겠어요.

람보가 내 머리카락을 움켜쥐고 귀에 속삭였다. 빨리 말해. 아니면 별로 유쾌하지 않은 일이 생길 것이다.

이 올챙이 같은 놈. 좋아, 그럼 내가 얘기를 해주지. 아부나라가 몸을 앞으로 기울여 선글라스 낀 눈을 내 얼굴에 좀 더 가까이 들이대더니 낮고 잔잔한 목소리로 말했다. 어젯밤에 로랑 아우데가 제집에서 죽었다. 도둑맞은 물건도 있지. 그의 아내를 조사해봤는데 당시 그 여자는 산중에 있는 어떤 친구의 집에 있었다. 그런데 도둑맞은 게 아프리카산 다이아몬드들이란 말이거든.

그 여자가 죽었을지도 모르잖아요! 그 여자가 그걸 훔쳤는지도 모르잖아요!

사령관님의 말씀을 끊지 마! 람보가 으르렁거리며 내 머리를 찰싹 때렸다.

우리가 다그치자 여자는 너를 의심했다. 아부나라가 계속했다. 넌 그 여자에게 마약을 팔았고, 최근에는 그 영감과 함께 어울렸다. 너, 나이 많고 돈 많은 사내들을 좋아하냐?

아뇨.

그래, 맞아. 어쩌면 네가 그 영감의 물건을 빼앗췄을 거야. 최근에 너와 그 영감이 함께 있는 것을 보았다고 동네 사람들이 그러던데.

동네 사람 누가요? 내가 도전적으로 물었다.

야채 가게 주인 아부돌리가 그랬다. 네가 그 영감과 함께 매일같이 산책을 했다고. 우리는 너에 관해 많은 얘기를 들었다. 네가 마약을 판다는 것을 모르는 사람이 없다. 너 간밤에 어디 있었냐?

집에요. 난 안 그랬어요.

네 집에서 권총을 발견했다. 잘 들어, 이 쥐새끼 같은 빨갱이야……. 너 빨갱이지? 네 삼촌처럼 말이야. 다이아몬드를 어디에 숨겼는지 말해라. 그렇잖으면 여기 람보가 네놈이 어미 배 속에서부터 봤던 대낮의 별들까지 모조리 다시 보여줄 것이다.

엄마는 돌아가셨어요.

람보의 눈이 뒤집어졌다. 이 야칼브^{개새끼}가! 사령관님께 말대꾸를 해! 그가 권총 손잡이로 나를 갈겼다.

나는 다시 차가운 바닥에 쓰러졌다. 안개 낀 해변에 철벅이는 파도처럼 그의 군홧발이 달려들었다 물러났다 했다. 태양을 가리는 검은 장막이 어른거렸고, 막대사탕이 녹아서 턱에 흐르는 듯했고, 교실의 지우개 냄새가 났다. 바닥의 먼지가 다시 날아올랐다. 코가 다갈색이던 하비브가 칠판을 지울 때 날렸던 떡이 진 분필 가루처럼 먼지가 날아올랐다. 아, 나무 자로 축복이라도 하듯 손바닥을 내려치던 그 프랑스인 예수회 신부의 매질, 무릎을 꿇고 앉던 채플 벤치 밑의 좁은 받침, 천상의 몽롱함을 안겨준 그 향냄새가 머릿속에서 재현되었다. 아, 신부님, 제가 죄를 지었사오니 용서해주세요. 제가 나무 기둥을 잡고 흔들어 허연 열매를 쏟아냈습니다. 베드로의 반석으로 그 유리를 깬 자가 바로 접니다. 제가 그 사탕을 훔쳤습니다. 폭탄이 쏟아지는 도시의 지하 방공호에서 여자아이의 몸을 더듬었습니다. 그 여자애의 엄마가 라디오의 뉴스에 맞춰 코를

고는 사이에 말입니다. 신부님, 제 죄를 고백합니다. 저는 그때 촛불이 사윌 때를 기다렸다가 슬쩍 여자애의 잠옷 밑으로 손을 집어넣었습니다. 네, 그렇습니다. 보송보송 나기 시작한 음모에 손을 댄 아이가 바로 저, 바쌈입니다. 여자애는 그때 아무 말도 하지 않았습니다. 그 후로 여자애는 저를 졸졸 따라다녔고, 옥상으로 올라갈 때 강아지처럼, 새의 암컷처럼 제 뒤를 따랐습니다. 신부님, 여자애는 그 후로 옷을 요란하게 입고 머리를 치장하기 시작했습니다. 입을 벌린 채로 껌을 씹었고, 음악 소리만 나면 요란하게 몸을 흔들어댔습니다. 여자애는 제 어머니와 친구들을 질투하기 시작했습니다. 신부님, 그러다가 여자애는 어느 날 갑자기 제 변성기 목소리에 역겨움을 표했고 사춘기의 코, 발긋발긋한 여드름, 부어오른 젖꼭지에 혐오감을 드러냈습니다. 신부님, 여자애는 자라났습니다. 훔친 이탈리아제 자동차를 몰고 다니는 의용군하고만 어울리기 시작했습니다. 의용군들은 여자애의 아버지 방 창문 아래에서 경적을 울렸습니다. 저는 제 나이와 가난에 분한 마음이 들었습니다. 여자애가 나를 버리고 장성한 사내들에게 간 것에 분한 마음이 들었습니다. 그들의 자동차, 금반지, 드러낸 가슴팍에 달랑거리는 크리스마스 삼나무, 드라카 누아 향수, 동네 사람들의 눈살을 찌푸리게 한 시끄러운 음악 소리에 분한 마음이 들었습니다. 신부님, 그녀의 머리카락은 지붕을 걷어낸 차에서 휘날렸습니다. 그 차들은 오염된 해변의 별장과 산중의 독신남성 아파트를 향해 갔습니다. 신부님, 여자애는 저를 보고 마치 제가 인형의 집에 놓인 작은 남자 인형인 것처럼 미소를 지었습니다. 신부님, 이제 아시겠죠. 그 이

후로 저는 방공호로 내려가길 거부했습니다. 여기 이 람보가 저를 빈대떡 치듯 해도 역시 거부할 것입니다. 아뇨, 저는 그 어두운 곳으로 다시는 내려가지 않을 겁니다. 저는 언제나 지하와 그곳에 사는 작은 악마들을 증오했습니다. 그들은 제가 그들의 마른 허벅지와 새로 돋아나는 음모를 탐하게 했으니까요.

아부나라가 방을 나가기 전에 내게 다가와 몸을 숙였다. 나는 그의 얼굴을 거의 알아볼 수 없었다. 모든 것이 흐릿했다. 그의 선글라스는, 마치 그가 1970년대의 잔인한 제임스 본드 영화에 나오는 것처럼 내 앞에서 춤추는 듯했다. 그의 깡패 목소리가 들렸다. 네 위와 대장, 간과 콩팥의 위치가 서로 바뀌게 될 것이다……. 내가 원하는 것은 다이아몬드뿐이야. 그것만 불면 너를 놓아주겠다. 자, 람보를 같은 동지라고 생각하고, 마음을 고쳐먹고 얘기나 좀 하면서 숨긴 곳을 공유해라. 내가 듣기론 빨갱이들은 동지끼리 서로 나누기를 좋아한다던데. 자, 네게 평등한 사회의 일원이 될 수 있는 기회를 주마. 기대에 어긋나는 짓은 하지 말고 네 빨갱이 삼촌이 너를 자랑스럽게 여길 수 있도록 잘 처신해주길 바란다.

아부나라의 웃는 소리와 함께 문이 세게 닫히는 소리가 났다. 그리고 나는 의식을 잃었다.

내 의식이 돌아왔을 때 그 야만인이 나를 어떤 작은 방으로 끌고 갔다. 담요 한 장과 더러운 변기만 달랑 있는 방이었다.

나는 한쪽 눈밖에 뜰 수 없었다. 나는 바닥에 앉았다. 왼손으로 바닥의 먼지를 쓱 쓸어보았다. 그리고 오른 손바닥을 차가운 바닥에 댔다. 찬 기운이 손을 통해 눈까지 전해졌다. 온몸이 쑤셨고 입술에서는 피가 흘렀다.

나는 잠을 자려고 했지만 람보는 그것을 허용하지 않았다. 그는 몇 분마다 한 번씩 문을 열고 내게 일어서라고 했다.

만일 앉는다든가 또는 잔다든가 하면, 네 얼굴을 변기에 처넣겠다. 알겠어? 이 마약쟁이야.

걸어! 그가 소리쳤다. 나는 앞뒤로 왔다 갔다 하며 걸었다.

그 흉물은 밤이 거의 다 새도록 나를 한숨도 못 자게 했다. 나는 벽에 기대어 앉지 않으려고 안간힘을 다했다. 더 이상 버티지 못하고 털썩 무릎을 꿇고 앉을 수밖에 없을 때는 문의 빗장 소리에 귀를 기울였다. 그리고 람보가 들어서기 전에 몸을 일으켜 세웠다. 그러다가 결국 잠이 든 것을 그가 보고 미친놈처럼 발끈하더니 나를 화장실로 끌고 갔다. 그는 욕조에 물을 채우고 내 머리를 연거푸 물속에 담갔다. 내 머리가 물속에 있을 때 나는 생각했다. 이 새끼, 엿 먹으라고 해. 놈이 내 머리를 끄집어 올려도 난 숨을 쉬지 않을 것이다. 그리고 바다 속으로 잠수하여 독이 있는 물고기들과 수영을 할 것이다. 나는 그곳에 머무르면서 유람선을 타고 지나가는 관광객들을 구경할 것이다. 이번에는 내 제일 멋진 턱시도를 입고, 내가 어떻게 스윙 춤을 추는지 저 외국인들에게 보여 줄 것이다. 양쪽에 배꼽춤 무희를 하나씩 끼고, 저 맘보 선율에 맞추어 지팡이를 흔들며 춤을 출 것이다. 부러운 눈으로 나를 쳐다보는 중성의 천사들, 그리고 조롱하는 요정들과, 단정한 염소수염의 사우디인들에게 술을 따르는 위스키 전문가들과, 부드럽고 흰

솜 꼬리를 가진 지하의 플레이보이 버니들과 나는 춤을 출 것이다. 이 새끼, 엿 먹으라고 해. 나는 침대가 두 개 있고 룸서비스를 받는 선실에서 잠을 잘 것이다. 이 짐승 같은 새끼, 엿 먹으라고 해. 욕조 안에 이는 거품을 몇 방울 입에 담아 공기 대신 삼키면 된다. 그리고 물속에서 맘보 선율이 다시 들리기를 기다리기만 하면 된다. 그래, 그러면 된다.

하지만 그 흉물은 나를 지켜보고 있다가 내 얼굴이 파랗게 되면 내 뺨을 쳤다. 그 얼굴색은 짙은 파란색, 깊은 바다의 색, 멍든 내 왼쪽 눈가의 색, 유람선 선장의 제복과 같은 감색.

다이아몬드. 그가 계속 되풀이했다. 이 야하밥 커여운 것아, 왜 이 고생을 하는 거니, 응? 왜 사람들은 스스로 고통을 자초하는 건지, 난 정말 모르겠다. 그럴 가치가 있나 보지? 그건 그저 돌멩이들일 뿐인데……. 잘 들어라, 난 나와 같은 크리스천 형제를 죽이고 싶지 않다. 이쪽에 사는 우리는 모두 형제자매 아니겠냐. 자, 그러니 말해보렴. 다이아몬드가 어디에 있는지. 그럼 널 보내주마. 택시까지 불러 태워서 말이다. 내, 널 주려고 수프를 좀 가져왔다. 오늘 밤에는 잠을 좀 자게 해줄 것이다. 자, 그럼 내일 아침에는 상쾌한 기분으로 일어나서 다이아몬드를 어디에 숨겼는지 말해줄 것으로 알겠다.

난 그걸 훔치지 않았어요. 내가 부러진 이빨 사이로 나직하게 말했다.

뭐라고? 안 들린다. 계집애처럼 말하는구나. 네가 영감들의 물건이나 빠는 계집애냐? 그 흉물이 목을 잡고 내 입에 그의 귀를 가까이 갖다 댔다. 얘야, 말해봐라. 그럼 오늘 밤에는 우리 모두 집에 갈 수 있다.

내가 안 그랬어요.

내일은 기억이 나겠지. 지금은 기억이 잘 안 난다는 걸 알겠다. 네가 제정신이 아니니까 말이야. 게다가 과음까지 했으니. 이제 잠 좀 자라.

그리고 그가 가버렸지만 나는 잠을 잘 자지 못했다. 계속 잠이 깼다. 그 흉물이 언제 다시 방에 불쑥 들어와 내게 일어나 걸으라고 할지 두려웠다. 아침이 되자 그가 다시 나타났다. 그가 군홧발로 나를 밀더니 말했다. 자, 다이아몬드는 어디에 있냐?

나는 울기 시작했다. 내가 안 그랬어요. 난 아무것도 몰라요.

좋다, 이 마약쟁이야. 넌 남의 친절을 받아들일 줄 모르는 그런 부류의 인간이로구나. 난 널 공정하게 대해줬다. 그래, 수프는 맛있었냐? 그건 네 마지막 식사였다. 그럼 잘 가라! 그가 누군가를 불러 그와 함께 나를 끌고 나가 어떤 사제 차로 데려갔다.

네가 BMW를 좋아한다고 들었다. 그 영감의 다이아를 팔아서 한 대 사고 싶었겠지, 그렇지? 자, 우리 드라이브나 하러 가자.

그들이 나를 트렁크에 집어넣었다. 그리고 곧 차가 출발했다. 그런데 몇 미터 가지도 않아서 차가 섰다. 누군가 외쳤다. 어이, 람보, 어디 가는 건가?

바쌈인가 뭔가 하는 빨갱이를 없애러 가는 길이야.

어떤 식으로 없앨 건데? 그 목소리의 주인공이 낄낄거리며 물었다.

람보식으로. 람보가 대답했다. 그러자 그들이 모두 함께 크게 웃었다.

그러고 나서 차가 다시 움직이더니 빠른 속도로 원을 그리며 빙빙 돌기 시작했다. 내 머리가 스페어타이어에 부딪혔다. 나는 금방 토할 것 같은 느낌이 들었다. 그 느낌은 새 가죽 냄새 때문에 더욱 심해졌다. 어두웠다. 부모님의 무덤처럼 어두웠다. 이 새끼들, 엿 먹어라. 적어도 나는 부모님과 같은 곳에 묻히지 않을 것이다.

차가 멈췄다. 차의 시동이 꺼지더니 트렁크의 잠금장치가 덜컹 풀렸다. 나는 손으로 눈을 가렸다. 트렁크가 약간 열린 틈으로 스며든 햇빛 때문에 순간적으로 아무것도 안 보였다. 그 순간 나는 현기증이 났고 배 속에 든 것을 쏟아냈다.

람보와 같이 있던 자가 발끈하며 날뛰었다. 이런, 개새끼가! 이놈이 차를 엉망으로 만들었잖아! 이것 좀 봐—온통 토해놨어.

총의 노리쇠를 당기는 소리가 났다. 다시 그자가 말했다. 내가 당장 이 쓰레기를 없애버리겠다.

하지만 람보가 그에게 기다리라고 했다. 내 말 안 들려? 기다리라고! 람보가 소리쳤다. 그 둘이 옥신각신했다.

저리 가. 내 차니까 내가 알아서 할 거다.

람보가 트렁크에 머리를 들이밀고 변함없이 빈정거리는 투로 말했다. 자, 아가야, 돌멩이가 어디 있는지 생각나느냐?

무슨 대답이 있을 리 없었다. 나는 속에 아직 남아 있는 것을 마저 게워냈다. 토해낸 것이 콧구멍을 통해 도로 속으로 들어가는 것 같았다. 가슴팍에는 수프가 변해서 된 죽이 한 그릇 철벅댔다.

좋아, 자식 네 맘대로 해라. 그런데 말이다. 네게 호의를 베풀어 주는 차원에서 널 지금 당장 쏴 죽여줄 수도 있다. 그게 네가 원하는 것이라는 것을 나는 안다. 하지만 그건 아니 될 말씀이다. 너와 나 사이에 아직 볼일이 남아 있으니 말이다. 내가 아직 전기 충전기를 소개하지 않았지? 내 약속하마. 네 몸이 성모 마리아처럼 빛나게 해주겠다는 것을 말이야.

람보와 자동차 주인이 나를 감방에 처넣었다.

1만 번의 매질이 나의 연약한 살갗에 작렬하며 불꽃을 틔웠다. 배 속에 들어간 수프는 젖 먹이는 엄마의 품에 안긴 아기가 게워내는 죽처럼 역류해서 입 밖으로 흘렀다. 엄마의 꿰뚫는 듯한 눈, 숨 쉬듯 입버릇처럼 항상 무언가를 요구하는 엄마의 입, 운명론자인 아버지에 대한 엄마의 경멸, 무심한 아버지, 느릿한 걸음걸이의 아버지, 말수 없는 아버지, 늦은 밤 어둠 속에서 느닷없이 방에 들이닥쳐 매질을 가하던 아버지, 아버지가 어른거렸다. 젖 먹이며 나를 안고 있는 엄마의 팔, 엄마의 꿰뚫는 듯한 눈, 숨 쉬듯 항상 무언가를 요구하는 엄마의 입, 무심하고 느릿하고 말이 없는 운명론자인 아버지를 경멸하던 엄마에게 매질을 가하던 그 아버지가 어른거렸다. 내게 매질을 가하고, 수프를 먹이고는 이것을 다시 게워내게 하는 고문자처럼 어둠 속에서 불쑥 들이닥치곤 했던 말수 없는 그 아버지가 어른거렸다. 젖 먹이는 엄마의 팔에 안긴 아기가 게워내는 죽처럼 배 속에서 수프가 역류했다. 수프는 요구를 호흡하다시피 하는 엄마의 입에서 거꾸로 흘러나왔다. 무심하고 느릿한 걸음의 운명주의자인 아버지에 대한 엄마의 경멸과 함께 거꾸로. 감방에 있는 그의 아들은 밤새도록 걸어야만 했다. 그는 젖 먹이는 엄마의 품을 찾았고, 꿰뚫어 보는 듯한 엄마의 눈을 찾았고, 입만 열면 요구 사항을 내쉬는 엄마의 입을 찾았다. 그는 엄마를 찾았다. 그를 구해달라고, 숨을 쉴 수 없는 물속에서 건져달라고, 부글부글 이는 기포들 사이에 고무오리가 둥둥 떠 있는 욕조에서 건져달라고. 유람선을 흔들며 나무 갑판에 거품을 일으키는 파도처럼 내 얼굴을 치는 물에서 그를 구해달라고. 옛날 옛날에, 비가 많이 오는 북쪽 출신의 두 영국인이 달이 없는 밤하늘 아래 조용히 갑판을 거닐며 수프가 식기 전에 식당을 향했다. 흰 앞치마를 두른 간수가 식당으로 들이닥쳐 게으름 피우지 말고 일어서라고 하기 전에, 말대꾸하지 말라고 하기 전에, 승객들의 지갑에 손대지 말라고 하기 전에, 사춘기 소녀들과 발정 난 다이아몬드 같은 여편네들의 몸을 더듬지 말라고 하기 전에 식당을 향했다. 먼지만 쫓으며 갑판을 쓸라고 하기 전에 그들은 식당을 향했다. 물에 빠졌던 얼굴에서 떨어져 나오는 부글거리는 거품을 가지고, 달빛 없는 바다에서 퍼덕이며 비상하는 날치의 입술에서 떨어지는 거품을 가지고, 물속에서 길을 헤매는 입술이 내뿜는 거품을 가지고 욕조를 닦으라고 하기 전에 식당을 향했다.

람보가 문을 열고 말했다. 석방이다, 이 마약쟁이야. 그가 문을 잡고 있었다. 1분 안에 내 앞에서 사라져라.

나는 일어나 천천히 방에서 나갔다. 이제 내 등에 총을 쏘겠지.

그러고는 내 시체를 내려다보며 탈출하려는 걸 봤다며 내 탓을 하겠지.

나는 복도를 걸었다. 복도 양쪽에 방문들이 줄지어 있었다. 반반하지 않은 바닥, 차고 습한 벽에 둘러싸여 있는 사람들이 또 있었다. 그들은 물속에서 신음하며 돌고래가 서로 부르는 소리를 냈다. 돌고래들은 뜬눈으로 바다를 헤치며 둥둥 떠가는 보랏빛 거품을 보았다.

복도 끝에 이르자 어떤 자가 문을 열어주었다. 나는 힘들여 계단을 올라갔다. 눈부신 빛 가운데 서 있는 어떤 여자의 실루엣이 눈에 들어왔다. **아, 엄마가 오셨다.** 나는 생각했다. **저 람보 자식이 기어코 이산가족 상봉을 이루어내고야 말았구나.** 그때 성인성녀들과 야만인들을 싸잡아 욕하는 나빌라의 목소리가 들렸다. 그녀가 달려 내려와 층계 중간쯤에서 나를 끌어안았다.

내 모양새를 자세히 들여다보고 나빌라는 광적으로 흥분했다. 나빌라의 반응은 순간 나까지 흠칫 놀라게 했다. 그녀가 내 머리카락을 쓰다듬었다. 그리고 쏟아지는 빛 속에서 의용군을 저주했고, 아부나라를 저주했고, 그리스도와 그의 제자들을 저주했다. 그녀는 나를 거의 끌다시피 하며 그녀의 차까지 데려갔다. 그녀의 집에 도착하자 그녀는 나를 현관에 내려놓고 샤픽 알아즈랙을 불렀다. 그들이 함께 나를 위층으로 부축해 올라갔다.

13

　나빌라는 며칠 동안 나를 씻기고, 먹이고, 간호하여 건강을 되찾게 해주었다.

　너 여길 떠나야겠다. 여권을 챙겨. 갈 데는 있니?

　제 집에 가서 소파 밑에 돈이 있나 좀 봐주세요.

　그녀가 돌돌 말아 고무줄로 동여맨 돈뭉치를 가지고 돌아왔다. 너 어디서 이 돈이 났니? 그녀가 물었다.

　모았어요.

　근데, 이 돈을 보면 네가 그 사람을 죽였다고 생각할 수도 있겠다. 한데 네가 거기 들어가 있는 동안 누군가 그의 아내를 쏘아 죽였다는 얘기를 들었다. 머리에 총을 맞고 죽어 있는 그 여자를 산속에서 어떤 목동이 발견했다고 하던데. 그 일이 있고 나서, 내가 아부나라, 그 짐승 같은 인간에게 가서 소란을 피웠다. 그 작자,

겉으로 보기엔 매너가 좋은 것 같지만 사실은 한낱 깡패일 뿐이다.

조지는 어디에 있어요?

어디 갔다. 저번에 내게 들러서 북쪽에 야영하러 간다고 하더라. 그리고는 아무런 연락이 없어.

저쪽은 어떻게 되어가고 있어요?

알가비야^{서부 베이루트}는 아직 포위 공격을 받고 있다. 팔레스타인인들은 아마 곧 항복할지도 몰라. 아, 그렇지. 깜박할 뻔했네. 날라가 그러는데, 젊은 애들 둘이 줄리아네 가게에서 네 행방을 물었다더라.

그들의 생김새에 대한 얘기는 없었어요?

아니, 별로. 그냥 젊은 애들이었다고 했고 그 둘 중 한 명은 코가 주저앉았다고 했다.

나는 식은땀, 신음소리와 함께 잠을 깼다. 한밤중이었다.

방문이 열렸다. 나빌라가 회중전등을 켜 들고 들어왔다.

바쌈, 나다. 나빌라야. 악몽을 꿨구나. 이 땀 흘리는 것 좀 봐.

그녀가 내 얼굴을 어루만졌다. 꼴이 이게 뭐야, 이 깡패 놈들. 세상에, 이런……. 그녀가 내 얼굴을 어루만지더니 내 뺨에 키스를 하고는 어깨에 팔을 두르고 나를 안아주었다.

내 손이 그녀의 허벅지로 갔다. 그녀는 가만히 있었다. 나는 그녀의 입술을 찾았다. 그녀가 키스를 하며 숨을 거칠게 쉬었다. 그녀는 젖가슴을 향하는 내 손을 내버려두었다. 나는 그녀의 젖가슴을 바삐 더듬었다. 나의 입술은 굶주린 개와 같았다. 나빌라의 숨

소리가 더 거칠어졌다. 천천히, 천천히. 그녀가 속삭였다. 애야, 천천히. 상처투성이인데, 아프잖니, 천천히. 그녀가 자애롭게 말했다. 나는 그녀의 잠옷을 끌어올리고 크고 둥근 젖꼭지에 입술을 들이댔다. 그녀는 나의 머리를 쓰다듬었다. 나는 그녀를 끌어당겨 옆에 누이며 굶주린 강아지의 서두름으로 그녀의 몸을 끌어안았다. 주술적인 치료를 행하는 야만인처럼 그녀가 내 상처를 핥았다. 그녀의 관능적인 허벅지가 벌어졌고, 나는 그녀의 젖음 속을 파고들었다. 그녀는 어린아이의 머리를 쓰다듬듯 내 머리를 잡고 나를 오르가즘으로 이끌었다.

아침이 밝았다. 나빌라가 솥과 접시를 이리저리 옮기는 소리를 들으며 나는 잠이 깼다. 그녀가 켜놓은 라디오가 이웃의 라디오와 합창으로 나쁜 소식을 알렸다.

나는 난감한 기분으로 주저하며 알몸으로 침대에 그대로 누워 있었다. 결국 나는 화장실에 가지 않을 수 없었다.

변기 물 내리는 소리를 듣고 그녀가 내게 커피를 마시겠냐고 물었다.

나는 무언가 웅얼거리고는 곧장 내가 있던 방으로 갔다.

나빌라가 방문을 열었다. 실내 가운을 입은 그녀가 다가와 침대 가장자리에 앉았다. 바쌈, 이제 너네 집으로 가야겠다. 어디 눈 좀 보자. 붕대를 갈아야겠구나. 자, 옷 입어라. 여권을 만들도록 해. 여길 떠나라. 여긴 이제 아무것도 없다. 가…… . 여권 사진을 찍고…… . 네 돈은 저 서랍 안에 있다…… . 가기 전에 뭣 좀 먹도록 하고. 네 옷은 빨아놨다.

그녀가 방을 나가더니 무슨 종이 한 장을 갖고 왔다. 그녀는 내 손을 잡아서 펴고 종이를 돌돌 말아 쥐어주었다. 이걸 가지고 가라. 프랑스나 어디든 유럽에 가게 되면 이 사람을 찾아라. 조지의 아버지야. 언니는 형부라면 질색을 했다. 언니는 형부를 창피하게 생각했지. 언니는 고집불통이었고 자존심이 셌다. 그런데 젊어서 실수를 했어. 언니는 누구도 필요로 하지 않았지…….

나빌라의 눈에서 한 줄기 눈물이 흘렀다. 단 한 줄기 긴 소금물이 입술 가에 거의 닿았을 때 그녀는 참는 표정으로 혀를 내밀어 눈물을 훑어버렸다. 나빌라가 내 눈을 들여다보며 말했다. 네가 형부를 만났으면 좋겠다. 너를 위해서도 그렇고 조지를 위해서도. 형부의 이름과 전화번호가 여기 있다. 혹시 번호가 바뀌었더라도 어떻게 해서든 형부를 찾아보도록 해. 내게 약속해라. 그러겠다고 약속해.

나는 끄덕였다. 나는 아무 말 없이 약속했다.

그날 오후, 나는 우리 집으로 갔다. 서랍 안의 물건들이 모두 방 바닥에 널브러져 있었고 꽃병들은 깨져 있었다. 옷들도 바닥에 온통 어질러져 있었다.

나는 요셉 샤이벤에게 전화를 했다. 그날 밤에 요셉과 다른 동네의 어느 길모퉁이에서 만날 약속을 했다.

내가 그리 차를 갖고 갈게. 그가 말했다.

나는 약속대로 기다렸고, 요셉이 약속대로 나타나 나를 차에 태웠다.

나는 그가 나와 함께 있는 것을 원치 않는다는 것을 알아차리고 그 이유를 물었다.

네게 사적인 감정이 있어서가 아니다, 바쌈. 하지만 군이 어떤지는 너도 알잖아. 일단 그들에게 찍히면, 그 친구들까지 모두 감시를 받는다는 거 말이다.

우리는 시내를 벗어나 산속 높은 곳으로 올라가 차를 세워두고 함께 걸었다.

나 총이 필요하다.

야, 바쌈, 지금 네 상황에서 총을 가지고 다니는 건 별로 좋은 생각이 아니야.

누군가 나를 노리고 있어. 한시 바삐 총을 손에 넣어야 해. 돈은 내가 줄게.

어떻게 해볼게, 그럼.

우리는 시내로 돌아왔다. 내가 차에서 내리자, 돌아서는 나를 요셉이 불렀다. 바쌈, 여러 말 하지는 않겠지만 난 그 영감 살해자가 네가 아니라는 걸 안다.

누구 짓이니?

그는 대답하지 않고 액셀러레이터를 밟아 멀어져갔다.

나는 그다음 며칠 밤을 우리 아파트 맞은편 건물 옥상에서 잤다.

옥상에서 서부 베이루트에 솟아오르는 불길이 보였다. 이스라엘군은 며칠이고 계속 그곳 주민들에게 폭탄을 퍼부었다. 밤하늘에 오렌지색 불빛이 번쩍였고, 대공 기관총의 화염이 지상에서 하

늘로 날며 빨간 곡선을 그었다. 도시는 불바다였다. 사이렌 소리
와 웅성거리는 피, 그리고 죽음에 잠긴 도시였다.

어느 날 아침 요셉에게서 연락이 왔다. 나를 보자고 했다.

나는 요셉에게서 총을 받고 그 값을 지불했다. 나는 그에게 내
일을 도와달라고 했다. 그리고 베이루트를 뜰 계획도 털어놓았다.
떠나기 전에 마지막으로 한탕 해서 돈을 좀 더 챙길 계획이 있다고
그에게 말했다.

무슨 계획? 요셉이 물었다.

카지노를 터는 거야.

마주눈. 넌 마주눈이야. 난 모르겠다, 바쌈. 그건 너무 위험해.
군을 상대로 엿 먹으라는 건데.

그래. 하지만 군이 네게 해준 게 뭐냐? 난 네가 몇 주일이고 계
속해서 바리케이드 뒤에 죽치고 있는 것을 봤다. 넌 네 목숨을 내
놓고 하는 일이잖아. 그런데 지휘관들은 어떻지? 모두 스포츠카
나 타고 다니며 다른 사람들의 집이나 산장을 탈취하고 자기네 은
행 잔고나 불리고 있잖아. 넌 네 어머니와 어린 동생들을 먹여 살
릴 식량도 제대로 사지 못하고 있는데 말이다. 요셉, 생각해봐라.
언젠가는 전쟁이 끝날 거고, 그자들은 아르마니 양복을 입고 돌아
다닐 텐데, 우리는 뭐지? 우리가 손에 쥘 게 뭐가 있냐고? 아, 그
렇지, 요셉은 크리스천 진영을 위해 싸운 훌륭한 전사였지, 라고
하기라도 할 것 같아? 설사 그런다고 치자. 그래서 네 손에 돈 한
푼이나 쥐어질 것 같아? 생각해봐라. 잘만 하면 우리 둘 다 제법

많은 돈을 챙길 수 있다.

요셉은 말이 없었다.

너 람보라는 놈 진짜 이름이 뭔지 아니? 내가 물었다. 검은색 BMW를 타고 다니고, 얼굴에는 눈에서 턱까지 긴 흉터가 있는 놈인데.

응, 람보라면 내가 알지. 그놈 아주 악질이야.

그자가 어디에 사는지 알고 싶다.

왈리드 샤프가 그를 잘 안다. 파크라의 산중에 있는 람보의 산장에서 열린 파티에 초대받은 적이 있다고 했어. 피난을 간 어떤 이슬람 일가의 산장을 람보가 고스란히 접수해서 챙겼지.

며칠 시간이 흐르자 내 몸의 상처들이 아물기 시작했고 근육에 다시 힘이 붙기 시작했다. 이제 걸을 때의 통증은 사라졌고, 코에서는 욕조의 물 찌꺼기가 다 빠져나왔다. 누런 때가 낀 흰 사기 욕조 물속에 머리가 잠겼을 때 입안에서 맴돌던 기포들, 이제는 그 기포들이 모두 터져 증발되었다. 기포 터지는 소리는 마치 말하는 소리 같았다. 기운을 차린 나는 다시 부두로 일을 하러 갔다. 선착장에 들어서는데 경비가 내게 와서 말했다. 아부타릭이 널 보자고 한다.

나는 아부타릭의 사무실 문을 두드렸다. 그는 작은 놋쇠 난로 앞에 서 있었다. 커피를 끓이던 그는 천천히 돌아서면서 내게 들어오라는 몸짓을 했다. 나는 그에게서 커피 한 잔을 받고 그의 책상 맞은편에 앉았다.

그동안 어디 갔었나?

끌려갔었습니다.

그가 끄덕였다. 그래, 나도 들었네. 근데 무슨 일로?

우리 집 근방에서 누가 살해당했는데, 그 일로 그들이 날 잡아갔었습니다.

아부나라의 부하들이 자네 일로 여기까지 와서 수사를 한 건 아니? 그자들이 자네의 트렁크를 조사하려 했네. 아무도 여기선 그럴 수 없다고, 내가 그랬지. 그자들이 여기에 들이닥쳐서 제집인 양 돌아다니더군. 그래서 내가 그랬네. 여기선 아무도 내 말을 거스르지 못한다고. 나는 그들에게 고용된 사람이 아니거든. 나는 총사령관 알레이에스의 명령만을 받는다고 했지.

아부타릭이 그의 수북한 콧수염을 만지작거리더니 북쪽 사투리로 계속해서 말했다. 내가 그들에게 그랬네. 여기에 발을 들여놓을 때는 입구에 총을 두고 들어오라고 말이야. 그러지 않으면 다음번에는 들어오지 못하게 하겠다고. 그들은 내 말을 달가워하지 않았네. 자넨 성실한 일꾼이야. 그리고 자네가 정말 범인이라면 까짓 몇 푼 안 되는 일당이나 벌려고 일하러 나왔겠는가? 안 그래?

나는 고개를 끄덕였다.

그 깡패 놈들이 자넬 어지간히도 두드려 팼던 모양이군, 그렇지?

네.

내일 밤에 이탈리아에서 들어오는 배가 있네. 그럼 며칠 동안 자네가 필요할 거야. 그때 오게. 오늘 밤은 별로 일이 없네. 집에 가서 푹 쉬게.

다음 날 저녁, 나는 부두에서 하역 작업을 했다. 나는 쉬는 시간에 갑판으로 올라가 선장을 찾았다. 이집트인인 아슈라프 선장은 취사장에서 식사를 하고 있었다.

난 여기 부두에서 일합니다. 나는 그에게 다가가 앉아 말했다.

그가 나를 쳐다봤다. 그런데?

여길 떠야겠는데요, 될 수 있는 대로 빨리.

비자는 있나? 그가 물었다.

배가 어디로 가는데요? 내가 되물었다.

마르세유. 프랑스 비자는 있나?

아뇨.

그럼 태워줄 수 없다.

무슨 방법이 없을까요?

그가 묵묵히 식사를 계속한 후에 입을 열었다. 이 하역 일이 수입이 좋은가 보지?

돈은 있습니다.

800. 그가 말했다.

600밖에 없는데요.

선장은 아무런 대답도 하지 않고 천천히 일어나 자리를 뜨려고 했다.

700 드리겠습니다. 그럼 내 수중에 200밖에 안 남아요. 그나마 그건 그곳에서 내 운명을 담판 지을 돈입니다.

일요일에 떠난다. 알라 신을 믿게. 따뜻한 웃옷을 가져오도록 하고. 선상의 밤은 추우니까.

14

침대에 누워 있는데 누군가 문을 두드렸다. 한밤중이었다. 이웃집 아줌마였다. 그녀는 울고 있었다. 그가 암살당했어. 그녀가 말했다. 알레이에스가 암살당했어.

그리스도교 레바논군의 총사령관이 한 지구당을 방문했다가 암살을 당했다. 그가 지지자들과 회합을 갖는 도중에 폭탄이 터져 건물 전체가 내려앉았다. 한편, 서부 베이루트의 팔레스타인군과 좌익 군대가 이스라엘군에 항복을 했다.

나는 라디오로 알레이에스의 장례 소식과 팔레스타인 군대가 레바논에서 튀니지로 철수한다는 소식을 들었다. 동부 베이루트의 여자들은 검은 상복을 입고 모두 눈물을 흘렸다.

나빌라가 내게 전화를 해서 그 전날 밤 그 모든 것을 꿈에 봤다고 했다. 그의 암살 소식을 듣고 괴롭고 우울해서 신경안정제를 먹고 있다고 했다. 그리고 용의자를 잡았다는 조지의 얘기도 내게 전해주었다. 용의자의 이름이 알타후네라든가 뭐 그러더라. 그녀가 말했다. 시리아 공산당원이란다. 그자의 집에서 폭파된 건물의 설계도가 나왔대.

마침내 요셉이 내가 제의한 한탕 계획에 동참하기로 했다. 그래서 나는 이틀 동안 카지노를 지켜봤다. 의용군의 수금원 둘이 하루걸러 저녁에 들렀다. 사복 차림인 그들은 사제 차량을 타고 다녔다. 그들이 오락실로 들어가자 나는 길을 건너가 차 안을 자세히 살폈다. 그들이 허리춤에 차고 있는 권총 이외에 다른 무기가 있는지 확인하기 위해서였다. 나는 멀리 뒤에서 그들의 뒤를 쫓아 그들이 돌아가는 길을 숙지했다. 다른 곳에 있는 포커 오락실에도 들른 뒤 그들은 곧바로 군부대로 돌아갔다. 그들은 멀리 돌아가는 비포장 샛길을 통해 본부로 돌아갔다.

그다음 날 나는 요셉과 함께 나집의 짝패 집에서 그가 귀가하기를 기다렸다.

요셉은 그 아파트 건물의 옥상으로 올라갔고 나는 길 건너편에서 기다렸다.

머잖아 그가 나타났다. 그가 차를 주차하고 계단을 오르기 시작하자마자 나는 두 손가락을 입에 넣고 크게 휘파람을 불었다. 이것을 신호로 요셉은 손수건으로 얼굴을 가리고 옥상에서 내려오다가 계단에서 그를 마주쳐 지나갈 때 기침을 하는 척하면서 그의 얼굴을 머리로 받았다.

동시에 나는 두꺼운 테이프를 들고 계단을 달려 올라갔다.

요셉은 나집의 짝패가 소리 지를 틈을 주지 않고 그의 입에 손수건을 쑤셔 넣었다. 나는 그의 손과 발목을 묶었다. 우리는 그를 들고 올라가 건물 옥상에 내팽개쳐놓았다. 그러고 나서 우리는 그 녀석의 차를 타고 요셉의 집으로 갔다. 요셉은 집에 들어가 그의 칼라슈니코프 소총과 권총을 가지고 나왔다.

내가 운전하는 동안 요셉은 탄창에 총알을 채웠다. 그는 내 총과 그의 총을 모두 점검했다. 우리는 포커 오락실에 차를 세우고 수금원이 들어가는 것을 지켜보다가 그들보다 앞서 출발해서 군부대로 가는 비포장도로를 달렸다.

비포장도로의 한 지점에서 우리는 차를 세워 길을 가로막고 후드를 열어놓았다. 나는 열어놓은 후드 뒤에 서 있다가 수금원들의 차가 보이자 머리에 스타킹을 뒤집어썼다. 요셉은 옆 시궁창에 몸을 숨겼다.

수금원들이 차를 멈추고 욕을 하며 내게 다가왔다. 요셉이 칼라슈니코프를 가지고 그들의 뒤로 접근했다.

엎드려, 이 개새끼들아! 나는 후드 뒤에서 몸을 드러내며 양손에 각각 권총을 쥐고 그들의 얼굴을 겨누었다. 엎드려! 내가 반복해서 소리쳤다.

총알받이가 되고 싶지 않으면 엎드려. 요셉이 내 뒤쪽으로 이동하며 소리쳤다.

그들이 양손을 위로 쳐들고 엎드렸다. 나는 한 수금원의 목을 발로 밟고 그의 총을 뽑아 들었다. 요셉은 다른 자의 몸을 뒤졌다.

우리는 그들을 테이프로 손을 묶어 후드를 열어놓은 차 옆에 내버려두었다. 그러고 나서 나는 돈이 실려 있는 그들의 차에 올라타 후진을 해서 차를 돌렸다. 그리고 계획한 대로 되돌아가는 길에 어떤 폐쇄된 공장 앞에 차를 세웠다. 우리는 돈주머니는 갖고 차는 공장 앞에 내버렸다. 그리고 그날 낮에 미리 가져다둔 밴에 모든 것을 옮겨 싣고 산으로 밴을 몰았다.

우리는 산속에서 차를 멈추고 돈을 세어 그 자리에서 둘로 나눴다.

내일 프랑스로 떠나는 배가 있다. 난 그걸 탈 거야. 자, 이거 가지고 나빌라를 찾아가라. 너 나빌라 알지? 드 니로의 이모 말이야.

응.

우리 집 열쇠를 나빌라에게 전해줘. 집을 잘 부탁한다고 하고. 부탁한 사람을 찾아보겠다고 내가 그러더라고 전해주고. 그 약속을 지킬 것이라는 걸 내 대신 좀 말해줘. 자, 나는 저 언덕 밑 교차로에서 내리겠다. 난 택시를 타겠다. 우린 이제 따로 움직이는 게 좋을 거다.

요셉과 나는 키스로 인사를 나누고 헤어졌다.

마주눈, 난 너를 잊지 못할 거다. 마주눈! 요셉이 소리치고는 멀어져갔다.

나는 택시를 잡아타고 파크라로 갔다. 그리고 산중에 있는 마을 중심지에서 내렸다. 어둠 속 오두막집들이 모여 있는 곳 아래쪽의 졸졸 흐르는 작은 시냇물에서 빈 깡통에 물을 채워서 더 높은 산속으로 올랐다. 그리고 물을 땅에 붓고 진흙을 개어 얼굴과 손에 발랐다. 나는 색유리의 검은색 BMW를 찾아 마을 여기저기를 밤새 도록 돌아다녔다. 개가 짖어댈 때는 뒷골목으로 몸을 숨기기도 하면서 산장들이 있는 산중의 어두운 골목길을 쏘다녔다. 그 지역을 전부 뒤졌지만 그 차는 보이지 않았다. 새벽이 밝았을 때 나는 어느 언덕마루에 올라 지나가는 차들을 지켜보았다.

그때 언덕길을 빠른 속도로 오르는 BMW가 한 대 보였다. 언덕길을 오르는 당나귀처럼 갈지자로 휘청대는 것이, 마치 술 취한 사람이 운전하는 것 같았다.

나는 그 BMW 뒤를 쫓아 뛰었다. 소나무 숲과 축축한 언덕의 아침 이슬과 나뭇가지들을 헤치며 뛰었다. 나는 돌계단을 가로질러 그 차가 멈추기를 기다렸다. 한 사내가 문을 열고 느릿한 동작으로 차에서 내렸다. 람보였다.

나는 그에게 다가갔다. 내 발자국 소리가 나자 그가 뒤를 돌아다 보았다. 그가 총을 뽑는 동작이 슬로 모션으로 보였다. 나는 걸음을 멈췄다. 그리고 그의 얼굴을 처다보았다. 나의 가슴은 죽음 소리와 드럼 소리로 고동치기 시작했다. 나는 또다시 밤새 걸어야만 할 것 같은, 그래서 잠자리에 들라고 내게 손짓하는 매트리스들을 모조리 짓밟아야 할 것 같은 기분이 들었다. 내 이마에서 땀이 흘러내려 얼굴을 적셨다. 차디찬 물이 담긴 두레박에 얼굴을 담그는 느낌이었다. 아침의 산들바람이 내 얼굴에 재스민 향기를 뿜어대며 지나갔다. 분주한 나비들이 거대한 날개를 퍼덕이며 계곡에서 안개를 걷어 올렸다. 내 눈꺼풀도 함께 퍼덕였다. 나는 양손을 앞으로 뻗쳤다. 두 검지가 함께 방아쇠를 당겼다. 내 총의 탄창이 비어갔고 그의 얼굴에는 웃음이 흘렀다. 비행을 완료한 총알들은 향수 냄새가 나는 그의 살갗을 파고들었다. 그의 마지막 숨은 위스키 냄새를 뿜었고, 총알은 차 문의 손잡이를 움켜쥔 손의 손톱에도 파고들었다. 총성은 아침 종소리와 함께, 이른 아침 사냥꾼의 소총 소리에 섞이며 깊은 계곡으로 울려 퍼졌다. 그가 땅에 완전히 엎어질 때까지 나의 총은 쉬지 않았다. 짙은 안개가 지나가며 그의 마지막 호흡을 쓸어 갔다.

나는 람보의 몸을 뒤져 그의 몸에 눌려 있는 차 열쇠를 찾았다. 그의 가죽점퍼와 흰색 실크 셔츠는 이제 피와 붉은 흙이 범벅되어 갈색으로 보였다. 그의 눈이 마지막으로 나를 보았다. 나는 그의 검은 동공 속으로 빨려 들어가는 내 모습을 보고 흠칫 놀랐다.

나는 열쇠를 집었다. 그리고 그의 차를 몰아 언덕을 내려갔다. 나는 길가에 차를 세우고, 차에서 내려 절벽 가장자리에 토악질을 했다. 땅바닥이 내 머리를 끌어당겨 무릎을 꿇게 만들었다.

그날은 배가 떠나는 날이었다. 나는 집에 돌아와 옷가지와 여권과 돈을 챙겼다. 그리고 내려가며 마지막으로 아파트 계단을 밟았다. 이웃집 여자들이 대리석 계단을 오르락내리락하며 물을 흘렸다. 그날은 물이 나오는 날이었다. 지붕에도 물이 있었고 수도꼭지에서도 물이 나왔다. 이웃집 여자들은 옥상으로 양동이를 가져가서 물을 가득 채워가지고 내려왔다. 나를 쳐다보는 이들도 있었고, 안 그런 이들도 있었다. 나는 그들이 무슨 생각을 하고 있는지 알고 있었다. 그들 가운데 빠져 있는 두 손이 누구의 것인지 내가 알고 있었고 또 그 가운데 누구의 양동이가 빠져 있는지 내가 생각하고 있듯이 그들도 그것을 생각하고 있었다. 사방에 맑은 물과 비눗물을 흘린 계단을 뒤꿈치를 들고 서둘러 내려가며 나는 이웃 여자들에게 한마디도 하지 않았다. 인사도 하지 않았고 감사하다는 말도 하지 않았다. 나는 바닥을 닦지도 않았고 양동이를 나르지도 않았다. 나는 바다를 찾아가기 위해 물을 흘린 곳을 건너뛰며 발을 디뎠다.

나는 길을 걸어가며 생각했다. 여기서 변하는 것은 아무것도 없다. 저 창문들은 존속할 것이다. 자동차들의 수는 증가할 것이다. 그 차들은 언제나 저렇게 주차할 것이고 그 수는 식물처럼 늘어날 것이다. 얼룩덜룩한 가로수처럼 길 양쪽에 첩첩 쌓여갈 것이다. 나는 주변을 돌아보지 않았다. 아무에게도 인사하지 않았고 울지도 않았다. 나는 그저 떠나고 있을 뿐이었다.

차 한 대가 내 옆을 지나가더니 멈추고 후진했다. 드 니로였다. 그가 내게 타라고 했다.

괜찮다. 그냥 걷겠다.

가는 곳까지 내가 태워다줄게. 할 얘기가 있다. 그가 우겼다. 그의 눈은 충혈되어 있었다. 술에 취했든 약에 취했든, 둘 중 하나였다. 아니면 끝없는 총성과 드럼 소리 같은 군홧발 소리에 잠을 못 잤을지도 모른다.

나를 좀 내버려두라고 말하자, 그가 차에서 내려 나를 붙들고 이마에 키스를 했다. 그리고 그가 말했다. 우린 형제 아니냐. 그는 나를 옆자리에 태워 차 문을 닫아주고 나서 운전석 쪽으로 갔다.

그는 한쪽 손바닥으로 차를 짚고 운전석 쪽으로 돌았다. 내 목과, 뺨을 만졌던 손바닥, 나를 차에 태운 손이었다.

그는 빠른 속도로 차를 몰았다. 그는 멈추지 않았다. 브레이크도 밟지 않았다. 그는 나를 바라보았다. 웃으며 바라보기도 했고 거의 울 것 같은 표정으로 바라보기도 했다. 그는 아무런 말도 하지 않았다. 콰란티나를 통과하자 크게 커브를 틀고 다리 밑에서 끝나는 하이웨이로 차를 몰았다. 하이웨이에 들어서며 기어를 바꾸자 차가 찔끔 하며 총알처럼 앞으로 튀어 나갔다. 급속도로 가속이 붙은 차가 잠시 후 다리에 가까워졌다. 그는 속력을 줄이고 다리의 육중한 콘크리트 주춧돌 바로 옆에 차를 세웠다. 우리의 총체적인 죄악을 실어 나르는 하구수가 그 옆으로 흘렀다.

우리는 둘 다 침묵했다. 모래더미와 돌더미, 완공되지 않은 축조물이 눈앞에 보였다. 조지의 권총이 우리 둘 사이에 놓여 있었다.

조지가 느닷없이 웃기 시작했다. 그는 아직 내 눈을 똑바로 쳐다보지 않았다. 그가 담배 두 개비에 불을 붙여 하나를 내게 건네주었다.

그의 군복 바지에 선혈이 묻어 있었다. 넓게 번진 검은 핏자국이 뜨겁게 달아오르는 듯 보였다.

그가 핏자국을 바라보는 나의 시선을 의식했다. 위스키를 병째 집어 들고 들이키고 나서 내게도 권했지만 나는 사양했다.

나 오늘 사람들을 죽였다. 그가 마침내 입을 열었다.

나는 놀라지 않고 고개를 끄덕였다.

많은 사람들을 죽였다. 많은 사람들을. 그가 총을 만지작거리며 말했다.

나는 또 고개를 끄덕였다. 그리고 잠시 침묵한 다음 입을 열었다. 나 가봐야 한다. 나는 도살장 소리, 쇄도하는 군홧발 소리, 불꽃놀이 얘기에는 관심이 없었다. 다리에 철썩이다가 자동차 앞 유리에 튀기며 다가오는 파도 소리만 내 귀에 가득할 뿐이었다.

조지가 작은 스트로와 작은 스푼 하나를 꺼냈다. 스푼으로 가루를 퍼 올려 스트로로 들이마셨다. 그는 손등으로 코를 쓱 훔치고는 거울을 들여다보고 코를 살폈다. 그가 고개를 돌려 나를 보고 싱긋 웃었다. 1만 명이야, 1만 명. 아니, 그 이상일지도 몰라. 그가 웅얼거렸다. 우리가 1만 명은 죽였을 거다.

누굴?

아이들, 여자들, 그리고 심지어는 당나귀도 죽였다. 그가 말하고는 웃었다.

조지, 무슨 일이 있었니? 나는 체념하며 물었다.

그가 권총을 집어 들고 앞 유리를 겨냥해본 다음 총을 들여다보고 억제된 웃음소리를 흘렸다.

말해라. 그게 네가 날 여기에 데려온 이유라면.

전부 말해주지, 전부……. 우리는 팔레스타인 진영을 공격하고 수백, 수천 명을 죽였다.

언제?

지난 며칠 동안.

어떻게? 왜?

우리는 레바논 국제공항에 진영을 뒀다. 국제공항. 그가 반복해서 말하고 또 웃었다. 알레이에스가 암살된 그 주 내내 우리는 한숨도 못 잤다. 모두 복수를 외쳤지. 에이탄이라는 이스라엘 연락 장교가 아부나라와 함께 왔었다. 그 연락 장교가 말하기를 팔레스타인 진영이 항복을 했지만 아직 군소 무장 세력들이 남아 있다고 했다. 아부나라는 그 지역의 그 세력들을 말끔히 청소해야 한다고 했다.

조지가 웃었다. 그리고 권총을 들고는 회전식 탄창을 돌렸다. 드 니로는 끝내주는 명배우다. 바쌈, 너 그 영화 장면 기억나? 드 니로가 자기의 제일 친한 친구와 맞상대하게 된 장면? 넌 내 제일 친한 친구이자 내 형제다. 정말이야.

그가 나를 안으려고 했지만 내가 그를 밀쳐냈다.

그가 얘기를 계속했다. 우리는 공항에 배치된 1500마리의 사자들이었다. 아무것도 우리의 앞길을 가로막지 못했다. 우리는 대로를 따라 우자이를 거쳐 우뢰와 같이 사브라와 샤틸라 난민수용소로 진격했다. 우리는 앙리 셰하브 군사기지를 지나며 그곳에서 다른 군부대와 합세를 했어. 남쪽의 다무르, 사아디야트, 나메 등지에서 온 군대였지. 불에 타 없어진 제 고향을 잊지 않고 있던 그들도 또한 사자들이었다. 그들 중에 나이를 꽤 먹은 어떤 자가 내 눈을 똑바로 들여다보면서 그러더라. 우리는 오랫동안 이 순간을 기다려왔다, 라고. 우리는 살상하고 또 살상했어! 닥치는 대로 죽였다. 저녁 식탁에 둘러앉은 가족들을 몰살하기도 했지. 잠옷을 입은 시체들, 목이 베인 시체들, 도끼로 손이 잘린 시체들, 두 동강 난 여자들의 시체들이 즐비했다. 이스라엘 군대가 진영들을 포위

하고 있었어. 스타디움 건너편의 비르 하싼 근처에 주둔하고 있던 이스라엘군 중위 롤리가 우리에게 전령을 보내 와서 우리의 병기를 모두 스타디움으로 가져오라고 했다. 그래서 우리는 그의 명령을 받지 않는다고 했지. 우리는 아부나라의 명령만을 받으며 이스라엘의 고위 지휘부도 그것을 알고 있다고 했다. 우리는 계속 더 진군해 들어갔고 이스라엘군 비행기는 81mm 조명탄을 투하했다. 그 전 지역이 밝게 빛났지. 할리우드 영화의 한 장면 같았어. 그리고 난 영화의 드 니로였고. 조지가 말했다. 마셔! 그가 갑자기 내게 소리쳤다. 마셔!

나는 그가 내 얼굴에 들이댄 병을 뿌리쳤다.

그는 다시 술을 들이켜고 얘기를 계속했다. 모든 것이 형광등 불빛처럼 빛났다. 마치 대낮 같았지. 하늘은 메시야가 온 것처럼 훤했다. 남부에서 온 군대는 이미 적진에 침투해 들어갔지. 우리 부대원 몇 명은 아카 병원에서 환자들을 쫓아다니며 그들까지 모두 없애버렸다. 우리가 그곳에 도착했을 때 어떤 여자의 비명 소리가 들려서 가보니까, 부대원 세 놈이 진료 침대에서 간호사를 강간하고 있었다. 어떤 아시아인 의사의 진료실에는 아라파트의 사진이 걸려 있었어. 그자가 내게 영어로 말하기에 내가 소리쳤지. 테러리스트! 넌 테러리스트다. 벽에 테러리스트의 사진을 걸어놓고 있다니. 그랬더니 그가 다시 영어로 내게 무언가 말했다. 그래서 나는 개머리판으로 그자를 두들겨 팼다.

드 니로가 술을 더 들이켰다. 밖에서는 시체들이 모래 속에서 불어 터져 뒹굴었어. 피는 검은 얼룩으로 변했고, 초록색 파리들은 잔치를 벌였지. 불도저들이 땅을 파내고 시체들을 밀어 넣어 매장했다. 무슨 영화 같았어. 전부 무슨 영화 같았다구. 죽은 사람들이 사방에 널려 있었다. 아직도 듣고 싶냐? 더 듣고 싶어? 더? 그가 내게 소리쳤다. 자, 마셔! 그가 총의 공이치기를 당겨 내 얼굴에 갖다 댔다. 내가 마시라고 그러잖아.

나는 병을 받아 한 입 찔끔 마셨다.

내 아버지 이름이 뭐냐? 그가 내게 물었다.

몰라.

모르긴, 왜 몰라. 알면서. 이 거짓말쟁이야. 이모와 얘기했잖아. 너 내가 없을 때만 골라서 이모네 집에 놀러 갔잖아. 내가 다 봤다. 더 얘기해주랴? 자, 좀 더 마셔. 그래, 더 듣고 싶은 모양이구나. 그럼 내 얘기를 마저 하지. 우리는 사람들을 묶어놓고 한 사람씩 돌아가며 머리에 총알을 박았다. 개들이 시체 조각을 입에 물고 뒷골목으로 숨었지. 어떤 놈이 야채 수레를 끌고 지나가는 것을 붙잡고 내가 그의 국적을 물었더니 시리아 놈이더라. 염병할 시리아 놈이더라구! 놈들이 모두들 우리나라를 먹으려고 온단 말이다. 내가 그놈의 야채 수레를 발로 걷어찼다. 근데 아부하디드는 조금도 시간을 허비하지 않고 그 시리아 놈의 배에 총알을 박았다. 모두 벽에 붙어 서라고 내가 말하니까 여자들이 비명을 지르며 우리에게 빌기 시작했다. 이미 항복했는데 왜 그러냐며. 카밀이 그중 한 여자의 머리채를 휘어잡아 땅바닥에 내치고 여자의 목을 밟았다. 여기서 더 이상 시끄러운 소리를 듣고 싶지 않다, 라고 내가 그들에게 소리를 쳤지.

그리고 내가 모두에게 스타디움으로 가자고 했다. 가는 길에 전투원 중 몇 놈이 웃더니 한데 몰려 있는 사람들에게 수류탄을 던졌다.

이 말을 한 뒤 조지는 잠시 생각에 잠겼다. 그는 점점 더 취해가고 있었다. 말하다가 멈추고는 허공을 뚫어지게 응시하곤 했다. 그는 위스키를 좀 더 들이켜고 뭔가 중얼거렸다. 그는 자기 엄마에 관해 무언가 중얼거렸다. 자기 어머니를 죽인 건 자기라고 했다. 그는 환각을 일으키기 시작했다. 그리고 갑자기 슬픈 표정이 되었다. 나는 그가 지쳐가고 있다고 생각하고 그의 손에서 권총을 뺏으려고 했다. 그러나 내가 총에 손을 대는 순간, 그가 용수철처럼 몸을 곧추세우며 나를 쏘겠다고 위협했다. 그때 나는 그가 정말 그럴 것이라는 생각이 들었다.

내가 엄마를 죽였다. 내가 죽인 거야. 그가 울기 시작했다.

네 어머니는 암으로 병원에서 돌아가셨잖아. 내가 말했다.

알레이에스를 위하여! 그가 소리를 지르며 술병을 들어 올린 다음 술을 들이켰다.

나, 가봐야 한다.

내 말을 다 마치기 전에는 아무도 못 간다. 그 난민 수용소에서 무슨 일이 있었는지 들어봐라. 잘 들어. 카밀이 코카인을 가지고 있었다. 우리는 그걸 들이마셨고, 알레이에스를 위하여! 를 외쳤다. 우리는 남자들을 한쪽 벽으로 몰고 여자와 어린애들은 다른 쪽 벽으로 몰았다. 우리는 남자들을 먼저 쐈다. 여자들과 아이들이 울부짖었지. 우리는 탄창을 갈고 그들도 모조리 쏘아 죽였다.

나는 그 울음소리 때문에 그들을 쐈어. 난 애들의 울음소리라면 아주 질색이거든. 난 어렸을 때 운 적이 없다. 너 내가 우는 거 본 적 있냐? 나중에 온 부대원들 중에는 그 시체들을 보고 공포에 질려 바지에 오줌을 싼 놈들도 있었다. 그들 중에서 뒤에 있던 세 놈이 슬그머니 골목으로 꽁무니를 빼더라구. 내가 그걸 보고 냅다 뒤를 쫓았지. 그 바람에 나는 졸지에 부대에서 이탈해서 혼자가 되었지. 아무도 없었어. 난 혼자였다. 내가 어떤 집 문을 부수고 들어갔더니 한 여자가 죽은 세 딸에게 둘러싸여 바닥에 앉아 있었다. 여자가 내 얼굴을 보더니 그러더라. 내 아들 같은 젊은이로군. 젊은이도 가족을 만나고 싶겠지? 그럼 벌여놓은 일, 마저 해치우게, 라고.

내 아들! 아들이라고! 조지가 웃었다. 난 그 여자를 개머리판으로 수없이 내리쳤다. 이렇게 말이야. 조지는 시범 삼아 권총을 든 손을 여러 번 허공에 도리깨질했다. 여자의 머리에서 피가 봇물 터지는 듯했다. 그게 내 허벅지에 튀었지. 나는 혼자 여기저기 골목길을 방황했다. 어떤 여자가 우는 아이들의 입을 막는 것을 봤는데……. 그들은 울었다. 집 안마다 앞치마를 두른 여인들이 죽어서 쓰러져 있었고, 남자들은 아내와 강간당한 딸들 옆에 쓰러져 있었다. 그때 내가 문득 멈추어 서게 됐는데, 안 믿기겠지만, 어디선가 메추라기 우는 소리가 났기 때문이다. 바쌈, 너와 내가 산에서 메추라기 사냥을 할 때 듣던 그 꾸꾸 하며 우는 소리 말이다. 나는 좁은 골목길을 따라 그 메추라기를 쫓았다. 놈이 계속 도망갔지만 나는 포기하지 않고 계속 쫓았지. 저녁 요리에 쓰던 물에 젖어 있는 시체들을 뛰어넘으면서 말이야. 그런데 그놈이 도망가다 말고 멈추더니 조금 되돌아와서 어떤 남자의 시체 위에 올라앉았다. 그러자 그 죽은 사람의 손이 움직이더니 메추라기의 깃털을 어루만졌어.

내가 그걸 이 두 눈으로 똑똑히 봤다! 조지는 소리를 지르고 술을 한 모금 마셨다. 내가 다가가니까 그놈이 다시 도망을 쳤고 결국은 어떤 오두막집으로 들어가더라. 그래서 나도 안으로 쫓아 들어갔지. 그놈이 침대 밑으로 기어들어가는 것을 보고 매트리스를 들어 올리니까 거기에 어린애 둘이 서로 부둥켜안고 무서워서 웅크리고 있었다. 그 아이들의 엄마는 죽어서 방 한쪽에 쓰러져 있었는데 두 눈을 부릅뜬 채로 아이들이 있는 쪽을 보고 있었다. 난 새를 잡고 싶을 뿐이었는데 말이야. 난 새를 잡고 싶을 뿐이었는데.

그리고 나서 조지는 곰곰이 생각에 잠기며 침묵했다. 조지가 그의 매그넘 권총을 들고 회전 탄창을 열었다. 총알 두 개를 뽑은 다음 그는 탄창을 회전시켰다. 세 알 들어 있다. 게임 하자, 지금, 이 자리에서.

나는 거부했다. 나는 그의 손에서 총을 뺏으려고 했다. 그는 나더러 겁쟁이라고 했다.

넌 사내도 아니다. 조지가 말했다. 그래서 네 여자가 진짜 사나이를 찾고 있었던 거야. 그가 내 머리에 총을 겨누었다. 겁쟁이! 그가 나를 조롱했다.

여기서 겁쟁이는 단 한 사람, 바로 너다. 내가 말했다.

그가 내 눈을 똑바로 들여다보고 나서 말했다. 너 떠나는구나. 가방을 가지고 있는 것을 보니 말이다. 떠나시겠다⋯⋯. 네 얼굴이 상처투성이구나. 눈가에는 흉터가 생겼고.

네 왕초 덕분이다. 그자가 내게 준 작별선물이지. 넌 지금까지 사람을 죽이다가 왔다. 나 그거 안다, 네가 그랬다는 걸. 네가 그 영감을 죽였다는 것을 말이야. 니콜도 네가 죽였고. 넌 언제나 사람을 죽였다.

아니야, 그건 우리야. 그렇게 언제나 사람을 죽인 건 우리다. 조지가 대답했다. 그가 다시 내 눈을 똑바로 늘여다보며 반복해서 말했다. 우리가 죽인 거야. 알레이에스를 암살한 그자, 그자가 불었다. 그자가 네 이름을 불었어. 네가 그 건물의 설계도를 줬다고. 네가 알레이에스를 죽인 거야.

그래서 온 거니?

그래. 너를 본부로 데려가려고 온 거다. 군에서 너를 다시 잡아들이라고 했다. 너도 알겠지. 물방울 좀 삼키고, 뺨 좀 몇 대 맞는 거.

그런데 왜 이리 온 거지? 고문실은 저 반대쪽에 있는데.

아니다. 바쌈, 고문실은 우리 마음속에 있다. 하지만 난 공평한 사람이고 우리는 형제지간이야. 네가 빠져나갈 길을 주겠다. 드 니로가 말했다. 난 네게서 라나를 뺏었다. 드 니로는 총을 자기 머리에 댔다. 그의 눈이 피같이 붉은 빛을 발했다. 돌처럼 거친 빛, 생명을 가리는 빛, 그 빛이 차 앞 유리에 비쳤다.

파리

15

나는 부두에 도착해서 프랑스행 배를 찾아 이집트인 선장에게로
갔다.

왔군. 그가 말했다. 돈은 가져왔나?

그는 돈을 받고 나를 기관실로 안내했다. 출항할 때까지 기관사
무스타파와 같이 있다가 출항한 다음에 갑판으로 올라오게. 배는
곧 출발할 걸세. 선장은 다시 위로 올라갔다.

곧 엔진 소리가 크게 울리면서 저음의 진동이 계속됐다. 파이프
들이 팽창하며 똑딱거리는 소리를 냈다. 무스타파가 나를 보고 싱
긋 웃으며 말했다. 배는 처음인가?

네.

그가 웃었다. 어지러우면 올라가서 신선한 공기를 마시게. 그가
다시 웃었다.

배가 서서히 바다를 향했다.

두 시간 정도 흘렀다. 그동안 나는 꼼짝 않고 앉아 마음을 비웠다. 나는 오랫동안 마음이 빈 상태로 있기를 원했다.

이윽고 나는 갑판으로 올라갔다. 해변에 보이는 작은 불빛이 밤의 어둠 속으로 파묻히고 있었다. 선원 몇 명이 층계와 갑판을 바삐 왔다 갔다 했다. 나는 그들을 바라보면서 무릎 위의 가방과 돈, 총과 재킷을 꼭 끌어안았다.

바람이 없는 밤이었다. 배는 어둠에서 어둠으로, 물에서 물로, 뭍에서 뭍으로 묵묵히 미끄러져갔다. 나는 멀리 육지의 깜박이는 빛이 서서히 사위는 것을 지켜보았다.

고향에서 나를 실어 가는 배 밑으로 1만 이랑의 파도가 스쳐 지나갔다.

1만 마리의 물고기가 파도 밑에서 노래를 불렀고 취사원이 집어 던진 쓰레기를 물어뜯었다.

나는 하늘을 쳐다보았다. 하늘은 행성과 항성에서 보내오는 가스 불빛의 신호로 온통 뒤덮여 있었다. 별이 불타는 풍경 속에서 군가를 부르는 전사자들의 활기찬 모닥불은 알코올에 중독된 선장들이 조정하는 선박들에 모스 부호로 신호를 보냈다. 선장들은 카바레의 노래를 부르는 사이렌들의 섬으로 키를 돌렸다. 그곳의 사이렌들은 일요일의 가족 모임에 차려지는 절인 생선 맛 같은 짭짤한 성기를 선장들에게 바쳤다. 가족들은 살찐 사제들의 윤리 강론을 견디어냈고, 사제들은 시계추처럼 분주히 움직이며 회중을 향해 향을 흩뜨렸다. 그들의 손은 공원의 그네처럼 흔들렸고, 공원은 임시 비자를 갖고 있는 필리핀 유모들의 유모차로 붐볐다. 크리스마스가 되면 그들의 쥐꼬리 임금은 고국 해변의 작은 오두막에 사는 가족들에게, 태곳적부터 오는 별들의 신호를 바라보는 머나먼 고향의 가족들에게 보내졌다. 별들은 신의 계시와 유모들이 집에 보내온 장문의 편지들을 해독해주었다. 플라스틱 양동이로 모래를 붓고, 빨간 줄무늬의 세일러복을 입고 정글짐을 오르는, 회사 간부들의 아이들을 돌보는 유모들의 긴 편지들을. 별들은 또한 흰 앞치마를 두르고 양로원의 엘리베이터를 오르내리는 잡역부가 집에 보내오는 편지들을 읽어줄 수 있었다. 잡역부들은 노쇠하여 은퇴한 선장들과 사교계 여인들의 침대 시트를 갈아주었다. 그들은 고급 정장을 입은 아들이 와도 못 알아보고, 며느리들의 카랑카랑하고 반복되는, 갈매기 울음소리 같은 불평을 기억하지 못하는 노인들의 시중을 들었다. 갈매기들은 선원이 버리는 음식을 쫓았고, 갑판에서 날개를 쉬었고, 외국인을 혐오하는 눈으로 쳐다보았고, 부리를 날카롭게 다듬었고, 다른 행성으로 날아오르기 위해 신화의 날개로 비상했다.

무스타파가 나를 찾아와 내 곁에 앉아 담배를 권했다.

내가 태워준 승객들 중에는 며칠씩 멀미를 하는 자들도 있었는데 자네는 멀쩡하구먼. 고향을 떠나는 게로군. 그가 씨익 웃었다.

네. 그곳엔 더 이상 기대할 것이 없습니다.

그래. 그 근방 나라들에서는 기대할 것이 없지.

우리는 함께 담배를 피웠다. 그러고 나서 무스타파는 선미 쪽으로 갔다. 배는 달아나는 내 발밑으로 지나가는 끊임없는 파도에 의해 부양되었다.

등불들이 전부 꺼졌다. 선장실의 불만이 켜져 있었다. 밤바다 한복판의 바람은 더욱 차가워졌다. 나는 갑판 밑으로 내려가 좁은 통로를 거쳐 취사실에 가서 앉았다. 선장이 느릿한 걸음으로 들어왔다. 그는 생각에 잠겨 아무 말 없이 앉아 있더니 벌떡 일어나 불 주전자에 물을 붓고 내게 차를 권했다.

자네가 잘 수 있는 선실이 있네. 그가 말했다. 11시 이후에 쓸 수 있네. 아프리카인 선원 마마두의 근무 교대 시각이 11시니까, 그때 그의 침대에서 자면 될 걸세.

우리는 묵묵히 차를 마셨다. 11시에 나는 선장을 따라갔다. 그가 어떤 선실 문을 두드리자 아프리카인이 천천히 문을 열었다. 선장이 그에게 상황을 설명해줬다. 마마두가 끄덕이고 나서 내게 들어오라고 손짓을 했다. 나는 침대에 누워 피할 수 없는 엔진 소리의 틈바구니에서 잠을 자려고 애를 썼다. 시끄러운 소리였지만 7층 바다 밑에 잠긴 공장에서 나는 쩽그렁 소리처럼 둔탁한 소리였다. 나는 노예 원숭이 군단이 양철 깡통에 참치를 담는 공장을 상상했다. 원숭이들은 비밀스런 언어로 된 상표를 깡통에 붙였고, 악마적인 심포니를 쩩쩩대는 방수 주크박스 안에 깡통들을 배열했고, 그것들을 해마의 등에 실어 해저의 마을로 보냈다. 익사한 군인들, 납치된 처녀들, 야만적인 침략자들, 보물을 찾는 자들이 잔뜩 사는 마을에는, 외짝 귀고리를 한 사악한 요정이 단지 속에 가둔 공주도 살았다. 공주는 수수께끼를 풀어서 잃어버린 궁전으로 자기를 데려다 줄 어부를 기다리고 있었다. 공주는 그곳 재스민 향이 감도는 황갈색 정원에서 국왕과 재회할 것이다. 그리고 공주는 침략자들의 군단이 자신의 애장서들을 불태우고 수없이 많은 이야기들을 파괴하기 이전의 바그다드 아치문들을 지나며 국왕과 거닐 것이다.

아침이 되자 마마두가 선실 문을 두드렸고 나는 그에게 자리를 내어주었다. 내가 방을 나서려는데 그가 씽긋 웃으며 말했다. 지난번 손님은 흑인인 자기와 같은 침대를 쓰길 거부했었다고. 그는 고개를 흔들며 또 웃었다.

나는 갑판으로 올라갔다. 푸른 바다와 푸른 하늘에 둘러싸인 배, 그 외에 아무것도 보이지 않았다. 선원들이 갑판과 계단을 오가며 분주히 움직였다. 배가 바다를 가르며 나아갔고 바다는 멀리 보이는 하늘과 합쳐졌다.

무스타파가 갑판에 있는 내게 와서 식사를 했냐고 물었다.

아뇨.

우리는 함께 취사실로 내려갔다. 주방장이 플라스틱 그릇에 음식을 떠주었다. 배가 세게 흔들리며 손에 받쳐 든 그릇이 흔들렸고, 입안에 든 음식도 덩달아 제멋대로 돌아다녔다. 모두 아무 말이 없었다. 엔진의 저음은 선원들의 낯가리는 시선과 온화한 거동, 그리고 균형 잡힌 자세를 파고들며 더욱 뚜렷해졌다. 잠시 후, 파란 눈의 선원이 엉성한 영어로 무스타파에게 무슨 말을 했다.

보일러실에 관한 얘기였다. 무스타파가 일어나 천천히 지척이며 걸어 나갔다. 그 선원이 무스타파가 앉았던 자리에 앉아 식사를 하기 시작했다. 그는 나를 거들떠보지도 않았다. 나는 식사를 마치고 갑판으로 올라갔다. 바람이 불고 있었다. 바다 냄새가 배를 감쌌다. 나는 앉아서 집 생각을 했다. 집이 있는 쪽을 바라보려고 했지만 나는 이미 방향 감각을 상실했다. 육지는 정처 없이 표류해갔나. 나와 가까이 살던 사람들이, 내가 발붙이고 살던 작은 땅덩어리가, 돌아가신 내 부모님과 함께, 또한 전쟁과 함께, 조류에 휩쓸려 떠내려가 바다 위에 부유하는 듯한 느낌이었다. 발뒤꿈치를 들고 목을 길게 빼고 보았지만 그것들은 보이지 않았다. 내 주변의 모든 것들이 떠내려갔다. 모두 다, 삶의 조수에 떠내려갔다. 나는 난간에서 몸을 굽히고 밑을 내려다보았다. 흰 거품이 뱃전에 부서지며 서둘러 물러나고 있었다. 내 시선이 흰 거품에 한참 머물렀다. 거품들은 일순간 뱃전을 애무하곤 곧 다른 형체를 띠며 뒤로 서둘러 물러갔다. 메추라기 한 마리가 나타나 내게 말했다. 영원한 상황은 없다. 떠다니는 산이 네게 가까워지면 내가 나뭇가지를 물어다주겠다, 라고.

나는 갑판을 서성였다. 얼굴에 튄 파도는 얼굴을 대양의 푸름으로 물들였다. 배가 높은 파도의 마루에 오를 때 나는 손을 뻗쳐 하늘을 만졌다. 그리곤 하늘을 잡아당겨 그 너머를 흘끗 들여다보고는 손에서 놓았다. 그러자 반작용으로 하늘이 뒤로 쑥 물러나더니 퍼덕거리다가 다시 제자리를 잡았다.

그날 밤, 무스타파가 내 옆에 앉더니 물었다. 대마초 피울 줄 아나?

나는 고개를 끄덕이며 웃었다.

그가 작은 봉지를 꺼냈다. 우리는 거대한 가위를 꺼내 팽팽하게 펼쳐진 하늘의 얇은 장막을 잘라내어 그것으로 기름진 대마초 이파리를 말았다. 무스타파는 목수의 아교 같은 침을 발라 그 가장자리를 붙였다. 나는 손을 뻗쳐 불타는 별을 잡아 그에게 불을 붙여주었다. 무스타파는 바람을 움켜잡더니 그의 가슴속에 담아 꼭꼭 눌렀다. 그가 내게 바람과 하늘과 불을 건네주었다. 나는 그 모두를 내 입술로 끌어당겼다. 그리고 블랙홀처럼 그 모두를 빨아들인 다음, 내 몸 안에 가두어두었다가 도로 풀어놓아 주었다. 그것들은 공중을 떠돌다 수면에 떨어지더니 파도에 흔들리며 날치 떼를 유인했다. 날치 떼는 연기 속에서 선회하며 자외선의 물노래를 불렀다. 노예로 잡혀 있는 해저의 원숭이들은 그 노래를 듣고 참치를 처리하는 기계의 맹렬한 기계음보다도 더 큰 소리로 그 노래를 반복해서 불렀다. 그 노래는 오래전에 파괴된 그들의 서식지, 흔들거리는 나뭇가지의 집에서 듣던 밀림의 소리를 생각나게 하는 감미로운 선율이었다.

자넨 다시는 고향에 돌아가지 않을 거야. 내가 보기에 자넨 떠돌이 타입이야. 무스타파가 내게 말했다.

무슨 좋은 꼴을 보겠다고 돌아가겠습니까? 내가 중얼거리듯 말했다.

난 오랜 세월 바다에서 살았네. 젊어서 이집트를 떠났지. 많은 곳을 돌아다녔어. 일본에 갔을 때 화려한 빛을 보았네. 작은 여자들이 발로 등을 밟아주는 마사지를 받은 적도 있네. 아프리카에서는 갈보집에서 술에 취하기도 했지. 오대양 육대주를 돌아다니며 온갖 피부색의 창녀들과 잠을 잤지. 음식점과 술집에 돈을 다 탕진했고, 아편을 피우고 최고급 코카인을 했네. 나는 수많은 배를 전전했다네. 검은 눈이 마치 깊은 우물 같은 창녀들을 본 적이 있는데, 그 여자들이 내게 간청을 했네. 금이빨의 뽀주가 휘두르는 주먹에서 자기들을 좀 구해내 달라고 했지. 나는 사내들이 모두 팔뚝에 닻 문신을 한 항구 도시들을 쑤시고 다녔다네. 여자들이 저마다 창가에 웅크리고 앉아 내다보고 있다가 지나가는 내게, 남편이 돌아오기 전에 빨리 재미를 보자고 부르기도 했지.

무스타파와 나는 흡연하며 많은 얘기를 했다. 배는 며칠 동안 계속 파도 위를 미끄러져갔고 지나간 파도는 다시 돌아오지 않았다. 선원들은 돛을 당겼고, 남풍은 헐떡이며 배를 세차게 밀며 우리가 내뱉는 연기를 앗아 갔다. 바람이 높이 불 때는 바다가 잠잠해지며 조수의 움직임이 느려졌다. 항해가 느려졌고, 물고기의 움직임이 더뎌졌다. 메추라기는 그리스 하늘의 장막 아래 우리의 머리 위를 활공했다. 외눈박이 요정들이 우리를 보고 모여들어 우리의 환상적인 이야기에 귀를 기울였다. 그들은 우리가 태우는 식물의 냄새를 그들의 비상하는 신들이 내는 향기로 착각하고 그것에 매혹되었다.

마르세유에 도착하기 이틀 전, 메추라기는 허공으로 날아올라 사라졌다.

16

　배가 부두에 닿자 선원들이 나를 기관실로 데리고 내려갔다. 그들은 나를 보일러 뒤에 숨겼다. 나는 검사관이 배를 검사할 동안 땀을 흘리며 숨어 있었다. 검사관이 가고 난 뒤 무스타파와 마마두가 마실 물을 가지고 내게 달려 내려왔다. 그들은 내 흠뻑 젖은 머리와 옷을 보고 웃었다.

　그날 밤, 무스타파와 나는 작은 배를 타고 뭍으로 나갔다. 우리는 담장 하나를 넘고 기찻길을 건넜다. 그러고 나서 무스타파가 미소를 지으며 말했다. 자넨 이제 마르세유에 있네. 여기서부턴 자네 혼자 가야 해.

　나는 걸었다.
　나는 사람이 없는 길을 걸었고, 문을 열면 바로 차도로 나설 수 있는 집들을 지나갔다. 지나가는 길에 개 몇 마리가 나를 보고 짖어댔다. 내 그림자는 땅바닥에 붙었다. 내가 움직일 때 함께 움직였고, 높은 아치형 가로등의 불빛 각도에 따라 모양을 바꿨다. 차 한 대가 지나갔다. 시끄러운 음악이 내 귀를 때리고는 건물 뒤로 희미해져 갔다. 나는 도심을 찾아 계속 걸었다. 쉴 곳이 필요했다. 하늘을 쳐다보니 바다 밑에서 올라오는 새벽의 보랏빛 여명이 비치기 시작했다. 그때 폭음 같은 음악 소리가 다시 가까워져왔다. 뒤돌아보지 않아도 조금 전에 본 차임을 알 수 있었다. 나는 뒤쪽으로 메고 있던 가방을 앞으로 돌려 잡았다. 그리고 있으나마나 한 가방 자물쇠를 열어 두 손을 가방 안에 집어넣고 총을 잡아 노리쇠를 당겼다.

자갈길에 비치는 헤드라이트의 불빛을 보고, 또 벽에 비친 그림자의 이행 속도가 늦춰지는 것을 보고, 그 차가 내 뒤에서 속력을 줄이고 있다는 것을 알 수 있었다. 나는 계속 걸었다. 차가 내 옆으로 다가왔다. 애들 셋이 타고 있었다. 셋 모두 나를 쳐다보았다. 내가 살던 곳의 택시 운전사가 그렇듯, 운전자가 한쪽 팔을 차창 밖으로 내놓고 있었다. 다른 두 녀석들은 나를 좀 더 자세히 보려고 머리를 이리저리 움직였다.

한 녀석이 입을 열었다. 이제 보니 여기에 개똥이 있잖아.

야, 운전자가 나를 불렀다. 여긴 너 같은 쓰레기가 오는 곳이 아니야.

나는 그의 눈을 한 번 똑바로 쳐다보고 아무 말도 없이 계속 걸었다.

녀석들이 내게 욕을 퍼붓고 속력을 내며 멀어져갔다. 그러나 가버리는가 싶더니 차가 길 끝에서 U턴을 했다. 헤드라이트 불빛이 내 얼굴에 비쳤다. 녀석들이 차에서 내려 천천히 내게 걸어왔다. 그들의 길고 사악한 그림자가 내 신발에 닿았다. 그들은 몽둥이와 쇠파이프를 휘두르며 다가왔다.

나는 돌아서 반대 방향으로 뛰었다. 눈부신 헤드라이트 불빛을 등지고 뛰었다. 등 뒤에서 달음질하는 소리가 들렸다. 내 머리를 깨줄 것을 약속하는 달음질, 발로 내 머리를 밟아줄 것을 약속하는 달음질이었다.

나는 길모퉁이를 돌아 좁은 길을 뛰다가 도중에 멈추어 섰다. 길 양쪽에는 집들이 있었다. 멀리에서 개 짖는 소리가 들려왔다. 나는 녀석들을 기다렸다. 그들이 모퉁이를 돌면서 나를 보자 우뚝 멈췄다. 나는 등 뒤에 총을 쥐고 있었다. 그들은 쥐고 있는 몽둥이를 손바닥에 탁탁 부딪치며, 조롱하는 웃음을 머금고, 서로 우스갯소리를 하며, 나의 자학적 성향을 놀리며, 내게 다가왔다. 나는 천천히 총을 앞으로 드러냈다. 나는 내 모국어로 놈들을 욕했다. 나는 놈들에게 내게 오라는 손짓을 하며 해보려면 해보라고 했다. 내 총알이 그들의 굽 높은 구두에 키스해주기를 원하느냐고, 가죽점퍼를 찢어놓기를 원하느냐고, 그들의 면도한 대가리를 무지몽매에서 깨어나게 해주길 원하느냐고, 몸의 문신을 다시 써주고, 그들의 영혼을 이주시켜주기를 원하느냐고, 그들의 살을 수도꼭지처럼 비틀어주기를 원하느냐고, 예수의 제자 도마의 손가락이 그랬던 것처럼 그들의 구멍을 막아주기를 원하느냐고, 성가대의 노래를 부르게 해주기를 원하느냐고.

제일 뒤에 있던 녀석이 먼저 내뺐다. 나머지 두 녀석은 겁에 질려 뒷걸음질쳤고, 그들의 쇠파이프와 나무 몽둥이는 시든 꽃처럼 땅바닥으로 처졌다.

　나는 웃으며 그들의 창백한 얼굴 앞에 총을 흔들어 보였다. 나는 그들의 엄마와 증조할아버지 욕을 하고, 쇠파이프와 몽둥이를 버리라고 명령했다. 그리고 무릎을 꿇게 했다. 무릎을 꿇자 나는 그들에게 신발과 바지를 벗으라고 했다.

　바지도 벗어. 내가 소리 질렀다. 집 안의 개들이 짖어댔다. 여기저기 부엌과 현관에 불이 들어왔다. 호기심 많은 사람들이 작은 사각형 창문으로 얼굴을 디밀었다. 속이 들여다보이는 잠옷 차림의 여자들이 극장의 막을 걷고 극작가의 초조한 표정으로 머리를 내밀었다.

　나는 두 녀석 모두에게 발길질을 해준 다음 그들의 신발을 들고 재빨리 그 자리를 떴다. 애초에 걷고 있던 거리에 이르자, 나는 그 신발들을 버리고 낯선 이국의 골목길과 큰길을 뛰었다. 나는 동이 훤히 틀 때까지 뛰었다. 어떤 해변 산책로에 이르러서야 달음질을 그치고 벤치에 앉아 바다 소리에 귀를 기울이며 서서히 바뀌는 하늘의 색조를 응시했다.

　한창 오전 시간이 되자 태양이 강렬해지면서 도시의 그늘이 짙어져갔다. 나는 마니교 건물의 갈라진 벽들을 보았고, 반짝이는 나뭇잎과 그늘 아래의 벤치들을 보았다. 카페들이 문을 열었고 사람들이 산책로를 거닐었다. 나는 그들 가운데 끼어 걷다가, 그들을 지나쳤지만 다시 속도를 늦춰 그들 틈에 끼어 보조를 맞췄다.

나는 환전할 곳을 찾아다니다가 한 군데를 찾았다. 돈을 바꾼 뒤 카페를 찾았다. 카페에 앉아 식사를 한 뒤 신문을 보았다. 바에서 일하는 나이 든 주인은 나를 보고도 놀라지 않았다. 나는 식당을 나서서 다시 걸어다니며 묵을 곳을 찾았다.

나는 제일 처음 눈에 띈 호텔에 들어갔다. 프런트의 몸집이 큰 여자는 나를 별다르게 보지 않는 듯했고 오히려 따분해하는 표정이었다. 여자는 신분증을 요구했다. 나는 신분증을 차에서 가져오겠다고 하고 뒤돌아 나와 다시 돌아가지 않았다.

나는 하루 종일 정처 없이 거리를 싸돌아다녔다. 사람 구경을 하며 이 카페 저 카페를 전전했다. 결국 나는 빚을 찾아 호주머니를 뒤졌다. 나빌라가 준 쪽지. 나는 쪽지를 꺼내 보았다. 클로드 마니. 이름 밑에 파리의 전화번호가 적혀 있었다.

그때 문득 난 내가 나빌라에게서 얼마나 멀리에 있는지 실감이 났다. 내가 베이루트를 떠났다는 것이 실감났다. 동시에 이 자각은 내게 목적의식을 불러일으켰다. 나는 약속대로 그 전화번호에 전화를 하기로 하고 공중전화 박스를 찾아 전화를 돌렸다. 신호가 갔지만 아무도 받지 않았다. 나는 박스 안에 그대로 서서 멍하니 유리 밖을 내다보았다. 박스의 테두리가 피부로 느껴졌다. 그것을 내 것으로 차지하고 그 안에서 살 수 있을 것 같았다. 나는 수화기를 들고 이야기를 하고 있는 척했다. 그 안에서 나오고 싶지 않았기 때문이다. 그대로 선 채, 행인들을 구경하고 싶었다. 나는 내 존재를 정당화하고 싶었다. 이 이방인이 차지하고 서 있는 자리를 정당화하고 싶었다. 내 앞을 지나가면서 굳이 나를 바라보지도 않고 손도 흔들어주지 않는 사람들을 구경하고 싶었다. 내가 아는 인간은 그림자도 찾아볼 수 없었다. 나는 그냥 그렇게 기다렸다. 수화기를 귀에서 떼지 않고 길고 단조로운 신호음을 들으며 나는 기다렸다. 여자의 녹음 음성이 내게 두 가지 중 하나를 선택하라고 했다. 다시 전화를 돌리라는 것과 수화기를 올려놓으라는 것이었다.

나는 전자를 택했다. 이번에는 상냥한 음성의 여자가 전화를 받았다.

므슈 마니를 바꿔주십시오. 나는 불어로 말했다.

여자가 잠시 아무 말도 안 하다가 마침내 입을 열었다. 므슈 마니는 죽었는데요.

우리는 둘 다 말이 없었다.

누구세요? 잠시 후, 여자가 물었다.

그분의 아들 조지의 친구입니다. 내가 조심스레 말했다.

다시 침묵이 흘렀다. 그리곤 여자가 물었다. 어디서 전화하세요?

마르세유입니다.

난 므슈 마니의 아내인데요.

므슈 마니에게 전해드릴 말이 있는데, 어찌해야 할지 모르겠네요.

레바논에서 왔나요?

네.

또다시 침묵이 흘렀다. 그러고 나서 그녀가 말했다. 파리에 올 수 있어요? 그쪽을 한번 만나보고 싶군요.

나는 버스를 타고 파리를 향했다. 버스가 포도밭이 있는 지역을 지날 때, 줄지어 늘어선 포도나무들이 보였다. 포도 넝쿨의 초록색 잎 사이사이로 허옇거나 붉은 포도 열매들이 달려 있었다. 시골 마을의 지붕은 기와지붕이었고 성당들은 완만한 사구에 자리잡고 있었다. 깨끗하고 탁 트인 전경은, 간혹 자전거 바구니에 야채를 싣고 균형을 잡으며 페달을 밟는 마을 사람들에게 전망을 제공하는 것 외에는 별다른 존재 이유가 없는 듯했다. 버스는 몇몇 작은 마을에 정차했고, 승객들은 성당을 구경하는 관광객들처럼 조용하고 초연하게 버스를 타고 내렸다. 나는 혼자 앉아 차창에 머리를 대고 잠이 들었다. 나는 파리에 도착해서 제일 먼저 그 여자에게 연락을 했다.

여자는 약속한 대로 긴 감색紺色 드레스를 입고 나왔다. 내가 그녀에게 다가가자 그녀가 미소를 지었다.

짐은 있어요? 그녀가 물었다.

아뇨.

차가 길 건너편에 있어요. 그녀가 미소를 지으며 나와 나란히 걸었다. 내 이름은 잔비에브예요. 클로드의 아내예요.

내가 고개를 끄덕였다.

프랑스에는 언제 도착했죠?

며칠 전에요.

베이루트에서 곧장 이리 온 건가요?

네.

난 베이루트를 알아요. 오래전의 일이죠. 전쟁이 나기 전이니까. 베이루트는 아름다운 곳이었어요.

나는 차 안에서 잔비에브를 면밀히 관찰했다. 40대 후반이거나 50대 초반의 여자였다. 옷을 잘 차려입었고 세련된 화장을 한 모습이었다. 이 때문에 그녀의 나이를 제대로 파악하기가 어려웠다.

그녀는 자주 룸미러를 들여다보았다. 그리고 어떤 길모퉁이를 돌기 전에 뒤로 고개를 돌리고 나를 흘끗 쳐다보았다.

그러니까, 조지를 안다고요?

네. 친한 친구 사이였습니다.

조지가 클로드를 찾아가라고 하던가요?

아뇨. 조지의 이모 나빌라가 제게 이 전화번호를 줬습니다.

조지의 엄마는?

돌아가셨어요.

잔비에브가 살짝 고개를 끄덕였다.

그녀는 집 앞에 도착해서 주차를 하고 내게 따라오라고 했다. 우리는 크고 오래된 흰색 건물의 정문을 열고 들어가 현관홀을 지나 엘리베이터에 올랐다. 붉은 나무로 안이 꾸며졌으며 작지만 육중한 철제 엘리베이터였다. 철제 쇠창살 사이로 보이는 큰 나선형 계단은 엘리베이터 옆에서 나란히 위로 향하고 있었다. 엘리베이터가 잔비에브의 아파트가 있는 층에 이르자 (나는 엘리베이터를 끌어올린 게 지붕에 사는 악귀들이라는 생각이 들었다) 날카로운 소리가 나더니 울려 퍼졌다. 실내악을 연주하기에 손색이 없을 듯한 웅장한 현관 로비나 성대한 궁전 무도회장에서 들릴 법한 종류의 울림이었다. 잔비에브가 문에 열쇠를 넣었지만 미처 열쇠를 돌리기도 전에 안에서 문이 열렸다. 가정부가 주인아줌마를 맞이했다.

잔비에브가 내게 들어오라고 했다. 그리고 들어가자 앉으라고 했다.

내가 앉자 그녀는 자리를 떴다. 가정부가 주스와 비스킷을 내왔다.

나는 주스와 비스킷을 입에 넣으며 높은 천장, 페르시아 양탄자, 커다란 일본 그림들, 마호가니와 벚나무로 짠 목가구 등을 구경했다. 나는 일어서서 천천히 창가로 이동했다. 그리고 거리를 내려다보았다. 양방향으로 뻗은 길의 양옆으로 발코니들과 주차된 차들이 보였다. 도로의 흰색 차선을 보고 나는 파리가 균형과 분열의 도시라는 인상을 받았다.

전망이 맘에 들어요? 잔비에브가 들어오며 물었다.

네.

어디에서 묵을 거죠? 여기에 누구 아는 사람이라도 있나요?

아뇨.

비행기로 왔어요?

아뇨. 배로 왔습니다.

오, 저런. 오래 걸렸죠? 그녀가 유쾌하고 부드러운 목소리로 말했다. 그녀의 우아한 몸놀림, 긴 원피스, 곱게 빗질한 밤색 머리카락이 인상적이었다.

조지의 아버지를 만나보겠다고 나빌라 이모님에게 약속했습니다.

나빌라는 조지의 이모인가요?

네.

내가 말했듯이 조지의 아버지는 죽고 없어요. 하지만 조지의 이

복 여동생인 내 딸이 곧 올 거예요. 그 아이가 젊은이를 무척 만나
보고 싶어 해요. 지금 이리로 오는 길이니까, 애가 오면 그때 전부
얘기를 해줘요. 함께 저녁식사를 합시다. 샤워하겠으면 해요. 갈
아입을 옷을 좀 가져올 테니.

화장실의 수도꼭지는 금색이었다. 물의 흐름이 너무 풍부했다.
내 몸은 향내 나는 비누 거품을 숨 쉬었고 내 곱슬머리는 샴푸에
의해 비단같이 부드러워졌다. 가정부가 문을 두드리고 키드득 웃
으며 내게 면도기를 건네주었다. 면도를 하는 동안 나는 물을 그
대로 틀어놓고 흘려보내며 보복적인 낭비를 했다. 가정부가 다시
문을 두드리더니 바지와 셔츠와 양말을 건네주었다. 셔츠의 소매
가 약간 길어서 손등을 덮었다. 나는 소매를 걷어 올리고 양말을
신었다.

거실에서 두 여자가 얘기하는 소리가 들려왔다. 내가 들어가자
그들은 얘기를 멈추고 내게 미소를 지었다. 젊은 여자가 일어나더
니 내가 다가와 볼에 키스를 했다. 긴 금발에 조지의 눈을 가진 여
자였다.

난 레아라고 해요. 조지 오빠의 여동생이죠. 그녀가 웃었다.

여동생인 줄 알아봤어요.

그래요? 내가 조지 오빠와 닮았어요?

눈이요.

그녀가 싱긋 웃고는 내 팔을 잡으며 말했다. 우리 식사해요.

우리가 모두 앉자 잔비에브가 잔마다 와인을 채웠다. 모두 한동
안 침묵 속에 식사를 하고 있는데 레아가 말을 꺼냈다. 금테 두른

접시의 바닥에 닿는 무거운 은수저의 잘그락거리는 소리와 긴 크리스털 잔에 와인 따르는 소리의 틈으로 그녀의 음성이 파고들었다.

엄마가 그러는데, 배를 타고 왔다면서요.

내가 고개를 끄덕였다.

거긴 왜 떠났어요?

전쟁 때문에요.

그럼 조지 오빠는 거기서 행복하대요?

조지는 떠날 생각이 전혀 없었어요.

아버지가 조지 오빠를 여기에 데려오려고 했어요. 근데 오빠의 엄마가 그러지 못하게 했대요. 그러다가 전쟁이 났고, 그 뒤론 어떻게 됐는지 알 수 없었어요. 아버지는 대사관을 통해 전갈을 보내려 했지만 그 아줌마가 우리와는 상종도 하지 않으려는 듯했어요.

나는 아무 말도 하지 않았다.

므슈 바쌈은 과묵한 사람이다. 잔비에브가 나를 놀렸다.

묻고 싶은 게 있으면 물어보세요. 대답해드릴게요.

좋아요, 그럼! 그녀가 한마디 외치고 웃었다.

조지 오빠는 거기서 무슨 일을 해요? 레아가 물었다.

경비대에서 일을 해요.

뭐요? 모녀가 놀라며 서로를 쳐다보았다.

조지가 경호원이라는 건가요?

뭐, 그렇다고 볼 수 있죠.

그거 위험한 일 아닌가? 잔비에브가 기울인 와인 잔에 입을 대고 잔 안에다 웅얼거렸다. 와인의 파도가 그녀의 입술 가에서 머물며 그녀의 말이 끝나기를 기다렸다.

혹시 조지 오빠의 사진 가지고 있어요?

아뇨.

키는 커요?

나보다 약간 큽니다.

그럼, 그쪽과 조지 오빠는 같은 경비 일을 했나요?

아뇨. 우린 어릴 때부터 줄곧 친구 사이였어요.

학교 친구요?

네. 조지의 엄마와 우리 엄마는 서로 제일 친한 친구 사이였어요.

불어를 아주 잘하는군요. 학교에서 배웠겠죠?

네.

그래서 우리를 만나러 여기에 온 건가요?

그게, 나빌라 이모님과 한 약속 때문에요. 조지의 아버지를 찾아뵙겠다는 약속이었죠.

근데 조지가 아무것도 안 보냈어요? 우리에게 간다고 했을 때 아무런 말도 없었어요?

아뇨. 조지가 제 할 일 때문에 바빠서요.

조지가 우리에 대해서는 알고 있나요? 아버지가 돌아가신 건 알고 있어요?

조지는 내게 한 번도 가족 얘기를 안 했습니다. 어떤 얘기들은 아예 입에 담지 않는 편이 낫죠. 우리가 사는 곳에서 그런 건 아주 민감한 얘기거든요.

그러니까, 법적인 아버지가 없다는 거 말인가요?

네.

그렇지만 그쪽은 그걸 알았잖아요. 레아가 말했다.

내게 이곳을 찾으라고 한 것은 나빌라 이모님이었습니다. 나는 말하다 말고 멈췄다. 나는 입에 든 음식을 천천히 음미하며 씹었다.

그러니까 아무런 전할 말도 없이 여기에 온 거군요. 레아가 끝까지 들러붙었다.

나빌라 이모님은 므슈 마니에게 프랑스 여권을 만들어 조지에게 보내라는 말을 전해달라고 했습니다.

음, 이제 얘기의 앞뒤가 좀 맞는군. 잔비에브가 말했다. 그럼 조지가 여기에 오길 원한다는 건가요?

아뇨. 조지를 프랑스에 보내고자 하는 것은 나빌라 이모님입니다.

하지만 조지는 오고 싶어 하지 않는다는 건가요? 레아가 물었다.

나는 고개를 가로젓고 입에 포크를 넣었다. 나는 배가 무척 고팠었다. 그렇지만 천천히 우아하게, 그리고 부유한 주변 환경에 걸맞은 제스처를 써가며 먹으려고 했다. 하지만 그들의 질문은 나를 불편하게 했고, 나의 간결한 대답은 주인들을 실망시켰다. 그들은 음식은 별로 먹지 않고 와인만 홀짝거렸다. 또 마시지 않을 때도 잔을 들고 계속 만지작거렸다.

두 여자가 갑자기 동시에 서로 큰 소리로 빠르게 말하기 시작했다.

나는 계속 먹기만 했다. 가정부가 앞에 놓인 빈 접시들을 치웠다. 레아는 내가 좋아하는 타입의 쾌활한 성격이었다. 그녀는 자기주장이 강했다. 말할 때 손을 흔드는가 하면 테이블을 탁탁 두드리기도 했다. 그러면서도 간간이 손으로 머리를 쓸어 올리며 흰 피부와 작은 눈과 뾰족한 코를 드러냈다. 그녀는 포크와 나이프를 능란하게 다뤘다. 야채와 고기를 서로 구분해서 따로 모아놓고 모두 잘게 썰었다. 그녀는 말할 때 자기 엄마를 똑바로 쳐다보지 않았다. 그들의 빠르고 간헐적인 대화는 마치 누가 독백을 더 잘하는지 경쟁하는 것 같았고, 가정부와 나는 아무런 상관도 없는 사람인 듯한 기분이 들게 하는 분위기였다.

내 눈은 다시 실내의 여기저기를 맴돌았다. 볼 때마다 새로운 것이 눈에 띄었다. 나침반이 그려져 있고 이국의 여행 행로가 표시되어 있는 액자 속의 옛날 지도, 아프리카의 민속 가면, 소형 이집트 신상, 책꽂이, 커피 테이블, 책들.

마침내 두 여자가 모두 내게 주의를 돌렸다. 잔비에브가 내게 파리에 머무를 계획이냐고 물었다.

잘 모르겠습니다.

너무 어려운 질문인가 보죠? 그녀가 웃었다.

이제 막 왔기 때문에요.

레아가 엄마를 닦아세우며 나를 가만히 내버려두라고 했다. 그냥 좀 둬요, 그냥 좀!

그들은 이제 다투기 시작했다. 가정부가 테이블을 깨끗이 치우는 동안 나는 일어나 창가로 갔다.

나는 길게 뻗은 길을 다시 내려다보았다. 식사 전에 보았던 그대로였다. 내 기억으로는 달라진 것이 하나도 없는 듯했다. 창밖으로 내다보는 전경은 그림엽서의 야경 같았다.

가정 변호사 모리스에게 조지를 도울 길이 있는지 알아보겠다고
잔비에브가 커피를 마시며 말했다. 모든 것을 말하지 않은 죄책감
이 다시 나를 찔렀다. 하지만 나는 무슨 말을 어떻게 해야 할지 몰
랐다.

잔비에브는 레아에게 모리스와 연락을 취하라고 했다. 잔비에
브는 다음 날 프랑스 남부에 있는 집에 내려가 당분간 거기서 머무
를 예정이라고 했다.

레아가 엄마에게 무책임하다며 시비를 걸었다.

무책임이 아니라 솔직한 거다. 잔비에브가 말했다. 솔직한 거야.

그들이 내게 케이크를 권했지만 나는 사양했다. 그리고 감사하
다는 말과 함께 집을 나섰다. 레아가 현관까지 나를 배웅했다.

다시 들를 건가요? 그녀가 물었다. 그녀의 음성은 현관의 높은
벽과 대리석 층계의 거대한 공간으로 잔잔히 울려 퍼졌다.

모르겠습니다. 어디 있을 곳을 찾고 있어요.

돈이 필요해요?

아뇨. 근데 방을 구할 신분증이 없어요.

음, 그럼 같이 해결해요. 잠시 기다려요. 그녀가 집으로 도로 올
라가 핸드백을 가지고 내려왔다. 우리는 함께 길 몇 개를 건넜다.
그녀가 내 팔뚝을 밀거나 잡아당기며 방향을 잡아주었다. 우리는
어떤 작은 호텔에 들어섰다. 레아가 자기의 이름으로 방을 얻고
계산까지 했다. 2주 동안 있을 거예요. 그녀가 프런트에 말했다.
그리곤 나를 돌아보고 의기양양하고 장난기 있는 미소를 지어 보
였다.

그녀가 나와 함께 층계를 올라 내 방까지 갔다. 여기예요. 그녀가 내 양쪽 뺨에 키스를 하고 돌아서 계단 쪽으로 서둘러 가더니, 내려가기 전에 잠시 멈추었다. 내게 고개를 돌리며 머리카락을 날리더니 미소를 지어 보이고 말했다. 아버지 옷이 아주 잘 어울려요.

나는 옷을 벗어 작은 책상에 바짝 붙여놓은 의자의 등받이에 걸쳐놓았다. 책상은 마치 여행용 탁자 같았다. 그 앞에 한 프랑스인이 앉아 깃털 펜을 쥐고 있는 모습이 눈에 어른거리는 것만 같았다. 깃털 펜은 작은 잉크병에서 잉크를 몇 방울 찍어냈다. 그리고 펜촉에 머금은 잉크를 누런색의 고급 종이에 옮겨 '내 사랑'이라는 우아한 말의 흐름으로 바꾸어놓았다.

나는 의자에 걸쳐놓은 옷을 바라보며, 죽은 자의 옷을 입게 된 것은 무슨 의미일까, 하는 생각이 들었다.

블라인드를 올리는 손잡이부터 시작해서 나는 낯선 방 안의 구석구석을 자세히 살펴봤다. 경제적인 작은 실내 공간 때문에 창문의 크기가 실제보다 크게 보였다. 나는 싱글 베드에 몸을 던졌다. 머리맡의 커다란 회백색 전화기에는 손가락을 넣고 돌리는 다이얼이 없었다. 내 호기심은 화장실로 옮겨갔다. 비데, 작은 비누, 어떤 안내표지판 밑에 곱게 접혀 있는 낡은 타월을 자세히 살펴보았다. 나는 변기에 서서 급히 허리띠를 끄르고—그러나 천천히—붉은 와인을 한 줄기 누런 무지개의 곡선으로 바꾸어 흘려보냈다. 눈과 손의 감각이 마비되는 듯한 느낌이 들었고, 이것은 곧 발끝까지 퍼졌다.

나는 창밖을 내다보았다. 밖으로 나갈지, 잠자리에 들지, 마음을 잡지 못했다. 나는 가방을 열고 총과 빨래할 속옷, 그리고 엄마가 뜨개질로 만들어준 스웨터를 꺼냈다. 나는 엄마 생각이 났다. 그 스웨터를 뜨느라 엄마는 돋보기안경을 끼고, 몇 주 동안 매일같이 내게 등을 돌리라고 하고는, 뜨개질 조각을 내 어깨에 대거나, 손으로 척추를 쓸어내리며 그 조각을 등에 바짝 붙여보기도 했다. 다락의 거미들과 멀리 어부들까지 엄마의 뜨개질을 놓고 쑤군덕거릴 정도로 엄마는 뜨개질을 했다. 털실은 양치기 소년의 코밑에서 곧장 엄마의 무릎으로 날아들었다. 엄마는 내 스웨터를 완성하고 난 뒤 각종 용기 커버, 식탁보, 텔레비전 커버를 떴다. 엄마는 숨 막히는 거미줄로 집 전체를 덮고 또 나를 돌돌 말 때까지 뜨개질을 했다.

나는 열쇠와 가방을 손에 쥐었다. 시내를 돌아다니기로 했다. 호텔에서 멀어져가며 돌아가는 길을 기억해두려고 신경을 썼다. 나는 그곳의 길이 베이루트의 길보다 넓다는 것을 알았다. 건물들의 외관은 베이루트보다 깨끗했다. 자동차들은 경적을 울리지 않았다. 나는 어떤 수로의 제방에 이르러 지나가는 배들을 구경하며 앉았다. 나는 실제로 내 눈앞에 펼쳐지는 파리와, 전에 얘기로만 듣고 상상했던 파리를 서로 비교해봤다. 내 상상 속의 파리는 역사 선생 다비디앙이 해준 얘기가 그 전부였다. 정복의 역사, 계급사회, 단두대의 칼날 끝에서 굴러 떨어지는 머리, 당당한 말을 타고 여러 나라를 휩쓴 그 장군, 배반하는 영국인과 근엄한 영국 여왕에게서 몸을 피하여 작은 배에 오른 코르시카의 그 땅딸한 장군이 내가 상상했던 프랑스의 전부였다.

나는 다시 걷기 시작했다. 그러다가 어떤 길의 끄트머리에 위치한 한 작은 카페에 있는 많은 사람들 가운데 섞였다. 그리고 얼마 후에 나는 또 걷기 시작했다. 몇 시간을 걸으면서 나는 지나가는 사람들을 하나하나 쳐다보았다. 그러나 나를 똑바로 쳐다보는 사람은 한 사람도 없었다. 나는 간혹 사나운 표정으로 도전적인 시선을 던지기도 했다. 사람들에게 내 뺨을 때리라고 청하듯 쳐다보기도 했다. 서로 자기가 선택하는 무기로 결투를 하게 되기를 바라는 마음이었다. 나는 가방 속에 든 총의 무게를 의식하고 마음이 든든했다. 상황에 따라서는, 아무 골목에서든, 작은 자동차들 사이로 가물거리는 불빛을 휘저으며 총을 휘두를 수도 있었다.

엄마가 만들어준 스웨터를 가방에서 꺼내 입었고 또 가방에 들었던 속옷들을 세면대에 물을 받아 담가놓았기 때문에 가방 속에서 총을 순식간에 꺼낼 수 있다는 걸 머릿속으로 계산하고 있었다. 이제 나는, 역사 교과서의 옛날 사진들과 너무나 딴판으로 보이는 이 도시를 수호할 것이다. 나는 영국의 넬슨 제독을 죽이고 나폴레옹 황제의 군사가 될 수 있으리라. 나는 가장 신속한 사격술을 자랑하는 기마병이 되리라. 나는 사제들을 살해하고 비스킷이 주렁주렁 매달린 나무에 귀족들을 목매달 것이다. 나는 어떤 궁전 앞에 이르렀을 때 오페라적인 울부짖음을 상상했고, 울긋불긋하게 칠한 얼굴들과 호박 모양의 드레스에 덮인 살찐 엉덩이들을 상상했고, 끝없이 이어지는 대리석 복도에서 공포와 두려움에 질려 미끄러져 넘어지는 귀족들을 상상했다. 나는 귀를 기울이고, 쇄도하는 기병대의 하프시코드 소리를 들으며 깊은 생각에 잠겼다. 그것은 혁명군의 눈에 승리의 눈물을 채우는 소리였다.

나는 그렇게 몇 시간 동안 정처 없이 거닐었다. 젊은 시절의 환영, 책에서 읽은 것, 선생님이 해준 얘기와 내 눈앞에 펼쳐지는 파리 사이의 괴리를 조정하려 애썼지만 결국은 허사였다. 나는 마치 내가 파리에 살았던 적이 있기라도 한 것처럼, 점령당한 궁전에서 발길을 돌려 그럭저럭 왔던 길을 되밟았다. 나는 굴러 떨어지는 머리들과 벗겨진 가발이 즐비한 곳에서 발길을 돌렸다. 그리고 개선 용사가 되어, 작은 책상과 전망 좋은 창이 있는 나의 작은 방으로 돌아왔다. 나는 물에 담가놓았던 속옷을 건져 물기를 짜내고 의자와 책상, 침대 가장자리에 널었다.

나는 창밖에 흰 천을 내걸지 않았다.

나는 잠자리에 들었다.

17

나는 잠에서 깨어나며 안정감을 느꼈다. 마치 바닷물이 모두 증발해서 배의 흔들림이 멎은 듯한 기분이었다.

창밖으로 맞은편 건물의 발코니가 보였다. 안개에 싸여 뿌옇게 보이는 건물들은 파리의 비에 젖어 있었다.

담배를 피우려고 보니 담뱃갑이 비어 있었다. 내가 간밤에 처형한 귀족들 때문이었다. 그들은 마지막 숨을 거두기 전에 저마다 담배를 청했다.

나는 눈가에 물을 축이고 배 속에 남아 있는 마지막 와인 몇 방울을 방출했다. 그리고 샤워와 양치질을 하고 어두운 층계를 뛰어 내려갔다. 나는 가게로 뛰어가 필터 없는 지탄 마이스를 샀다. 내 병사들이 시체에서 보석을 취하고, 귀족들의 가발을 쓰고, 그들의 여성적인 행동을 흉내 내고, 주머니를 뒤지고, 여자들의 시체에 절을 하고, 그들의 손에 황홀해하며 손가락에서 보석 반지를 빼는 동안, 나는 담배를 피웠다. 그리고 화장한 얼굴들이 썩어서 냄새가 나기 전에 그 시체들을 태우라고 병사들에게 명령했다. 나는 담배 한 개비를 더 꺼내어 치솟는 불길에 가까이 가져가 불을 붙였다.

아침 시간이 좀 지났을 때 전화벨이 울렸다. 레아였다. 프런트로 내려오라는 것이었다.

나는 레아 아버지의 옷을 입고 내려갔다.

그녀가 나를 보자 달려와 키스를 했다. 처음 만나서 세 번째로 하는 키스였다. 갑시다. 그녀가 말했다.

나는 그녀가 이끄는 대로 따라가며 생각했다. 여자들도 혁명에 포함된다. 그녀들이 제공하는 것이라면 무엇이든 취해야 한다.

걸어가는 길에 보슬비가 내렸다. 우리는 어떤 작은 카페로 몸을 피했다. 혁명의 담배를 피우는 것은 나뿐만이 아니었다. 사람들이 신문을 날개처럼 퍼덕이며 바스락거리는 소리를 냈다. 우리는 사람들이 내뿜는 연무를 헤치고 카페 안쪽 구석의 빈자리를 찾아갔다. 나는 커피와 크루아상을 주문했다. 빵은 진한 우유와 버터 맛이 났다. 아침을 먹는 내내 그녀의 얼굴에서 미소가 떠나지 않았다. 그녀는 그 어떤 누구도 내게 그러지 못했던 시선으로 내 눈을 똑바로 들여다보았다.

자, 그럼 이제 질문을 좀 해도 될까요? 그녀가 장난스런 표정을 지으며 몸을 앞으로 기울였다.

물론.

조지 오빠에 대해 말해줘요.

내가 미처 입을 열기도 전에 그녀가 연달아 말을 했다. 있잖아요, 오빠를 갖게 된다는 생각을 하면 너무 신이 나요. 난 언제나 외톨이라는 기분으로 살아왔어요. 아버지는 항상 여행을 했고, 엄마는 항상 파티와 여러 가지 사회 활동으로 바빴어요. 오빠는 그냥 경호원이 아니죠? 오빠는 혹시 전투요원 아닌가요?

네.

어느 편을 위해 싸우죠?

동부 베이루트, 크리스천 진영의 군에 속해 있어요.

좀 더 자세히 말해줘요.

나는 주저했다. 어디에서 시작하고 어떻게 끝을 맺어야 할지 몰랐다. 나는 어린 시절 얘기를 해주기로 했다. 조지와 나는 항상 같이 놀았다는 얘기, 그의 집은 우리 집에서 별로 멀지 않았다는 얘기, 불어 시험지 사본을 찾으려고 학교 쓰레기통을 뒤졌던 얘기, 성당에 몰래 들어가 헌금 통을 훔친 얘기, 우리 아버지의 차 열쇠를 훔쳐 같이 운전하며 돌아다닌 얘기를 해줬다. 또한 골목길에 숨어서 몰래 담배를 피우던 얘기, 우리가 어렸을 때 발발한 전쟁 얘기, 총알과 대포알의 탄피를 수집해서 석회로 광을 내어 담배와 바꾸었던 얘기도 했다.

레아가 빙그레 웃었다. 내가 얘기를 멈추자 그녀는 잠자기 전에 옛날얘기를 듣는 어린애처럼 좀 더 얘기해달라며 마구 졸랐다. 그래서 나는 조지와 내가 함께 일한 적이 있다고 했다. 그런데 어느 날 조지가 돈을 더 벌기 위해 의용군에 입대했다고 했다. 나는 조지에 관한 많은 것을 감췄다. 그녀의 행복한 얼굴은 나로 하여금 등장인물들의 이름을 바꾸게 했고, 우리 동네에 나무를 심게 했으며 콘크리트 건물에 원색적인 색깔을 입히게 했다. 또한 동네 사람들이 폭격을 받는 와중에도 춤을 추고 활짝 웃게끔 만들었다.

오빠가 나에 대해서 알고 있나요?

레아 얘기를 한 적은 없어요.

아버지 얘기를 한 적도 없어요?

아뇨. 하지만 학교에서 아이들이 사생아라고 놀리면 상대의 덩치가 아무리 커도 덤벼들어 싸웠죠. 아무도 감히 더 이상 그 말을 입 밖에 내지 못하도록 싸웠어요.

아버지가 없다는 사실을 창피하게 생각했나요?

그런 내색은 전혀 하지 않았어요. 우리는 한 번도 그런 얘기를 한 적이 없어요. 하지만 모두들 조지를 두고 '프랑스인 조지'라고 했어요.

바쌈도 오빠를 그렇게 불렀어요?

아뇨. 조지는 어머니의 성을 썼죠.

그게 뭐죠? 레아가 담배를 톡톡 쳤다.

마슈루키.

마슈루키. 그녀가 되풀이했다. 조지 마슈루키. 그렇게 놀림을 받아서 마음의 상처를 받았겠군요. 애들은 잔인해요. 아니, 인간 자체가 본래 잔인하고, 산다는 것부터가 잔인해요. 그녀는 단숨에 차를 들이켰다. 그리곤 내 손을 잡고 일어나며 나를 잡아끌었다.

자, 가요, 우리. 파리를 구경시켜줄게요.

조금 걷다가 보니 룩셈부르크 가든에 들어서게 되었다. 벌거벗은 많은 조각상들, 비둘기들, 체스 판의 졸들은 나를 고향집으로 데려갔다. 집은 지금 비어 있을 것이다. 나는 나빌라가 집 열쇠를 받았는지 궁금했다. 집 안의 가구에 홑이불을 씌웠는지, 거미들과 혼령들이 함께 잠들어 있는지 궁금했다. 혼령이 된 부모님에게 그 집에 대한 법적 소유권이 있는지, 그분들이 혼령으로 집에 다시 돌아와, 내가 결국은 고향을 떠나는 데 성공한 것을 알면 어떻게 하실까 생각했다. 벽에 걸린 그림 속의 밝고 경쾌한 분수와 비둘기들 가운데에 집을 떠난 내가 있는 것을 보면 어떻게 하실까. 냉장고의 플러그를 뽑지 않고, 쓰레기를 버리지도 않고, 작별 편지도 남기지 않고, 내가 떠나버린 것을 알면 어떻게 하실까.

나는 잔디밭에서 메추라기 한 마리를 보았다. 메추라기는 어떤 할머니의 발치에서 작은 빵조각을 놓고 비둘기와 싸우며 미친 듯 화를 쳤다. 나는 배가 고프다. 메추라기가 말했다. 그런데 여기에는 가난한 할머니의 손에서 떨어진 빵 부스러기밖에 없다.

우리는 계속 걸었다. 나는 내 옆에서 걸으며 건축 얘기를 하는 레아를 쳐다보았다. 그녀는 독일 침략군 얘기, 조국을 해방시키기 위해 싸우다 죽어간 레지스탕스 단원들의 이름이 새겨진 놋쇠 이름표 얘기를 했다. 우리는 강가의 중고 책 가판대에서 걸음을 멈췄다. 내가 간밤에 지나간 곳이었다. 나는 레아를 향한 경의의 표시로 내 부하들에게 전쟁터를 깨끗이 정리하라고, 그리고 사격과 도둑질과 난동을 중지하라고 명령했다. 나는 그들에게 지하로 잠입하여 파시스트 침략군을 소탕하라고 명령했다. 그들은 이 명령에 기뻐했다.

가판대의 책들을 살펴보고 나서 레아와 나는 벤치에 앉았다. 아치형 교각 밑으로 강물이 천천히 흘렀다. 내 부하들이 식사를 하며 쉬고 있는 동안 성당 지붕에 앉아 있는 석조 괴물들이 적군을 감시했다.

바쌈은 직업이 뭐였어요? 레아가 물었다.

나는 그녀에게 나의 혁명적인 성향을 말하지 않을 것이다. 내가 혁명에서 중대한 역할을 맡았다는 얘기나, 내가 프랑스 레지스탕스를 지지한다는 말을 하지 않을 것이다. 나는 이런 생각을 하며 나의 백마를 쓰다듬었다. 난 부두에서 일했어요.

부두에서 뭘 했어요? 그녀가 눈을 동그랗게 뜨고 말했다.

기중기를 다뤘어요.

부모님은 아직 거기에 사세요?

두 분 다 돌아가셨어요. 장의사에서 가까운 곳에 무덤이 있어요.

난 아버지가 돌아가셨을 때 며칠 동안 울었어요. 아버지와 나는 가까이 지내지 않았어요. 아버지는 나한테까지도 항상 무뚝뚝했어요. 언제나 기품을 잃지 않았고 옷을 잘 입으셨죠. 그리고 말투는 꼭 귀족 같았어요. (난 그의 목숨만은 살려줄 것이다. 레아와 조지의 아버지이니까, 하고 나는 생각했다.) 아버지는 외교관들이 다 그렇듯 예의바른 분이셨어요. 그렇지만 몇 주, 몇 달이고 우리와 떨어져 사셨어요. 처음에는 우리도 같이 다녔지만 나중에는 엄마가 파리에 머무르기로 했죠. 엄마에게 애인이 생겼어요. 그리고 아버지는 더 자주 여행을 했죠.

조지가 아버지를 만났어야 했는데.

네, 그래요. 오빠는 우리 모두를 만났어야 했어요. 그녀가 바로 대답했다. 조지 오빠에게 여자 친구는 있어요?

아뇨.

오빠는 지금 무얼 하고 있을까요?

지금?

네, 지금 이 순간에요.

멀리에 있어요.

멀리에 있다는 건 우리 모두 아는 사실이에요. 그녀가 키득거렸다. 우리 가서 뭣 좀 먹어요. 배고프죠? 우리 택시 타고 가요.

그녀가 도로변에서 발뒤꿈치를 들고 서서 손을 들었다. 그녀는 발레리나처럼 빙글 돌며 기차역에서 헤어지는 연인처럼 손을 흔들었다. 우리는 택시 뒷좌석에서 양쪽으로 서로 뚝 떨어져 앉았다. 제법 지속적으로 내리는 비에 젖은 차창 밖으로 파리가 밀려지나갔고 나는 그 파리를 가만히 바라보았다. 내다보이는 모든 것이 흐릿해 보였고 미지의 세계 같았다. 그 도시와 그곳 사람을 아는 레아는 흠뻑 젖은 차창과 눈물처럼 흐르는 빗줄기를 바라보며 생각에 잠겼다.

점심을 먹고 나서 레아가 자기 집에 가서 차를 마시지 않겠냐고 물었다.

우리는 우산을 쓰고 아라스 스트리트를 걸었다. 우산은 높은 성당 지붕과 건물 처마의 작은 천사 조각상들에게서 우리를 가려주었고, 쏟아지는 비의 무게에 눌린 나무들의 이파리들, 높은 승리의 기념비들과 끊임없이 불타는 바스티유의 연기를 감추었다.

우리는 빗물 떨어지는 우산을 복도에 세워두고 집 안으로 들어갔다. 잔비에브의 집보다 작고 세간도 별로 없는 아파트였다. 그녀는 부엌으로 들어갔다 나와서 침실로 들어갔다. 나는 가만히 앉아서 기다렸다. 그녀가 옷을 갈아입고 나왔다. 그리고 인도 음악을 튼 뒤 향을 켜놓고 다시 침실로 들어갔다. 그녀는 잠시 후에 다시 나와 나더러 부엌으로 가서 직접 커피를 따라 마시라고 했다. 그녀의 침실에서 헤어드라이어 소리가 났다. 창밖에는 바람과 비가 더욱 거세지며 나무들이 몹시 흔들리고 있었다.

나는 커피를 홀짝이며 거실의 책장 앞을 서성였다. 책장 한쪽에 레아와 어떤 남자의 사진이 있었다. 조지의 아버지임에 틀림이 없었다. 동양의 어느 나라 같았다. 불교 사찰이 사진의 배경을 이루고 있었다. 두 사람의 전신이 다 나온 것으로 봐서 멀리서 찍은 사진임을 알 수 있었다.

조지의 아버지는 조지와 닮아 보이지 않았다. 크게 웃는 얼굴 모습이 약간은 닮았는지는 모르겠다. 나는 조지가 웃는 일이 극히 드물었다는 것을 떠올렸다. 그가 어쩌다가 한 번씩 웃을 때면 나는 깜짝 놀라기까지 했었다. 특별한 이유가 있어서 웃는 웃음이라기보다는 내가 있음을 알아주는 단순한 웃음이었다. 마니 씨는 피부가 흰 슬라브 민족 같았다. 올리브 피부 빛의 조지는 엄마 자말 쪽으로 외탁을 했다.

그건 타이에 갔을 때 찍은 거예요. 이분이 아버지예요. 레아가

다가와서 말했다. 그녀가 액자의 가장자리를 만졌다. 나는 고개를 그녀에게 돌리고 뺨에 키스를 했다. 내 얼굴이 그녀의 따뜻한 피부에 닿자 그녀가 내게 고개를 돌렸다. 그리고 우리는 서로의 입술을 찾았다.

옷을 벗어야겠어요. 많이 젖었군요. 레아가 나직하게 말했다. 방으로 와요. 타월을 줄게요.

나는 그다음 이틀 동안 레아와 함께 지냈다. 우리는 매일 오랜 산책을 했고, 카페에서 카페로 전전했다. 레아는 내게 박물관과 미술관들을 구경시켜주며 자기가 좋아하는 작품들을 알려주었다. 총독이나 귀족 부인을 그린 커다란 금색 테두리의 초상화가 전시되어 있는 곳이나 로마의 석고상들이 있는 곳들은 건너뛰었다. 우리는 그녀가 좋아하는 미술품들이 있는 곳들로 직행했고 그녀는 그것들을 볼 때마다 마치 옛 친구를 만난 것처럼 기뻐했다. 그녀는 내게 크고 열렬한 미소를 지어 보이며 화가의 생애와 그들이 활동했던 시기, 화법, 그리고 그림에 담겨 있는 상징적인 요소들을 설명해주곤 했다. 어떤 사진전에 갔을 때 그녀는 작품마다 멈추어 서며 사진은 죽음을 다룬다고 했다. 사진은 두 번 다시 재연할 수 없는 과거의 한 순간에 대한 환영의 보존이라고 했다.

밤이면 나는 그녀의 침대와 벗하며 그녀와 사랑을 나눴다. 그녀는 침대에 들기 전에 촛불을 켜두곤 했다. 나는 윤곽을 볼 수 있을 정도만 빛이 있는 것이 좋아. 너무 자세히 보이지 않을 정도로 어두운 게 좋아. 그녀가 말했다.

조지 오빠가 어떻게 생겼는지 말해줄래요? 어느 날 밤 레아가 물었다.

자세히?

그녀의 미소를 보고 나는 말을 꺼냈다. 조지의 눈은 레아의 눈처럼 초록색이야. 그리고 아버지의 미소를 닮았지. 피부색은 까무잡잡해. 내 피부처럼. 우리 둘은 서로 키가 거의 비슷해. 머리는 검은색 직모인데 이마에 항상 머리카락이 흘러내렸지. 안경은 쓰지 않았고 코는 엄마 코를 닮아서 매부리코야. 마른 체구지만 팔 힘이 세지. 녀석의 팔뚝에 늘 불거져 나와 있는 힘줄을 보면 알 수 있지.

오빠는 담배 피워요?

응.

어떤 담배?

말보로.

시간 날 땐 보통 뭘 하면서 보내죠?

오토바이를 타. 나와 함께 사냥을 가기도 했고.

뭘 잡는데?

새, 주로 새를 잡았어.

그날 밤, 잠에 든 레아 옆에서 나는 잠을 이루지 못했다. 나는 한동안 드러누워 있다가 일어났다. 그리고 창가에 서 있다가 다시 뒤쪽 발코니로 나갔다. 나는 담배를 피우면서 드문드문 보이는 별을 올려다보고 하늘의 모닥불을 찾으려 했다. 우주에서 모스 신호를 보내오는지 보려고 하늘을 응시했다.

침대에서 사랑을 나눌 때마다 레아가 하는 질문의 강도가 더 세졌다. 그녀는 많은 설명을 요구했다. 마치 멋대로 방치된 아이들이 고집을 피우는 것 같았다. 베이루트는 대도시예요? 사람들의 복장은 어때요? 바쌈의 어머니는 어떤 분이셨어요? 바쌈은 아버지를 좋아했어요?

어느 날 저녁식사 후에 그녀가 와인을 따고 프랑스의 연가를 틀었다. 그녀는 바닥에 앉아 내게 옆에 앉으라고 하고 앨범을 꺼냈다. 사진 구경을 하자고 했다. 그녀는 천천히 앨범을 넘겼다. 바닥을 기고 있는 아가의 사진, 1970년대의 드레스 차림에 뾰족구두를 신고 검은 선글라스를 끼고 있는 잔비에브의 사진, 아프리카를 배경으로 아버지의 품안에 안겨 있는 레아의 사진 등이 있었다. 이 사람은 내 유모고, 이건 싱가포르에서 찍은 사진이에요. 그리고 이건 이스라엘의 키부츠에서 찍은 사진이고.

거긴 언제 갔었지?

얼마 전에.

조지가 군사 훈련을 받기 위해 그곳에 갔던 적이 있다는 얘기를 해주자 레아는 당연히 그 얘기를 듣기 원했다.

그게 언제였는데? 이스라엘에는 무슨 일로? 레바논에서 어떻게 거길 갔죠?

나는 조지가 비밀 임무를 띠고 특수 훈련을 받기 위해 갔었다고 했다.

아, 이럴 수가! 우리가 같은 시기에 그곳에 있었을지도 모르겠군요. 오빠가 그곳에 갔던 때가 몇 월이었죠? 몇 년도였죠?

작년.

어느 지역에 있었는지 알아요?

아니. 비밀 작전 훈련이라고 했어.

오빠는 아버지가 유태인이라는 사실을 알고 있나요?

그건 나도 모르겠는걸.

오빠의 엄마가 그 얘기를 하지 않았을까요? 오빠가 아버지에 대해 자기 엄마에게 물어보지 않았을까요? 그녀는 말을 마치면서 얼굴에 흘러내린 머리카락을 쓸어 올렸다.

글쎄, 난 모르겠는걸.

촛불이 초를 핥아내며 스스로 녹여 내렸고 고인 물 위로 불꽃이 타올랐다. 나는 불꽃을 응시했다. 내 마음은 방황을 시작하며 성당의 나무 벤치에 무릎을 꿇고 앉은 나와 조지의 모습을 찾기 시작했다. 우리는 흰색 가운을 입고 무언가 웅얼거렸다. 우리는 인자人子의 몸을 씹었고 기꺼이 그의 피를 마셨다. 우리는 예수님이 우리를 항상 사랑하신다는 것을 알고 있었다. 식인종, 좀도둑, 호르몬에 문제가 있는 자, 양초 도둑, 수음꾼인 우리들을.

다음 날 아침, 나는 호텔로 돌아가 샤워를 하고 침대에 누워 천장을 바라보며 타들어가는 담배연기로 방을 가득 채웠다. 널어놓았던 빨래를 걷어서 작은 옷장 서랍에 집어넣었다. 내겐 아무런 계획이 없었다. 또 아무런 계획도 세울 수 없다는 것을 나는 깨달았다. 레아 말고, 파리에서 나를 아는 사람이라곤 아무도 없었다. 아무도 저녁식사 시간에 나를 기다리지 않았다. 누구도 내가 장례식 행렬에 참여하고, 일하고, 부상자를 나르고, 오토바이를 타고 질주하리라 기대하지 않았다. 파리 시내나 쏘다닐까. 나는 망설였다. 그때 할머니가 내게 해주신 얘기가 생각났다. 할머니는 사춘기 소녀일 때 터키인의 노예가 되었고, 어른이 되어서는 프랑스 군인들의 셔츠를 다려주고 몇 푼 안 되는 잔돈을 벌었다. 할머니의 남동생은 제2차 세계대전 당시 프랑스 해방군의 지휘 아래 6000명의 카나사 군대를 조직했다. 그들이 비르 하킴 전투에서 보인 영웅적인 투지에 대한 할머니의 얘기가 생각났다. 할머니의 동생은 나무숲, 성당 종소리, 풀 뜯는 염소들이 있는 고산지대의 고향을 목 타게 부르짖으며 시막 한가운데서 숨졌다고 했다.

나는 지탄 담배에 불을 붙여 물고, 내 선조들의 이름이 있을지 모를 개선문의 대리석판을 찾아 파리의 거리를 걸었다. 나는 변장한 스파이처럼 걸었다. 머리에는 모자를 쓰고 겨드랑이에는 바게트 빵을 끼고서 걸었다. 그러다가 나처럼 생긴 코와 피부색을 가진 자들을 체포하는 게슈타포나 비시 정부의 군인들이 보이면 나는 얼른 돌아서서 하수구로 몸을 숨겼다. 나는 체포되는 것이 두려웠다. 콩나물시루 같은 기차에 갇히는 것이 두려웠다. 나는 굶주린 배를 끌어안고 보내는 추운 밤이 두려웠다. 모자, 시계, 바게트, 바이올린, 그리고 내가 사랑하는 사람들을 빼앗기는 것이 두려웠다. 그리고…… 나는, 지금 혹은 이다음에, 어떤 형태로든, 내가 치러야 할 대가가 두려웠다. 나는 올리브나무 숲을 걱정했고, 다시는 보지 못할 집의 열쇠를 움켜쥐고 있는 텐트촌의 난민들이 염려되었다. 샌들을 신고 모든 행위를 정당화할 성서를 손에

든 슬로바키아 민족에게 고향 땅을 강탈당한 사람들, 그 고향 땅의 사진을 쥐고 있는 난민들이 염려되었다. 나는 하수구를 기어 로마의 카타콤까지 갔다. 그곳에서, 나풀거리는 작은 햇불에 비치는 수천 개의 해골 가운데서, 나는 휴식을 취했다. 아니, 그 햇불은 어쩌면 내 눈앞에서 작열하는 담뱃불이었을지 모르겠다.

다음 날 오후, 레아가 나를 보러 왔다. 그녀가 내 뺨에 키스를 했고, 우리는 약속이나 한 듯이 그저 걸었다.

나는 그녀의 아버지와 조지의 엄마가 어떻게 만났는지 아느냐고 그녀에게 물었다.

아버지는 당시에 이집트 주재 외교관이었어요. 레아가 말했다. 그런데 이스라엘·아랍 전쟁 때문에 그곳을 떠났죠. 프랑스로 귀국하는 길에 무슨 처리할 일이 있어서 베이루트에 들렀어요. 그때 오빠의 엄마는 프랑스 영사관에서 비서로 일하고 있었죠. 아버지는 그때만 해도 젊고 잘생긴 미혼이었어요. 아버지는 그 비서의 억양이 마음에 들었나 봐요. 바쌈의 억양과 비슷했을 것 같아요. 레아가 웃으며 말했다. 오빠의 엄마는 수녀들에게 교육을 받았지만 나중에는 그들에게 반항적이 되었다고 아버지가 그랬어요. 아버지는 자신이 암에 걸렸다는 것을 알고 나서 내게 그 모든 얘기를 해주기로 하셨나 봐요. 수녀들이 그녀를 혹사했다고 아버지가 그랬어요. 하지만 그들은 그녀가 확실한 교육을 받도록 했죠. 그 덕분에 영사관에 취직할 수 있었던 거죠. 아버지는 몇 번이나 데이트 신청을 했고 결국은 데이트 약속을 얻어냈어요. 베이루트……

베이루트 얘기를 할 때면 아버지는 항상 어떤 회한과 슬픔에 젖었어요. 아버지가 그곳을 떠난 뒤, 두 분은 몇 주 동안 계속 편지 왕래를 했어요. 그러다가 갑자기 그녀에게서 소식이 끊겼대요. 자신이 임신했다는 사실을 알고 나서 그랬던가 봐요. 몇 년이 지나도록 아버지는 당신에게 아들이 있다는 것도 몰랐어요. 오빠의 엄마가 그 사실을 알리지 않았고, 아버지로서는 전혀 생각지도 못한 일이었죠. 그렇게 해서 몇 년이 지난 언젠가 로마에 출장을 갔다가 그곳에서 레바논의 어떤 사업가를 만났는데, 우연히도 오빠네 집안을 아는 사람이었어요. 그가 아버지에게 말하기를, 오빠의 엄마가 어떤 프랑스인의 아이를 가졌고, 아이의 아버지는 본국으로 돌아갔다는 거였어요. 그 여자는 사회관습의 눈총을 무릅쓰고 아이를 낳기로 했던 거예요. 자기가 겪어야 할 고초, 성당의 파문 위협, 가족과 사회로부터의 고립을 무릅쓰고 말이죠. 그 사실을 알고도 왜 그들을 만나러 베이루트에 가지 않았냐고 내가 아버지에게 물어봤어요. 그랬더니 아버지는, 전쟁 중인 베이루트는 아버지 같은 사람들에게 위험한 곳이 되어버렸다고 했어요.

레아가 내 눈을 똑바로 쳐다보았다. 오빠의 엄마는 반항적인 기질이 있었죠?

그분은 너그러웠어. 우리 둘 다 사랑해주셨지.

어떻게 돌아가셨어요?

레아의 아버지와 같은 병으로.

어쩌면 같은 시기에 숨을 거두었을지도 모르겠군요. 레아가 말했다.

18

조지의 부모님 얘기를 하고 나서 이틀이 지나도록 레아는 내게 전화도 하지 않았고 호텔로 찾아오지도 않았다. 이틀째 되던 날 밤, 나는 걸어서 그녀의 집을 찾아갔다. 교차로에 있는 그녀의 아파트 건물 건너편의 신호등 아래에서 노란불을 바라보며 담배를 빨고 초록불에 흰 연기를 내뿜었다. 빨간불일 때는 내 주변에 멈추어 선 행인들의 가지각색의 의상을 관찰했다.

한 말쑥한 옷차림의 중년 사내가 레아의 아파트 건물 현관 앞에 서 있었다. 나는 차도에서 비치는 헤드라이트에 의해 그의 얼굴이 카멜레온처럼 바뀌는 것을 지켜봤다. 레아의 모습이 보이자 나는 길모퉁이에서 뒤로 물러나 그늘로 들었다. 레아가 사내에게 키스를 했고, 그들은 함께 걷기 시작했다. 깡마른 체구에 섬세한 동안의 사내였다. 나는 어두운 곳을 골라 가며 그들의 뒤를 쫓았다. 어쩌다 그들이 뒤를 돌아보면 나는 고양이 앞의 쥐처럼 얼어붙었다.

레아와 사내는 어떤 술집으로 들어갔다. 사내가 그녀를 위해 문을 열고 잡아주었다. 그곳까지 가는 동안 그녀는 얘기하고 사내는 듣는 쪽이 되어 고개를 끄덕이며 그녀에게 머리를 기울였다.

나는 술집 바깥에서 기다렸다. 가지고 있던 담배를 다 피웠지만 자리를 뜨지 않고 창문으로 안쪽을 응시하며 그대로 서서 기다렸다. 창문 가운데로 우주선 같은 모양의 중앙 조명등이 보였다. 그 불빛이 분주한 웨이트리스들에 의해 가려지곤 했다. 때론 그들의 몸놀림에 의해 그 불빛이 깜빡거리는 것처럼 보이기도 했다. 나는 이 깜빡이는 불빛을 모스 신호로 삼았다. 목표물을 놓치지 말고, 그들의 흔적을 쫓고, 아무리 사소한 웃음이나 대화라 하더라도 그 어느 것 하나도 놓치지 말고, 그들의 일거수일투족을 관찰하고, 쪽지나 담뱃갑의 교환, 눈짓이나 웃음, 부드러운 목소리의 교환 등 모든 것을 탐지하라고 내게 보내는 신호라고 생각했다.

몇 시간이 지났는지 모르지만 나는 계속 기다렸다. 나는 담배 생각이 간절했다. 또 레아의 침대 머리맡 촛불 생각이 간절했고, 그녀가 보여준 사진들과 끊임없는 질문들이 그리웠다.

이윽고 레아와 사내가 술집에서 나오자 나는 꼼짝도 하지 않았다. 눈도 깜박하지 않았다. 사내는 밖에 나오자마자 담뱃갑과 구식 라이터를 꺼냈다. 그는 담배에 불을 붙여 한 모금 빨아 연기를 내뱉고는 레아와 걷기 시작했다. 나는 왔던 길을 되돌아가는 그들의 뒤를 쫓았다. 그녀는 집 앞에서 사내에게 키스를 했고, 사내는 작별 인사를 하고 돌아섰다. 나는 그가 내 앞을 지날 때까지 기다렸다가 지하철역까지 그의 뒤를 밟았다. 나는 플랫폼까지 따라 내려가 가까운 곳에 서서 그를 자세히 관찰했다. 천장에서 내리비치는 네온 불빛은 그의 파란 눈, 실크 넥타이, 그리고 그의 단정한 머리와는 대조적인 섬뜩한 그림자를 그의 얼굴에 드리웠다.

나는 그가 타고 내리는 것을 놓치지 않고 그의 뒤를 쫓았다. 그가 눈치를 채든 어쨌든 나는 신경 쓰지 않았다.

그가 마지막 정거장에서 내려 지하철역을 빠져나갈 때 나는 달려서 그의 뒤를 쫓았다. 한 작은 골목길에 들어섰을 때 나는 그에게 담배 한 개비를 달라고 했다. 그는 담배가 없다고 퉁명스럽게 대답했다.

있는 거 다 알고 달라는 거요!

그는 거만한 태도로 나를 스치고 지나가며 내게 꺼지라고 했다.

나는 총을 뽑아 들고 후다닥 뛰어가 그의 앞을 가로막고 섰다. 담배를 주든지, 총알을 받든지, 어느 쪽을 택하겠소?

그가 재킷 주머니에서 담뱃갑을 꺼내어 내게 건네주었다.

라이터도.

그는 몸을 더듬더니 바지주머니에서 라이터를 꺼내어 천천히 내게 건네주었다. 그의 눈에는 시종일관 두려운 기색이 없었다. 나는 그것을 받아 쥐고 반대 방향으로 걸었다. 사내가 경찰을 부를 가능성을 염두에 두고 나는 지하철을 택하지 않았다. 정거장마다 분명 지켜보는 눈이 있을 것이다.

나는 종종걸음으로 인적이 끊긴 거리를 걸었다. 허기가 느껴졌다. 나는 하루 종일 아무것도 먹은 것이 없었다. 레아가 전화하기를 기다렸고, 그녀와 함께 식사하기를 고대했고, 이 도시에서 다른 누구도 보내지 않는 눈길로 나를 똑바로 쳐다보는 그녀를 기다렸고, 그녀의 머리카락 냄새를 고대했기 때문이었다.

마침내 사람들로 붐비는 큰길에 이르러서야 나는 어떤 작은 나무 옆에 서서 담배에 불을 붙였다. 라이터가 묵직하기에 그 금색 표면을 자세히 들여다보았다. 무슨 약자가 새겨져 있었지만 나중에 밝은 데서 보기로 했다. 나는 라이터의 뚜껑을 열었다 닫았다 했다. 닫히는 느낌에 절도가 있었고, 짤깍하는 소리가 마치 유치장 문이 닫히는 소리 같았다. 그것은 고문실의 쩽하고 울리는 소리처럼, 차 안이나 주차장에서 연인들이 다투는 소리처럼, 아버지가 한밤중에 집을 나서는 소리처럼, 또 아침에 도박장을 나서는 소리처럼 메아리쳤다. 나는 목이 말랐다. 물 생각이 나면서 람보의 손이 기억났다. 내 목을 잡고 머리를 물속에 처박고 있던 람보의 손이 내 기억 속으로 줄달음질해 들어왔다. 이 기억은 내 가슴에 드나드는 공기의 흐름을 끊었다. 그래서 나는 담배연기를 더 길게 들이쉬며 더 빨리 걸었다. 빨리 걸으면 걸을수록 내가 이방인이라는 생각이 더욱 실감나게 차고 들었다. 나는 떨어지는 폭탄 속에서 하염없이 쏘다니던 일이 그리워졌다. 폭탄은 살상만을 목적으로 하지 않는다는 생각이 들었다. 폭탄은 어떤 메시지와 무언가 할 말을 담고 있는 모스 신호와도 같다. 하지만 파리에는 폭탄이 떨어지지 않았다. 파리는 무언의 도시였다.

그 이튿날, 레아가 호텔 로비에서 전화를 했다.

내 방으로 올라오겠다고 했다. 그녀는 방에 들어오며 문을 쾅 닫았다. (어떤 비싼 금 라이터의 뚜껑이 닫히는 소리 같았다.)

간밤에 내 뒤를 쫓더군요. 그녀가 비난조로 말했다.

나는 아무 말도 안 했다.

그래, 그랬어. 내가 바쌈을 봤다구. 바쌈이 술집 건너편에 서 있는 것을 봤단 말예요. 사냥꾼처럼 오랫동안 꼼짝도 않고 있더군요. 어두웠지만, 담배 피우는 품과 모자를 눌러쓰고 옷깃을 세운 모습, 곁눈질하는 것 같은 그 행동거지를 보고 그게 누군 줄 알았다구요. 어두워서 아무도 알아보지 못할 거라고 생각했겠지만 나는 누구든 윤곽만 보면 그게 누군지 알 수 있어요. 난 그래서 일부러 술집에 오래 앉아 있었어요. 바쌈이 가면 나오려고요. 아주 끈질기더군요. 마치 돈을 받고 거기에 서 있는 사람처럼. 거기에 서 있던 그 뻣뻣한 모습, 그 서글픈 모습, 그건 마치 송장이 서 있는 것 같았어. 무서웠다구. 도대체 무슨 권리로 그래요? 무슨 권리로 내 뒤를 쫓아요? 집까지 나를 바래다준 롤랑의 뒤를 쫓아가는 것을 봤어요. 내가 다 봤단 말이에요! 그녀가 소리쳤다. 왜 따라갔죠? 무슨 권리로?

그녀의 눈이 다시 나를 똑바로 쳐다봤다. 그러나 이번에는 달랐다. 전에 본 그 눈길이 아니었다. 그것은 마치 햇빛을 마주하고 조준하는 저격병의 눈매 같았다. 방향을 잃은 선원의 가늘게 뜬 눈, 자욱한 담배연기를 꿰뚫어 보는 눈, 타오르는 건초 사이를 꿰뚫어 보는 눈이었다.

왜, 왜? 자, 말해봐요. 왜 뒤를 쫓았죠? 왜? 그녀가 소리쳤다.

레아를 보호해주려고. 내가 웅얼거렸다.

뭐? 보호라고? 무엇에게서? 누구에게서? 누가 그래 달라고 했어요? 누가? 바쌈은 나에 대한 아무런 권리가 없어, 알아들어요? 참 가련하군. 불쌍해서 잠 좀 자줬다고 해서 나를 소유하려고 들다니. 아무도 그러지 못해, 알아? 이제 다시는 내 뒤를 밟지 마! 그녀가 내 얼굴에 손가락 하나를 세워 들이대고 말했다. 그리고 롤링을 귀찮게 하지도 말고. 그는 바쌈이 생각하는 것처럼 그렇게 호락호락하거나 허약한 사람이 아니라구.

그녀가 돌아서서 나가며 문을 쾅 닫았다. (그렇다, 그것은 감방 문이 닫히는 소리 같았다.) 나는 창가에 서서 그녀가 점선의 흰 차선을 가로질러 건너편 흰 석조건물 뒤로 사라지는 것을 지켜보았다.

나는 창가와 화장실 사이를 왔다 갔다 했다. 무언가 새로운 것, 무언가 자세히 살펴볼 것이 필요했다. 비누가 눈에 띄지 않았고 새 타월이 필요하기도 해서 나는 로비로 내려갔다.

프런트의 곱슬머리 알제리인은 두꺼운 안경을 쓰고 책을 읽고 있었다. 그가 느릿하게 고개를 쳐들었다. 내가 새 타월과 비누를 요구하자 다음번 방 청소 때까지 기다리라고 했다. 혹시 빌려볼 수 있는 책이 있냐고 내가 그에게 물었다.

그가 책상 밑으로 몸을 구부리더니 책을 몇 권 꺼냈다. 자, 여기. 손님들이 두고 가버린 책들을 모은 것입니다. 그가 책 더미를 곡예사처럼 한 손에 얹어 내 앞에 놓았다. 다 읽거나 체크아웃할 때 반납해주시오.

나는 카뮈의 『이방인』을 골랐다.

음, 맞소. 우리 모두가 그렇지. 그가 한마디 하고는 웃었다.

나는 내 방으로 올라가 침대에 누웠다. "오늘 엄마가 죽었다. 아니 어쩌면 어제였는지 모르겠다. 확실치가 않다." 빌린 책의 첫 대목이었다. 나는 일어나 창가에 앉아 책장을 대충 넘겼다. 눈을 돌려 거리를 내려다보니 어떤 남자가 개를 산책시키고 있었다. 남자가 개에게 욕을 했다. 낮게 떠 있는 태양의 빛은 강렬했다. 파리가 지중해의 열기 속으로 미끄러져 들어간 듯했다. 카페마다 타임 thyme 향내가 가득했고, 햇볕이 강렬할수록 파리는 점점 더 북아프리카의 해변으로 미끄러져갔다. 나는 책 어디에선가 주인공이 손에 총을 들고 해변을 걸어가는 것을 보았다. "엄마의 죽음에 대한 도덕적인 책임이 있는 이 사람은……." 검사가 피고를 가리키며 말했다. 나는 서둘러 법정을 나와 침대에 책을 집어던졌다. 그리고 찬란한 붉은 빛의 파동 속에서 남쪽으로 이행하는 파리를 지켜봤다. 사막의 모래가 드리우는 그림자가 지중해에서 밀려오는 파도와 합쳐졌다. 열기가 너무 심한 나머지 나는 현기증이 났다. 등에서 흘러내리는 땀의 폭포는 바지로 흘러내려 엉덩이를 지나 무릎 안쪽까지 적셨다.

나는 침대에 뛰어들어 누웠다. 몸이 아팠고 마음마저 몹시 불안했다. 나는 전화 수화기를 들었다. 프런트의 아랍인이 받았다.

혹시 식초 있습니까? 나는 수건에 식초를 묻혀 이마에 얹을 생각이었다. 내가 어려서 고열이 있었을 때 할머니가 쓰던 방법이었다.

식초요? 여기는 호텔입니다. 여기엔 식초가 없는데요.

됐소.

프런트의 아랍인이 전화를 끊었다. 나는 수화기를 바닥에 집어던지고 화장실로 갔다. 나는 화장실의 창밖을 내다보았다. 밖에서는 부두에 부딪쳐 부서지는 파도처럼 모래가 흩날리고 있었다. 멀리 사막에서 동쪽으로 진군하는 롬멜 장군과 그의 군대가 보였다. 나는 총을 쥐고 창 밑에 몸을 도사리며 그들이 지나가길 기다렸다.

메추라기 한 마리가 날아와 창턱에 앉았다. 그들이 다가오면 말해줄게요. 메추라기가 내게 말했다.

나는 한참만에 깨어났다. 셔츠가 흠뻑 젖어 있었다. 사막의 갈증은 나를 화장실로 몰았다. 나는 수돗물을 컵에 담아 마셨다. 거울을 들여다보니 머리가 젖어 있었고 몸은 앙상했다. 둥그런 두 눈은 충혈되었고 높은 광대뼈 밑의 누런 살갗이 움푹 꺼져 있었다. 옷은 먼지투성이였다. 그동안 내가 적군의 시선을 피하여 펄펄 끓는 모래 위를 기었음에 틀림이 없었다. 적군의 긴 가죽 군화에 짓밟히는 것을 피해 도망쳐 다녔음에 틀림이 없었다.

나는 샤워를 했다. 흐르는 물 아래로 이마를 짚어보았다. 열은 내렸다. 샤워실에서 나와 시계를 찾았다. 오후 4시였다. 하지만 파리가 언제 남쪽으로 이동하기 시작했는지, 또 언제 식민지에서 철수를 해서 다시 북쪽으로 돌아왔는지, 그것을 정확히 기억할 수 없었기 때문에 그때의 시간이 오후 4시라는 깨달음은 아무런 의미가 없었다.

나는 프런트의 알제리인에게 전화를 해서 내가 식초를 달라고 했던 게 언제였는지 물어보았다. 그가 웃기만 하고 내 질문에는 대답하지 않았다. 그는 대답 대신 내가 빌려간 책은 다 봤냐고 물었다.

아뇨.

"오늘 엄마가 죽었다. 아니 어쩌면 어제였는지 모르겠다. 확실치가 않다."

그 책의 첫 대목이 내 머릿속에서 계속 맴돌았다. 그러다가 나는 그 대목의 부조리함을 깨닫고 웃기 시작했다. 나는 또 엄마의 먼 사촌 생각이 나서 웃었다. 북쪽 지방에서 온 그 사촌 아줌마는 검은 상복을 입고, 신파조의 통곡을 하며 열린 관에 몸을 던지고, 엄마와 대화를 나누었다. 그녀는 엄마에게 아들 바쌈이 여기 있다며, 그 아이는 이제 혼자라며, 아직 한창인 나이에 죽기는 왜 죽느냐며 흐느꼈고, 이것을 듣고 있던 주변의 검은 상복을 입은 여자들은 또 일제히 고성으로 곡하며 수건에 눈물을 흘렸다. 엄마의 시신을 둘러싼 여자들의 모습, 검은 상복을 입고, 눈물을 흘리고 또 커피를 마시고, 내 이마에 키스를 하고, 찬송가를 부르고, 가슴을 치던 그 여자들의 모습이 생각나며 나는 더욱 웃고 싶어졌다. 그리고 또 턱수염을 기른 세만 신부님이 생각났다. 땅딸하고 뚱뚱한 신부님이 우리 집에 왔을 때, 벽에 반라의 모델 사진과 축구선수들의 포스터가 붙어 있는 10대의 방에 들어와 향 연기를 두루 피우며 축사하던 일이 생각났다. 포스터들에다가도 향 연기를 피워대던 그 장면이 생각났다. 창밖에 앉아 있던 비둘기들에게 향을 흔들어댔을 때 비둘기들은 그 불꽃과 연기를 보고는 후드득 날아

올라 건너편 아파트 옥상에 앉아 신부님을 정면으로 바라보았었다. 나는 오로지 집에 찾아온 사람들이 모두 어서 가주기를 바랄 뿐이었었다. 그때 나는 엄마가 언제 죽었는지 확실하지 않았었다. 그것이 그날이었는지, 그 전날이었는지, 아니면 그 이틀 전이었는지 확실하지 않았었다. 그런데 그곳에 있던 여자들은 마치 엄마가 아직 살아 있어서 그들이 하는 얘기를 듣고 있기라도 한 것처럼 엄마에게 얘기를 했다. 그들은 엄마의 부엌에서 커피를 끓여 마셨고 담배를 피웠다. 찬물을 찾아 냉장고를 열었다 닫았다 했고, 장미수로 서로의 기운을 북돋아주었고, 이탈리아 오페라 가수들처럼 울부짖다가 정신을 잃고 쓰러지기도 했다. 엄마의 장례식 날, 눈물을 흘리는 많은 사람들의 머리 위에 드리워진 검은색 휘장이 그 사람들을 모두 하나로 엮으면서, 부상을 당해 비척거리는 짐승처럼 고통 가운데 이어지게 하는 것을 보았다. 남자들이 검은색 상복의 여자들 사이를 헤치고 들어와 여섯 쌍의 팔로 관을 들어 올려 묘지까지 엄마를 이고 갔다. 엄마는 그들의 어깨 위에 올라 수많은 자동차와 소란스런 이웃들 사이를 표류했다. 발코니에 나와 전송하는 이웃들은 독수리처럼, 새의 발톱을 가진 인간처럼 웅크리고 있었다. 나는 운구 행렬 속에서 흰색 리본이 가운데를 가로지르는 화환들을 바라보았다. 리본에는 조문객들의 이름과 조사가 씌어 있었다. 누군가 걷고 있는 나의 팔을 잡았다. 내가 졸도라도 할까 봐, 발을 헛딛고 넘어져 관 뒤에서 기기라도 할까 봐 그랬을 것이다. 나는 그 사람을 똑바로 쳐다보고 담배 한 개비를 청했다.

파리의 온화한 저녁 빛이 길 위에서 꾸물거렸다. 미풍이 불며 방금 젖은 거리의 냄새를 위로 실어 날랐다. 나는 서랍에서 돈 봉투를 꺼내어 돈을 세어보았다. 아직 일주일 정도는 더 버틸 수 있을지 모른다. 나는 방을 며칠 더 쓰기로 결정했다. 레아가 그 돈까지 내주리라는 기대는 하지 않았다.

나는 돈을 가지고 프런트로 내려갔다. 프런트의 알제리인이 퇴근하고 그 자리에 세네갈인이 있었다. 나는 그에게 방을 일주일 더 쓰겠다고 했다.

레아가 누굽니까? 그가 물었다. 방이 레아 마니 앞으로 되어 있는데요.

내 여자친구요.

그가 고개를 끄덕이며 더 이상 아무것도 묻지 않고 기입 용지를 몇 장 작성했다. 나는 돈을 지불하고 밖으로 나가 먹을 것을 찾았다. 가로등의 그림자가 젖은 길바닥에 불분명한 형태로 드리웠다. 그것은 마치 불타는 머리를 가진 뱀 같은 유령이 트렌치코트를 입은 것처럼 보였다.

나는 소시지가 든 바게트를 하나 사가지고 강가로 걸어갔다. 그리고 강변의 난간에 기대어 배 속에 바게트를 묻었다.

강 건너에 보이는 궁전들은 초록색과 빨간색 불빛을 받고 있었다. 머리 위의 안개는 하늘을 낮게 끌어당겼고 도시를 겸허하고 좁아 보이게 했다.

나는 강기슭으로 내려가 벤치에 앉아, 안개가 내려와 수면에 닿기를 기다렸다.

아무것도 보이지 않는다. 모든 것이 법과 사람들의 시선과 인식으로부터 감추어져 있다. 아무것도 보이지 않는다. 이것은 죽음임에 틀림이 없다.

나는 안개를 옷 삼아 입고 어둠 속을 걸었다.

다음 날 전화벨이 울렸다. 프런트의 알제리인이었다. 어떤 여자가 여기서 기다리고 있어요. 손님더러 밑으로 내려오라고 합니다.

나는 그게 레아라는 걸 알았다. 나는 마니 씨의 바지를 입고 맨발로 내려갔다. 그녀는 로비에서 내가 며칠 전 밤에 강도질했던 사내와 얘기를 하고 있었다. 두 사람은 아무 말 없이 나를 쳐다보다가 고개를 돌려 서로를 쳐다보았다.

우리와 커피 마시러 갈 시간 있어요? 레아가 활기차고 사무적인 투로 물었다.

응, 올라갔다가 다시 내려올게.

나는 양말과 신발을 신고 마니 씨의 셔츠를 입었다. 빨래를 하고 나서 다리미질을 하지 않은 셔츠였다. 호텔 밖으로 나왔을 때 사내가 잠자코 무표정하게 나를 쳐다보았다. 우리는 어떤 카페로 갔다.

레아가 입을 꼭 다물고 꾸짖는 듯한 얼굴로 나를 쳐다보다가 이윽고 입을 열었다. 롤랑의 라이터는 가지고 있어요?

나는 주머니에서 라이터를 꺼내어 그에게 돌려줬다.

총은? 총은 어디서 난 거죠? 그녀가 물었다.

베이루트에서.

총을 가지고 입국했다는 말인가? 롤랑이 부자연스런 미소를 띠고 물었다.

예.

프랑스에서 총을 소지하는 것은 심각한 문제네. 롤랑이 말했다.

나는 어깨를 으쓱했다.

내 맞은편에 앉은 레아가 손을 내밀어 내 팔뚝을 꼭 쥐며 힘주어 말했다. 바쌈, 이분 말을 잘 들어요. 롤랑은 그런 일을 아는 사람이에요. 잘 들어요.

첩자가 있는지 확인이라도 하는 듯 롤랑이 주변을 빙 둘러보았다. 자네, 그거 없애게. 지금 갖고 있는 그 가방에 들어 있나?

네, 그런데요.

정말? 레아가 소리쳤다. 그리고 뒤로 기댔던 몸을 곧추세우며 작은 원탁을 손바닥으로 내리쳤다. 참 어이가 없군요.

오늘 밤 당장 강에다 집어던져버리게. 롤랑이 내게 소리 죽여 말했다.

롤랑의 말대로 해요. 하라는 대로 해요. 롤랑은 이런 일을 안다고요.

강에다 던져버리면 모든 걸 용서해주지. 롤랑이 말을 마치고 카운터로 가서 계산을 했다.

레아는 자신의 손톱을 내려다보았다. 그녀는 내 눈을 피했다. 그녀의 부드러운 머리카락이 얼굴을 가렸다. 실내는 웅성거리는 나직한 소리와 식기가 부딪치는 소리가 섞이며 시끄러웠고, 담배 연기가 연인들의 탄식과 함께 뿜어져 나왔으며, 감미롭고 슬픈 아코디언의 선율이 우리의 어색함과 침묵을 파고들었다.

롤랑이 돈을 내고 자리로 돌아오자 레아가 일어나 그녀의 큰 핸드백을 집어 들었다. 카페를 나서기 전에 롤랑이 내게 담배 한 갑을 내밀었다. 자, 여기. 가지게. 앞으로 또 영웅적인 행동을 하지 않도록 말이야.

나는 그것을 그에게 도로 밀었다. 내게 필요한 게 있으면 그때 내가 직접 그걸 얻을 겁니다.

나는 그 카페에서 한동안 더 앉아 있었다. 나는 레아가 주문해놓고 전혀 마시지 않은 물을 마셨다.

그러고 나서 나는 파리의 거리를 쏘다녔다. 가방 속 총의 무게가 전보다 한층 더 무겁게 느껴졌다. 나는 생각했다. 어깨에 둘러멘 가방의 묵직함 없이 예전처럼 걸을 수 있을까? 벌거벗은 느낌이 들지 않을까? 내가 내 병기를 강물에 묻은 것을 황제가 알면 뭐라고 할까? 반역자라고 할 것이 틀림없다. 롤랑은 돈 많은 귀족이다. 따라서 총을 없앤다는 것은 그의 허영과 세습과 억압에 이바지함을 의미할 뿐이다.

나는 숙소로 돌아와 태양이 물속으로 가라앉기를 기다렸다. 물이 불어나 온 땅을 덮고 모든 강물과 시냇물을 삼키기를 기다렸다. 나는 수평을 이루고 있었다. 침대에서 낮은 천장과 완벽한 평행을 이루며 흘러가고 있었다. 손을 내밀어 총을 잡고 팔을 뻗어 벽에 걸린 그림을 겨냥했다. 사슴 사냥꾼들과 땅에 코를 처박고 있는 개들이 그려져 있는 그림이었다.

나는 팔을 거두어 내 자신을 겨냥하고 총구를 들여다보았다. 내 총이 자동이 아니라 바카라 같은 회전 탄창 총이라면 내 운명과 한 판 게임을 할 수 있을까? 전시의 수많은 베이루트 젊은이들이 〈디어 헌터〉 영화를 보고 그랬듯이, 단 한 개의 총알만 장전하고 탄창을 돌려 그 게임을 할 수 있을까? 많은 젊은이들이 드 니로의 게임을 하다가 죽었다. 과부 미리엄의 아들 로저가 어느 날 밤에 그렇게 방아쇠를 당겼다는 것을 우리 몇 사람은 알고 있었다. 그의 머리에서 흐른 피가 탁자의 코카인, 조지의 셔츠, 이쌈의 얼굴, 그리고 내 가슴팍을 물들였다. 이쌈과 내가 그를 들고 계단을 내려가 자동차 뒷좌석에 태웠다. 피를 막아도 소용없어. 조지가 내게 말했다. 로저는 죽었다. 우리는 병원 복도에서 담배를 피우며 기다렸다. 기다리는 우리에게 양심의 가책은 없었다. 의료 보조원이 우리에게 와서 사망자의 이름과 사망 경위를 물었다. 조지는 로저가 전선에서 싸우다 총상을 입었다고 했다. 의료 보조원은 그 얘기를 믿지 않았다. 그는 우리의 실크 셔츠와 피 냄새를 압도하는 향수 냄새에서 거짓말의 냄새를 맡았다. 그는 의혹의 눈길로 우리를 쳐다보고 주저하며 중얼거렸다. 이건 아주 가까운 거리에서 맞은 총상인데. 조지가 의료 보조원을 한쪽으로 끌더니 그의 어깨에 손을 얹고 귓속말을 했다. 그러다가 그의 손이 의료 보조원의 목 뒤로 옮겨 올라갔고 얘기가 좀 더 진행되었다. 이윽고 조지가 의료 보조원을 놓아주며 그를 툭 밀었다. 의료 보조원은 화를 내며 걸어가면서 의료 가운을 벗어 항의하듯 옆에 있는 침대에 집어 던졌다. 그러면서 전쟁과 그의 일, 온갖 신들과 광포한 그의 나라를 저주했다.

장례식에서 자글룰이 부르는 즉흥시에 맞춰 남자들이 관을 메고 춤을 췄다. 로저의 엄마가 관을 따라가며 건물의 발코니들을 올려다보며 외쳤다. 내 아들은 영웅이요, 내 아들은 영웅이요. 난 영웅을 낳았소.

파리에 밤이 다시 찾아오자 나는 강으로 나가 강물을 마주했다. 요단강에서 미시시피 강에 이르는 모든 강을 나는 서주했다. 나는 강기슭에 서서 가방의 지퍼를 열었다. 추위에 나를 헐벗기는 반역의 강들아! 나는 크게 외치고 총을 꺼냈지만 강물에 집어 던지지는 않았다.

나는 호텔로 되돌아갔다. 가는 길에 가게에 들러 비닐 백과 노끈을 샀다. 나는 방에서 여러 개의 비닐 백으로 총을 단단히 둘러싸고 물이 들어가지 않게 끈으로 단단히 묶었다. 그런 다음, 나는 다시 강으로 나가 인적이 거의 없는 곳을 찾았다. 한 낡고 녹슨 외딴 다리를 찾아 아무도 보는 사람이 없는 다리 밑 어둔 곳으로 내려갔다. 노숙자들의 흔적과 작은 모닥불 자리가 보였다. 나는 끈의 한쪽을 교각 철골에 묶고 강물에 총을 던졌다. 총이 가라앉았다. 그리고 그것은 녹슨 대포알, 목말라하는 죽은 군인들, 강바닥에서 풀을 뜯는 황제의 말들과 합류했다.

나는 참을 수 없는 가벼움을 느끼며 호텔로 되돌아갔다. 등에 멘 가방은 아무런 의미도, 쓸모도 없는 듯했다. 그저 커다란 곤충이 내 귓가에서 내는 날갯짓의 메아리일 뿐이었다.

방에 들어가 보니 침대보가 새로 씌워져 있었다. 화장실에는 새

비누와 깨끗한 타월이 놓여 있었다. 두루마리 휴지의 끝은 예쁘게 접혀 있었다.

나는 환기를 시키기 위해 창문을 열었다. 가랑비 같은 물줄기가 비누거품으로 덮인 내 몸에 흘러내렸다. 나는 물을 잠그고 타월로 몸을 말렸다.

나는 속옷만 입고 책을 집어 들어 펼쳤다. "…… 그런데 그는 그의 가증스러운 범죄에 대해 한마디라도 후회하는 말을 했습니까?"

아뇨. 나는 대답했다. 그가 왜 그래야 하죠? 모두가 참여하겠다고 동의했던 일입니다. 그것은 우리가 내린 선택이었습니다. 우리는 각자 스스로 탄창을 돌렸고, 5분의 4라는 확률은 우리 모두에게 동일했습니다. 우리는 모두 각자의 신념과 정열에 충실했습니다. '이성'이라고 하셨나요? 검사님, 프랑스인들과 또 프랑스인 판사들로 가득한 이 법정에서 우리가 이렇게 애를 쓰는 동안은 이성이 그래도 쓸모 있는 허구로군요.

나는 법정을 나섰다. 그리고 책장을 넘겼다. "…… 그러나 이 모든 흥분은 나를 지치게 했고 나는 잠자리로 쓰는 널빤지 위에 털썩 엎어졌다."

19

아침에 전화벨이 울렸다.

나 롤랑이네. 전화를 건 상대방이 말했다.

예.

우리 만나지. 그건 두고 오게.

그건 강 속에 있습니다.

아, 그거 잘했군. 아주 잘했어. 그럼 오늘 오후에 만나지. 할 얘기가 있네. 몽파르나스 전철역에서 4시에 만나세.

나는 커피를 사 마시기 위해 방을 나섰다.

하킴이 내게 책은 다 읽었냐고 물었다. (하킴은 프런트의 그 알제리인 이름이다.)

예. 하지만 내가 그냥 가질까 하는데요.

그가 웃더니 말했다. 그럼 그 값을 치러야지요.

기꺼이 그러지요.

전철역에서 롤랑을 만났다. 근사한 옷차림에 단정하게 빗은 머리, 향수 냄새가 어김없었다. 우리는 역에서 나와 그의 차 르노에 올랐다.

배고픈가? 롤랑이 물었다.

네.

잘됐군. 그럼 우리 집에 가세. 내가 간단히 저녁을 만들 테니.

롤랑의 아파트는 여러 가지 그림, 민속 공예품, 양탄자로 가득했다. 커다란 창문이 열려 있었고, 그리로 에펠 탑이 눈에 들어왔다. 롤랑이 간소한 와인 저장고에서 와인 한 병을 꺼내어 와인을 투명한 유리병에 모두 부었다. 그리고 잠시 후에 내게 한 잔을 따라주었다.

레아도 오나요? 두 모금 마신 뒤에 내가 물었다.

아니. 안 올 거야.

화가 나 있나요?

음, 화가 나 있지. 그렇지만 레아는 자네를 도와주고 싶어 하네. 레아는 자네에게 맞지 않아. 두 사람의 인생은 가는 길이 다르거든.

왜 아직도 나를 도와주길 원하죠?

레아는 신념도 있고 종교적인 믿음도 있네. 레아는 자네를 오빠와 가장 가까운 그 무엇으로 생각하지. 자네가 우리 뒤를 쫓은 그날 밤, 우리는 조지를 파리로 데려올 가능성에 대해 얘기했어. 롤랑이 프라이팬에 기름을 부으며 말했다. 레아는 오빠 걱정을 하고 있네. 레아는 아직 제 오빠를 만나본 적이 없지만 그에 대한 호기심이 점점 어떤 뭐랄까…… 사랑은 아니고…… 집착이라고나 할까, 말하자면 뭐 그런 것으로 바뀌고 있네.

정상 아닌가요?

아직 본 적도 없는 사람 때문에 이성을 잃는 게 정상이라? 글쎄, 잘은 모르겠지만, 내가 보는 바로는 레아가 혼자라는 생각이 들어서일 거야. 가족이 없다는 생각.

성함이 어떻게 되십니까?

내 성 말인가? 그가 약간 놀란 듯했다. 뮤지클리에.

그 라이터는 뮤지클리에 씨의 것이 아니군요. 라이터에 새겨진 머리글자는 그게 아니던데요.

그건 레아의 아버지 클로드의 것이었지.

그분이 뮤지클리에 씨에게 준 건가요?

아니. 그가 죽고 나서 내가 그냥 가졌지.

서로 가까운 사이였나요?

실은 말이지, 우리 둘은 같이 일했네.

외교관으로요?

그래, 외교관으로. 롤랑이 웃었다.

왜 웃으시죠?

레아는 우리를 스파이라고 부르지.

사실인가요?

음, 어떤 의미에서는 외교관들이란 모두 스파이들이지.

그런데, 왜 나를 여기에 데려왔죠?

레아가 자네를 도와달라고 해서. 마음 내키는 일은 아니지만 레아가 하도 졸라서. 자네 프랑스를 떠나야 하네. 자넨 아무런 신분증이 없잖은가. 몇 년이 지나도 신분증을 얻지 못할 걸세. 그러다가 조만간 경찰에 잡히는 신세가 되겠지. 내 추측에 자네는 돈도 없을 것 같은데. 그렇지 않다면 담배를 놓고 그렇게 무모한 짓은 하지 않았겠지. 내 말이 무슨 말인지 알 걸세.

롤랑이 내게 눈을 찡긋해 보였다. 그래서 말인데, 젊은 친구, 내가 제안을 하나 하지. 배즐 소스에 달팽이를 요리하고 있는데 자네가 좋아했으면 좋겠군. 내가 간단한 제안을 하나 하겠는데. 와인 더 할 텐가?

그는 자기 잔에 와인을 더 채우고 파슬리를 썰어 넣어 젓고는 손을 씻었다. 음, 내가 말했듯이……. 자네 잔을 이리 가져오게……. 내가 제안하는 것은 이걸세. 캐나다.

캐나다. 내가 반복했다.

그래. 자네가 어떤 사람에게 연락을 하면, 이 사람이 다른 사람을 통하고, 또 이 다른 사람이 또 다른 사람을 통해서 자네에게 가짜 비자를 만들어 캐나다에 갈 수 있도록 해줄 거야.

스파이처럼 말하는군요.

그래도 센스가 좀 있군. 그래, 자넨 센스가 있는 젊은이야. 총만 갖고 온 게 아니라 여권도 가지고 왔겠지? 롤랑이 웃었다.

네. 여권은 있습니다.

좋아. 어쨌든 그렇게까지 무책임하지는 않군. 비행기를 타고,

캐나다의 몬트리올 공항에 내리면 바로 망명 신청을 하게. 내가 나중에 자네가 연락할 사람의 전화번호를 주겠네. 레아가 그 비용을 전부 대겠다고 했어. 비자를 만드는 데 드는 비용과 비행기 표까지. 그 문제로 레아가 자네에게 연락을 할 걸세. 자, 이제 먹지. 아, 그런데, 자네 혹시 베이루트를 떠나기 전에 조지를 만나봤나?

아뇨.

롤랑이 고개를 가로젓고는 식탁의 내 자리를 가리켜 보였다.

다음 날 아침, 나는 공중전화 박스로 갔다.

나는 롤랑이 준 번호를 돌렸다. 어떤 여자가 전화를 받았다. 나는 여자에게 시외에서 있을 결혼식에 입고 갈 양복 때문에 전화를 걸었다고 했다.

양복의 색과 사이즈가 어떻게 되죠? 여자가 물었다.

파란색이고 사이즈는 7입니다.

좋아요. 어디서 만날까요?

몽파르나스 전철역에서요. 소매가 손등까지 덮은 흰색 셔츠를 입고 있을 겁니다.

그럼 내일 아침 8시 반에 봅시다.

나는 전화를 끊고 가까운 카페로 슬슬 걸어가 커피를 시켰다. 정중한 웨이터가 내게 므슈라고 했다. 나는 신문을 펴 들고 천천히 읽어 내려갔다.

동부 베이루트에서 발생한 자동차 폭파 사건에 대한 기사가 났다. 다섯 명이 사망했고 서른 명이 부상을 당한 사건이었다. 사진의 여성은 피범벅이 되어 앰뷸런스로 실려 가고 있었다.

나는 카페의 창가에 몸을 좀 더 바짝 대고 사진을 자세히 들여다 보았다. 내가 아는 여자인지, 또 사진에 보이는 얼굴들 중에 내가 아는 얼굴이 있는지 확인하기 위해서였다. 사진 설명을 보니, 내가 살던 '아크라피에'에서 발생한 일이었다. 길바닥은 부서진 유리와 돌 조각들 천지였고, 사진의 배경에 어떤 남자가 손을 들어 어떤 발코니를 가리키고 있었다. 신문의 기사는 당황스러울 정도로 사건 결과만을 다뤘고, 이에 얽힌 어떤 다른 얘기나 사건 전말에 대한 보도는 없었다.

사진을 아무리 들여다봐도 내가 아는 사람이라고 할 만한 얼굴은 없었다. 나는 커피를 마시다가 웨이터가 다른 쪽을 향해 있는 틈을 타서 사진이 있는 페이지를 조심스럽게 찢어내어 테이블 아래로 내려 접은 다음 호주머니에 집어넣었다.

나는 호텔로 돌아와 찢은 기사를 책상 위에 꺼내놓고 침대에 누워 천장과 벽을 쳐다보았다. 한참 후에 나는 책을 다시 펴 들었다. 끝에 몇 장만이 남았을 뿐이었다. "나는 그에게 말했다. 몇 달 동안 나는 벽을 쳐다보고 있었지만 아무도 없었다고, 그 어떤 것도……. 내가 기억하는 삶, 이 땅에서의 삶. 그것이 내가 세상에서 원하는 전부다."

나는 책을 덮고 햇빛을 응시했다. 방 안으로 들어온 햇빛은 침울한 위안이었다.

그날 오후, 나는 레아의 집 가까운 곳에서 그녀를 기다렸다. 벨을 눌러 그녀를 부르지는 않았지만 일부러 눈에 잘 띄는 곳, 불빛 아래에서 서성였다. 나는 가만히 있지 못하고 나뭇잎처럼 초조해 했다. 담배를 피울 때는 미국 인디언들이 신호음을 내듯 입을 오므리고 뻐끔댔다. 레아에게 나의 출현을 알리는 신호였다.

머잖아 우산을 받쳐 들고 걸어오는 긴 코트 차림의 레아가 눈에 들어왔다. 그녀가 천천히 가까워지며 커지다가 내 앞을 지나쳐 갔다. 그녀는 나를 외면하고 곧장 아파트 현관을 향했다.

나는 그녀에게 다가가 그녀의 우산 밑으로 파고들었다. 나 롤랑과 얘기했어.

잘했어요. 이제 떠날 수 있게 됐군요.

내가 떠나길 원해?

이봐요. 나는 바쌈이 한 짓을 용서할 수 없어요. 그리고 사실대로 말하자면, 난 무서워요. 롤랑이 처음에는 도우려고 하지 않았어요. 하지만 내가 간청했죠.

왜 나를 도우려는 거지?

조지 오빠를 위해서.

그녀가 현관문을 열었다. 나는 문이 닫히기 전에 문을 잡고 들어가도 되냐고 물었다.

그녀는 아무런 대답도 하지 않았고 나는 그녀의 뒤를 따랐다. 그녀는 엘리베이터에서 한마디도 하지 않고 자신의 구두만 내려다보았다. 빗방울이 송송 맺힌 그녀의 구두는 납작하고 둥글고 반짝이는 검은색이었고 굽이 낮았다. 나도 그녀의 구두를 내려다보며 복도를 걸었다. 나는 강아지처럼 그녀의 검은색 가죽 구두를 보며 걸었다. 주인의 손에 들린 손잡이에서 거미줄처럼 늘어나는 최신식 개 줄에 달린 파리 시내의 푸들처럼 나는 졸졸 따라갔다.

레아가 아파트 문을 열고 문 옆의 그릇에 집 열쇠를 놓았다. 그녀는 침실로 들어가 문을 닫았다. 그리고 잠시 후 다시 모습을 드러내더니 내게 배가 고프냐고 했다.

아니.

그 사람들과 연락은 취했어요?

응.

잘했어요. 그러니까 그렇게 하기로 결정한 거네요.

아니. 하지만 그들에게 전화는 했어.

여기에 있어봤자 바쌈에게 희망은 없어요. 여길 떠나야 해요.

나는 그녀의 손을 잡아서 내게 가까이 잡아끌었다. 그녀는 내 손을 뿌리치려고 했지만 나는 쥔 손을 더욱 꼭 잡았다. 그녀는 내게서 얼굴을 돌렸다. 그녀의 부드러운 머리카락이 얼굴을 가렸다. 나는 천천히 그녀의 머리카락을 쓸어 올리고 그녀의 얼굴을 감쌌다. 그녀는 움직이지 않고 주저하며 서 있었다. 나는 그녀의 뺨에 키스를 하고 목으로 입술을 옮겨갔다. 그리고 그녀의 입술을 찾았지만 그녀의 입술은 단단히 닫혀 있었다.

젖었어. 그녀가 말했다. 호텔로 돌아가서 옷이나 갈아입어요. 그녀가 나를 살짝 떠밀었다. 비자를 받으면 전화해요. 비행기 표를 사야 하니까.

나는 그녀의 아파트를 나섰다. 그리고 푸들이 적신 자국을 따라 걸었다. 내가 뒤돌아봤을 때 그녀는 약간 열린 문틈으로 내 뒤를 바라보고 있었다.

　다음 날 나는 몽파르나스 전철역 입구로 갔다. 어떤 40대의 여자
가 내 긴 소매를 잡아당기고 싱긋 웃고는 앞서 걷기 시작했다. 나
는 그녀의 뒤를 따라 벤치가 몇 개 있는 어떤 작은 공원으로 갔다.
그녀가 앉아 내 얼굴을 들여다보았다.
　여기는 언제 왔죠?
　몇 주 전에요.
　그녀가 고개를 끄덕였다. 어디서 왔죠?
　레바논이요.
　그곳 상황이 안 좋죠. 난 그녀의 억양이 어디 억양인지 알 수 없
었다. 왜 떠났어요?
　누군가 나를 달갑게 생각하지 않아서요.
　누구 말인가요?
　힘 있는 사람들이요.
　좀 더 분명하게 말해주겠어요?
　그 얘기를 꼭 해야 하나요? 나는 내가 저지르지도 않은 살인죄
를 뒤집어쓰고 고문을 당했습니다.
　재판을 받았나요?
　아뇨.
　누가 고문을 했죠?
　의용군요.
　왜요?

말했잖아요. 그들은 내가 도둑질을 하고 사람을 죽였다고 했어요.

살인 얘기만 했지 도둑질 얘기는 안 했잖아요.

음, 그것도 포함됐었습니다.

고문 얘기 좀 해봐요. 고문은 혼자 받았나요? 아니면 친구나 가족도 함께 고문을 받았어요?

혼자였습니다.

어떤 고문이었죠?

나는 여자에게 람보와 물고문 얘기를 했다. 욕조 물에 머리가 처박히고, 숨이 끊기기 일보직전에 들어 올려지는 물고문 얘기를. 그리고 수면 박탈, 자동차 고문, 기나긴 취조 등과 같은 얘기를 해줬다.

그들이 왜 그쪽을 찍었죠?

내가 대마초나 코카인을 했기 때문이었죠. 또 내 삼촌이 공산주의자라는 것을 그들의 지휘관이 알고 있었던 것도 무관하지 않았을 겁니다.

여자는 내게 많은 질문을 했다. 그녀는 내 이름과 나이, 베이루트를 떠난 날짜 등 나의 신상에 대한 자세한 질문을 했다.

우리가 이렇게 만나야 하는 이유는 첫째로는 내가 그쪽의 여권을 가져가야 하고, 둘째로는 이 일이 순전히 영리를 목적으로 하는 게 아니라는 것을 알려주기 위해서예요. 우리는 망명자들만을 위해서 이 일을 해요. 우리는 지하 인도주의 단체예요. 이해가 되죠?

네.

좋아요. 여권은 가져왔겠죠.

네.

좋아요.

저기 택시 보이죠?

흰색 소형차 말인가요?

그래요.

내가 가고 나면, 저 차를 타고 운전사에게 그쪽 숙소로 가자고 해요. 그리고 그에게 여권을 주고 내려요. 비자가 준비되는 대로 연락을 줄게요. 그리고 명심할 게 있어요. 저 운전사와 말을 하려고 하지 말 것과 다시는 우리에게 전화를 하지 말 것, 그리고 경찰과 마주치는 것을 피하고 사람들이 붐비는 공공장소를 피할 것, 등등이에요. 검거되는 일이 없도록 해요. 모든 것이 준비되면 우리가 연락을 할 거예요.

나는 택시를 탔다. 가는 길에 운전석 옆자리로 여권을 던졌다. 호텔에 도착해서 그냥 차에서 내리려고 하자 운전사가 내게 택시 요금을 내라고 했다.

그로부터 이틀이 지났다. 내가 레아를 보려고 하는 일은 없었다. 나는 책을 마저 읽고 그것을 가방에 집어넣었다. 총이 빠져서 허전한 가방에 중량감을 주고 싶었다.

밤하늘이 맑은 날이었다. 나는 총을 감추어둔 곳으로 갔다. 총이 수면으로 떠올라 물의 흐름을 거슬러 떠 있기를 바라는 마음이었다. 아니, 어쩌면 총은 죽어서 물속에 있는 프랑스 군인의 수중에 들어갔는지 모른다. 빠르고 정확한 성능의 반자동 총은 수면에 떠가는 배들을 이동 과녁으로 삼고 있는지도 모른다. 관광객이나 와인 애호가를 가장한 미국 첩자들이 타고 있는 배를 가라앉히기 위한 총구가 수면을 향하고 있는지도 모른다.

나는 잠시 서서 수면을 응시했다. 물방울이 올라오는지 지켜보았다. 강 위를 맴돌며 수면에 비친 자신들의 모습을 바라보는 자기도취적 날벌레들을 쫓아 튀어 오르는 물고기처럼 내 총이 솟아오르기를 기대하는 마음이었다. 하지만 물은 잔잔했다. 그때 강의 흐름 때문에 소리가 둔탁해진 총성이 들렸다. 나는 누군가 내 총을 싼 비닐을 벗겨낸 모양이라는 생각이 들었다. 나는 강기슭으로 조심스럽게 다가가 그 가장자리에서 앞으로 몸을 기울였다. 시시각각으로 모양이 바뀌는 궁전들과 내 자신의 그림자가 보였다. 내 눈이 영사기처럼 수면에 베이루트의 전투 장면을 투사했다. 거기에 어렸을 때의 내 모습이 보였다. 어린 나는 모래주머니 방호벽 뒤에서 AK47을 쏘고 있는 알우트와트의 등 뒤에서 부지런히 뛰어다니고 있었다. 영상 속에 내 작은 손이 확대되어 보였다. 그 손은 따뜻한 탄피를 쫓아 부지런히 움직였고 내 셔츠의 앞자락은 캥거루의 주머니처럼 불룩해졌다. 이어 집으로 깡충깡충 캥거루처럼 뛰어가는 내 얼굴이 클로즈업되었고 그 얼굴에는 환희가 있었다. 그 얼굴은 동네 아이들과 물물교환을 할 때까지 계속되었다.

다시 이틀이 더 지났다. 레아나 여권을 가져간 여자에게는 아무런 연락도 없었다. 나는 아침에 전철을 타고 에펠탑으로 갔다. 관광객들이 그 괴물덩어리 같은 철골 구조 밑에서 작은 개미떼처럼 몰려다녔다. 그들은 눈을 보호하듯 작은 플라스틱 카메라를 눈에 대고 위를 올려다보거나 미소 짓는 조각상처럼 포즈를 잡았다. 그들은 검지로 작은 버튼을 눌러 앞에서 미소 짓는 사람들에게서 빛을 빨아들였고, 지나가는 시간을 잠정적인 영상으로 기록했으며, 이것은 그들의 존재와 덧없는 인생에 대한 증빙 자료가 되었다.

나는 앉아서 어린애들이 흘린 달콤한 과자 부스러기를 쪼는 비둘기들을 지켜보았다. 관광객들이 버스에서 내리는 모습은 우주인들이 걷는 것 같았다. 그들의 가방은 달의 신비를 푸는 단서가 되는 지도와 가이드북으로 가득했다. 가이드북들은 좋은 레스토랑을 선택하는 것이 중요하다는 것을 말해주었고, 꼭 봐야 할 박물관으로 가는 길을 알려주었다. 박물관은 역사의 찌꺼기와 제국이 도적질한 장물을 관광객들이 구경하기에 알맞게 유리 동물원처럼 박스 안에 모셔놓았다. 아침 일찍부터 줄을 서는 관광객들은 간식 같은 프랑스 아침식사를 하면서 머릿속으로는 푸짐한 뷔페식당에서 줄을 서던 기억을 떠올렸다. 기다란 스테인리스 스틸 용기, 이것에 담긴 에그 스크램블, 살짝 익힌 계란 프라이, 심심한 감자 조각들, 네온 색의 잼, 쫄깃한 흰 식빵, 약한 커피를 생각하며 그들은 한숨을 쉬었다. 그들은 식당에서 흘러나오는 밴드 음악에 맞춰 커피를 홀짝였었다. 둥그런 유리창이 있고 안쪽으로 여닫히는 칸막이 문 너머에서 흘러나오는 흑인 요리사들의 흥얼거리는 소리가 라디오의 밴드 음악에 섞여 나오고, 미시시피 강의 관광객들을 먹일 밀가루와 옥수수, 기름진 베이컨을 실은 흔들거리는 유람선 식당에 대한 기억이 간식 같은 아침을 앞에 둔 미국인 관광객들의 눈앞에 어른거렸다.

그다음 날 아침 나는 침대에 계속 누워 있었다. 파리가 정지해 있었다. 파리는 움직이지도 자리를 바꾸지도 않았다. 나는 창밖의 전경이 바뀌기를 기다렸지만 아무것도 바뀌지 않았다.

일렬로 전장에서 돌아오는 군인들이 내게 함께 행진하자고 거리에서 소리쳤다. 결국 나는 자리에서 일어나 개선문으로 행진했다. 개선문 주변은 너그럽지 못한 자동차들로 붐볐으며 나는 그 넓은 길을 건너갔다. 개선문 밑을 통과하고 나서 나는 내 적들에게 승리를 선포했다. 그리고 나는 허기진 배를 채우기 위해 먹을 것을 찾아 시내를 싸돌아다녔다. 나는 카페를 한 군데 색출하여 자리를 잡고 앉아 바삐 지나가는 행인들을 하나하나 구경했다. 나는 웨이터가 권하는 것을 시켜 먹고 호텔로 돌아갔다.

프런트의 하킴이 내게 메시지를 전해주었다. 양복이 준비되었으니 다음 날 같은 시간, 같은 장소로 와서 가져가라는 것이었다.

그날 밤 나는 레아를 보고 싶은 마음이 간절했다. 그녀의 집 앞, 길 건너편에서 그녀의 침실을 올려다보았다. 불이 켜져 있었다. 그녀의 그림자가 창가에 비칠 때마다 나는 건물 뒤로 몸을 숨겨 내 윤곽을 지웠다.

나는 담배가 다 떨어질 때까지 그 방을 지켜보았다.

다음 날 아침 나는 비자를 줄 여자를 만났다. 우리는 전에 갔던 공원 벤치에 앉았다.

비자가 됐어요. 자, 이제 이렇게 해요. 비행기를 타면 몬트리올에 내리기 전에 화장실로 가요. 거기서 여권을 찢어 휴지통에 버려요. 흔적을 남기지 말아요. 그런 다음 비행기에서 내리면 출입국 관리에게 망명 요청을 해요. 틀림없이 여권을 찢어버려야 한다는 것, 잊지 말아요. 그 외에 다른 신분증은 있어요?

네. 레바논 출생증명서가 있는데요.

그건 간직하도록 해요. 자, 오늘 밤, 이 주소로 가요. 레스토랑인데, 누가 그쪽에게 접근해서 여권을 줄 거예요. 저녁 8시경에 그곳에 가 있도록 해요. 행운을 빌어요.

나는 여자가 가는 것을 물끄러미 바라보았다. 그녀의 서두르는 모습이 행인들의 코트와 가방 속으로 녹아들었고, 그것이 내가 본 그녀의 마지막 모습이었다.

그날 저녁, 나는 레스토랑에서 맥주와 담배를 벗 삼아 파리 사람들이 하듯이 밤을 관조했다.

작은 원탁들이 서로 다닥다닥 붙어 있는 레스토랑이었고 사람들은 서로의 담배연기를 마셨다. 그렇게 가까이 놓인 원탁들은 부분적으로 겹치며 서로 맞닿았다. 그 대열의 연속은 간혹 원탁 사이를 지나가야 하는 웨이터들에 의해 끊기기도 했다. 나는 기다리고 또 기다렸다. 한 시간이 넘자 나는 좀 불안해졌다. 아무도 내게 다가오는 사람이 없었다. 나도 웨이터 말고는 아무에게도 말을 걸지 않았다. 이윽고 웨이터가 계산서를 가져와 놓으며 내게 몸을 굽혀 말했다. 그거 손님 주머니에 넣어놓았습니다.

밖으로 나와 주머니를 뒤져보니 과연 주머니에 여권이 들어 있었다.

이제 비행기를 탈 수 있구나, 하는 생각이 들었다. 그 길로 나는 파리의 상공을 날아올랐다. 시민들이 쓰고 있는 모자들이 움직이는 과녁처럼 까딱거렸고, 개들은 서로의 젖은 꽁무니에 코를 들이댔고, 헤드라이트들은 순환도로를 돌며 개처럼 서로의 꽁무니를 쫓았다. 비행기가 높이 오를수록 사람들은 점점 더 작아지다가 미미해지다가 결국은 무의미한 존재가 되었다. 원형으로 늘어선 거리와 건물들은 마치 사색에 잠겨 담배연기를 뿜어대는 예술가들이 둘러앉은 원탁 같았다. 그들의 담배연기는 파리에 퍼지는 안개에 보태졌고, 안개는 예술가들의 머리 위를 날아오르는 사람들에게서, 또 코를 킁킁거리는 개들에게서, 그들의 깊은 사고를 가려주었다.

나는 비행기에서 내려 호텔 프런트의 세네갈 직원 앞을 지나며 그에게 아는 척하는 걸 깜빡했다. 나는 곧장 내 방으로 올라가 여권을 펴보았다. 캐나다 비자가 찍혀 있었다.

20

다음 날 아침, 나는 일찍 일어나 레아의 집으로 달려가 벨을 눌렀다. 그녀의 졸린 음성이 인터컴을 타고 흘러나왔다.

비자를 받았어.

커피 한잔할래요?

응.

자동문이 전자음을 내며 열렸다. 레아는 흐느적거리며 부엌을 왔다 갔다 하고 있었다. 그녀의 흰색 잠옷은 얇고 투명했다. 내 시선이 그녀의 짧은 가운을 꿰뚫고 있음을 의식했는지 그녀가 뒤를 돌아다보았다. 그리고 잠자코 침실로 들어가더니 옷을 갈아입고 나왔다. 그녀가 나를 마주보고 앉아 말했다. 뭐 하며 지냈어요?

독서도 하고 산책도 하고.

그녀가 고개를 끄덕였다. 뭘 읽고 있어요?

알제리에서 누가 어떤 아랍인을 죽이는 얘기.

『이방인』?

응, 맞아.

그녀가 싱긋 웃었다. 우리 발코니에 나가 앉아요. 비행기 표를 받으려면 며칠 있어야 할 거예요. 오늘 여행사에 있는 모니크에게 알아볼게요. 그때까지 말썽피우지 않고 얌전히 있을 거죠? 난 누가 내 주변을 맴도는 거 별로 달갑지 않아.

담배가 없네.

나, 레아와 자고 싶어.

글쎄요. 어쩌면 떠나기 전에. 오늘은 안 돼. 내일도 안 되고. 떠나기 전날 밤에……. 오늘 밤 내 친구네 집에서 파티가 있어요. 말썽부리지 않겠다면, 그리고 원하는 게 있으면 정중하게 청하겠다는 약속을 하면 같이 가요.

그날 저녁, 나는 다시 레아의 집에 갔다. 거기서 우리는 함께 택시를 타고 파티에 갔다. 몇 안 되는 빨간색 조명등이 있고 솜털 같은 보라색 소파가 있는 실내였다. 현관에 들어서자 환락에 신물이 나 보이는 사람들이 빽빽하게 서 있었다. 그들은 모두 실내의 화초처럼 고정된 자세로 서서 새로 도착하는 사람들은 거들떠보지도 않았다. 머리카락이 가지각색인 사람들, 꼭 끼는 가죽 바지를 입은 사람들이 한쪽에서 문워크를 해보이며 춤을 추고 있었다. 레아가 어디론가 사라졌다. 나는 손에 맥주 한 병을 들고 벽에 기대어 섰다. 나는 여자들의 지갑, 맵시 있는 하이힐, 검은색 레이스스타킹, 화려한 헤어스타일을 구경했다.

얼마 후에 어떤 남자와 얘기를 하고 있는 레아의 모습이 눈에 띄었다. 그들은 곧 계단을 올라갔다. 레아가 앞장서고 남자는 큰 음악 소리에 맞춰 몸을 흔들며 그 뒤를 따랐다.

머리 스타일이 요란하고 입술에 검은색 립스틱을 바른 사내가 내게 다가왔다. 이봐요, 거기 레아와 같이 왔죠?

네.

난 레아의 미용사예요.

그럼 레아 엄마의 미용사이기도 하겠죠?

맞아요. 그녀도 알죠. 그가 가냘프고 나긋나긋한 몸을 앞뒤로 흔들며 웃었다.

위에는 뭐가 있어요?

아, 이 파티장은 구름 타는 데예요. 기분 좋게 위로, 위로. 그가 말하며 천장을 쳐다보았다.

나는 맥주를 다 마시고 안쪽으로 더 깊숙이 들어갔다. 그곳 사람들은 모두 냉랭하고 잘난 체했다. 일종의 현대판 가짜 귀족의 가면들을 쓰고 있었다. 내게 총이 있다면 나는 그들이 사는 궁전의 계단에서 그들을 쏘아 죽일 것이다. 나는 씁쓸한 심정으로 상념에 잠겼다.

30분 정도 지나자 나는 그 총체적인 냉담함과 열의 없는 대화와 석고상 같은 자세들이 지겨워졌다. 나는 그 미용사를 붙들고 말했다. 이봐요, 가서 레아에게 나는 이만 가겠다고 전해줄래요?

그 심부름을 해주면 내게 뭘 해줄 건데요? 그가 미소를 지으며 양손을 히프에 갖다 댔다.

아무것도, 전혀 아무것도 해줄 게 없어요. 그저 내 부탁만 들어줘요. 단, 혁명이 일어나면 그쪽의 머리만은 내 자르지 않도록 하지.

자기 불어 억양과, 커다란 눈, 그리고 그 긴 속눈썹을 봐서 내 그 심부름 해줄게요. 그렇게 미용사는 말하고 사뿐하게 돌아 라마승처럼 우아하게 계단을 올랐다.

레아를 찾지 못했어요. 그가 돌아와서 말했다. 지니가 그러는데 레아는 이미 가버린 것 같다는데.

나는 밖으로 나갔다. 레아는 밖에 있었다. 그녀는 안에서 같이 있던 사내와 얘기를 하고 있었다. 그들 사이에 긴장감이 있었다. 레아는 흥분하고 있는 듯했다. 사내는 화가 나 보였다. 나는 멀찌 감치 떨어져 기다리며 그들을 지켜보았다. 사내가 갑자기 레아의 팔을 잡고 그녀를 차로 잡아끌었다.

내가 달려가 그를 밀쳐냈다.

레아가 울기 시작했다. 사내가 주머니에서 칼을 꺼내어 내게 휘둘렀다. 레아가 그에게 달려들어 간청했다. 안 돼, 모세. 멈춰! 내 친구라고.

저리 가, 바쌈! 그녀가 내게 소리쳤다. 왜 내 뒤를 쫓는 거야?

나는 가만히 서 있었다.

레아는 사내의 팔을 잡고 있었다. 들어가라고! 그녀가 내게 비명을 질렀다. 그리고 차 문을 열고 사내에게 말했다. 좋아, 자. 내가 같이 갈게.

사내가 그녀를 차 안으로 밀어 넣고 운전석 쪽으로 걸어갔다. 너

다음에 보자. 그가 손가락으로 나를 가리키며 말했다. 그리고 그들은 가버렸다.

　나는 그 차의 번호를 기억하고 파티장으로 되돌아갔다. 나는 시종 그 번호를 주문처럼 외웠다. 나는 그 미용사를 찾아 그의 핸드백을 채가듯 집어 그 안에서 화장용 연필을 꺼내어 그 번호를 벽에 적었다. 그런 다음 그에게 어디서 종이 좀 얻을 수 있냐고 물었다. 그가 사라지더니 빈 담뱃갑을 가지고 돌아왔다. 나는 그것을 찢어 번호를 옮겨 적었다.

　파티장을 나갈 때 미용사가 자기의 전화번호도 적어가지 않겠냐고 했다.

　자기 너무 사내다워! 그가 내게 소리쳤다. 그 말이 나선형 계단 아래까지 메아리쳤다.

　숙소로 돌아가는 길에 롤랑에게 전화를 해야겠다는 생각이 들었다. 그러면 레아를 도울 수 있을 것 같았다. 나는 호텔에 도착하자마자 그에게 전화를 해서 잠자는 그를 깨워 그 얘기를 했다.

　참견하지 않는 게 좋네. 이 말과 함께 롤랑은 일방적으로 전화를 끊었다.

　나는 다음 날 정오까지 침대에 누워 있었다. 아침에 레아에게 전화를 했지만 아무도 전화를 받지 않았었다.

　오후 시간이 되자 나는 더 이상 기다리다 못해 프런트로 내려갔다. 하킴, 우린 이제 친구죠?

　하킴이 웃고 나서 말했다. 뭐가 필요해서 그래요?

간단한 질문이 하나 있는데. 혹시 자동차 번호만으로 차 주인의 주소와 이름을 알 수 있을까요?

번호 줘봐요. 돈이 들지도 모르는데.

얼마나요?

나중에. 그가 말했다. 내 동족을 위한 일이니 할 수 있는 데까지 해보도록 하죠.

다시 레아에게 전화를 하자 이번에는 그녀가 전화를 받았다.

내가 지금 갈게.

아니! 그녀가 소리쳤다.

내가 지금 간다니까.

아니, 문을 안 열어줄 거야.

나는 가서 인터컴의 버저를 눌렀다. 그녀가 응답했다. 꺼져!

나는 버저에서 손가락을 떼지 않았다.

그때 두꺼운 현관문 유리 너머로 한 할머니가 소시지 같은 작은 개 두 마리를 데리고 엘리베이터에서 내리는 것이 보였다. 나는 현관문에 가까이 서서 할머니가 문을 열 때 최대한 정중하게 말했다. 제가 문을 열어드리죠, 마담.

나는 할머니가 나갈 때까지 문을 잡아준 다음 안으로 들어갔다.

나는 엘리베이터를 타고 올라간 다음 레아의 아파트까지 뛰어가 문을 두드렸다.

그녀가 문을 열다가 그게 난 줄 알고 문을 도로 닫으려 했다. 나는 한쪽 발을 들이밀고 문을 열어 젖혔다.

나가! 그녀가 소리치며 부엌으로 뛰어갔다. 나가, 나가!

그녀의 한쪽 눈에 멍이 들어 있었다. 머리카락은 엉망이었고 피곤한 기색이 역력했다.

어젯밤 그자는 누구야?

나가. 그녀는 부엌 찬장의 서랍을 열고 미친 듯이 달그락거리더니 칼을 하나 꺼내 들고 내 앞에 휘둘러댔다. 나를 따라오지도 말고 내 인생에 참견하지 말라고 했잖아.

내가 다가가자 그녀가 천천히 뒤로 물러섰다. 나는 그녀의 손목을 잡아 칼을 뺏고 그녀를 거실로 끌고 가서 소파에 쓰러뜨렸다. 조지도 내가 레아를 보호해주기를 원할 거야. 그러니까 내가 여기 있는 이상은 그렇게 할 거야.

조지! 그녀가 비명을 질렀다. 조지 오빠는 자기에게 이렇게 동생이 있다는 것도 모르잖아. 난 자유로운 사람이에요, 알겠어요? 내 인생에 참견하지 말란 말이야! 경찰에 신고할 거야. 그래서 거길 조지에게 돌려보내든지 원래 살던 데로 돌려보낼 거야! 그녀는 내 앞에 대고 손을 흔들었다. 그리고 숨을 크게 들이쉬고는 손을 내렸다. 그녀의 목소리가 누그러졌다. 아, 제발, 가요. 가라구요. 바쌈은 나를 곤란하게 만들고 있어요. 그녀가 나를 살짝 떠밀었다.

그자가 누구냐니까? 그자의 성이 뭐야?

꺼지라니까!

아무도 조지의 여동생을 때리지 못한다. 아무도 우리에게 칼을 들이대지 못한다. 내 그 모세라는 놈을 찾아낼 거야. 나는 힘주어 말하고 밖으로 나갔다.

그래, 가! 그녀가 따라 나오며 말했다. 그리고 이거 가져가. 레아가 내 등에다 봉투 하나를 던졌다. 가서 네 일이나 걱정해. 거머리 같은 자식!

나는 봉투를 집어 들고 계단을 뛰어 내려갔다. 봉투에는 캐나다행 비행기 표가 들어 있었다. 출국일은 6일 후였다.

나는 천천히 호텔로 걸어갔다. 그리고 내 방에 들어가서 동료 장군들에게 말했다. 간밤의 그자를 찾아야 한다. 계획을 말해보라.

나는 프런트에 장교 한 명을 보내 자동차 번호에 대한 정보는 입수했는지 알아보도록 했다. 장교는 부정적인 대답을 가지고 왔다. 나는 보좌관들과 함께 방을 서성이며 파이프 담배를 피웠다. 몇 명은 탁자 위에 군홧발을 올려놓고 앉아 있었다. 작전 상황실은 담배연기로 자욱했다. 책상에는 산천 지형지물이 자세히 그려진 지도가 있었다.

장군께서 새로운 대륙으로 원정을 떠나기 전에, 우리는 곧 공격을 감행해야 하오. 축 늘어진 흰 수염의 장군이 말했다.

내가 동감을 표했다. 우리는 회의를 파하고 각자의 위치로 돌아가 적군의 행방을 알아낼 때까지 대기하기로 했다.

나는 이틀 동안 계속 보좌관을 프런트에 보내 번호에 대한 정보를 캤지만 결과는 매한가지였다. 프런트의 그자는 계속 힘쓰고 있었다. 사흘째 되던 날, 마침내 말을 탄 전령이 숨을 거칠게 몰아쉬며 야전 작전 사령부로 뛰어 들어왔다. 정보가 입수됐소.

그 편지에 차주의 정보가 적혀 있었다. 마니 상사, 쥘 파브르,

코뮌 가 52번지.

나는 혁명군들을 소집해서 공격 계획을 세웠다.

나는 편지에 적힌 주소로 가서 주변 정황을 살폈다. 마침내 그자가 그날 밤과 똑같은 차를 타고 나타났다. 그는 차를 주차하고 건물 안으로 들어갔다. 나는 잠시 뜸을 들인 다음 그 건물 안으로 들어갔다. 그의 가죽점퍼가 나선형 계단을 통해 위로 올라가는 것을 지켜봤다.

나는 숙소로 돌아가 동료들과 작전 모의를 했다. 우리는 공격 준비를 하며 밤이 새도록 한숨도 자지 않았다. 다음 날 오후, 나는 호텔 지하실로 내려가 쓰레기통을 뒤졌다. 지하실을 샅샅이 뒤지다가 마침내 낡은 의자와 부서진 책상들이 쌓여 있는 곳에서 쇠파이프를 발견했다.

나는 쇠파이프를 소매 안에 숨겨가지고 방으로 돌아왔다.

나는 보좌관을 불러 병기가 확보되었음을 알렸다.

보좌관이 군마를 준비했다. 우리는 그날 저녁 적진으로 말을 몰았다. 적의 차는 길 한쪽에 주차되어 있었다. 나는 차를 흔들어 경보장치가 울리도록 했다. 그런 다음 모자를 깊이 눌러쓰고 건물의 층계참에 몸을 숨기고 그의 아파트 문이 열리기를 기다렸다.

어스레한 달빛에 계단을 뛰어 내려오는 그자의 실루엣이 보였다. 눈이 가릴 정도로 모자를 깊이 눌러쓴 나는 그와 정면으로 마주했을 때 목소리를 낮춰 안녕하세요? 라는 말을 우물거렸다. 그리고 그가 내 곁을 스쳐 지나가자마자 나는 돌아서서 그의 뒤통수를 후려쳤다. 그리고 그가 정신을 차릴 틈도 없이 달려 내려가 쇠 파이프가 휘파람을 불게 했다. 나는 그자의 주머니를 뒤져 지갑을 꺼낸 다음 바닥에 떨어진 차 열쇠를 집었다. 그리고 계단을 뛰어 내려가 내 말에 올랐다. 자동차의 슬픔과 고통의 애가가 파리의 자갈길을 질주하는 내 등 뒤로 멀어져갔다.

그날 밤 나는 여러 가지 악몽을 꾸었다. 내가 큰 바다에 빠져 죽는 꿈을 꾸었는데, 바다는 욕조만큼의 크기와 모양으로 줄어들었다. 또 롤랑이 내게 와인을 따라주는가 싶더니, 그가 무언가 끓고 있는 난로에서 돌아서는데 보니 그것은 람보의 얼굴이었고, 애야, 내 너를 집으로 보내주마, 하고 내게 말했다. 그러자 내가 계단을 뛰어 내려가는데 조지가 웃으면서 손에 총을 들고 내 앞에 나타났다. 조지가 계단의 벽에 기대어 총의 회전 탄창을 돌렸다.

잠에서 깨어보니 내가 식은땀을 흘리고 있었다. 잠에서 깨어나 몇 분이 경과해서야 나는 내가 파리에 있다는 것을 깨달았다. 나는 방문으로 달려가 문이 잠겨 있는지 확인했다. 나는 욕조가 있는 화장실 문도 잠갔다. 그리고 창가에 앉아 어둠을 응시하며 내가 있는 곳이 변함없는 그 파리인지 확인했다.

하지만 환각은 여전히 느닷없이 재현되었고 나는 잠을 잘 수가 없었다. 조지 생각이 났다. 람보가 언제라도 방문을 열고 들어와 같이 가자고 할 것 같았다. 나는 이미 이 세상에 없는 그 짐승 같은 놈의 유령을 두려워하는 나 자신을 겁쟁이라고 하기도 하고 달리 불러보기도 했다. 죽은 자는 돌아오지 않는다. 나는 이 말을 반복해서 읊었다.

내게 총을 버리라고 한 롤랑을 저주했다. 나는 모든 것을 총이 없는 탓으로 돌렸다. 베개 밑에 총을 두고 잘 때는 그런 꿈을 꾸지 않았었는데, 라는 생각이 머릿속을 맴돌았다

나는 방 안을 서성였다. 줄담배를 피웠다. 지하 감옥의 고문실에서 내가 가장 간절하게 원했던 것은 담배였다.

람보가 내 목을 잡고 콧구멍에 찬물을 처넣었을 때 수중 끽연을 생각했던 일이 기억났다. 이웃의 물통에서 물을 몰래 떠오며 담배를 피우던 엄마 생각이 났다. 나는 어렸을 때 파이프를 밟고 물탱크에 올라간 엄마의 상반신이 탱크 안으로 사라지는 것을 목격하곤 했다. 다시 모습을 드러내는 엄마의 상반신에 들린 양동이에는 물이 한가득이었고 입에 물고 있던 담배는 그대로 타들어가고 있었다. 나는 상반신을 꺾는 엄마를 자세히 관찰했었다. 엄마의 발끝은 발레리나처럼 펴졌고, 엄마가 물을 뜨는 동안 내 머리 위로 엄마의 종아리가 드러났다. 상반신이 물통 안으로 꺾여 들어간 엄마는 자신의 희생적인 삶과 그 쓸모없는 인간인 도박꾼 남편과 결혼한 날을 뱃사람 같은 거친 입으로 욕했다.

그리고 몇 년 후에는 내가 엄마의 신세가 되어 람보의 감시를 받으며 욕조에 상반신을 꺾어 넣었다. 내 상반신이 물속에 잠겼을 때, 나는 엄마의 입에 물려 꺼지지 않은 담배를 생각했다. 타들어가기를 멈추지 않았고 또 절대로 꺼지는 법이 없었던 그 불사조표 담배를 생각했다. 람보가 내게 임박한 죽음을 속삭였을 때 나는 부모님이 안 계시다는 사실을 상기하고 마음이 놓였었다. 내 죽음

은 다른 모든 죽음처럼 그야말로 죽음 그 자체, 끝이었어야 했다. 기억도, 사진도, 할 이야기도, 엄마의 눈물도 없는 그런 끝의 끝인 죽음이었어야 했다. 죽음은, 그 순간에 이르게 한 모든 것을 종료시키는 것이어야 한다. 다른 모든 것은 인간의 허영과 꾸밈에 지나지 않는 군더더기일 뿐이다.

다음 날 아침, 지나가는 차들이 모두 경적을 울렸다. 어떤 축구 팀의 깃발이 바람을 갈랐고 차들 위에 우뚝 꽂혀 파르르 떨며 휘날렸다. 사람들이 거리에서 춤을 추었고, 술을 마셨고, 크게 노래를 불렀다. 창문을 열자 그 소리들이 한꺼번에 밀려 들어왔다. 창문을 도로 닫자 소리들은 객실 메이드가 침대에 펼친 홑이불처럼 가라앉았다. 그것은 밝은 햇빛이 비치는 수면을 스치는 메추라기의 활공처럼 우아하게 천천히 가라앉았다.

내 눈은 화장실로 들어가는 객실 메이드를 따랐다. 그녀는 화장실의 타월을 바구니에 담는 등, 내 시선을 무시하며 일했다. 그녀는 아마 내 탐욕스런 눈이 그녀의 짧은 치마에 머무르는 것을, 그리고 그녀의 흰 앞치마 끈을 푸는 것을 느꼈을 것이다. 그녀가 컵을 새것으로 바꾸어놓을 때마다, 휴지를 주울 때마다, 몸을 굽히고 청소를 할 때마다, 베개를 정돈할 때마다, 침대 커버를 펼 때마다, 나는 그녀에게 고맙다는 말을 했다. 내가 담배를 권하자 그녀는 웃으며 담배는 안 피운다고 했다. 그녀가 재떨이를 비웠다. 나는 그녀의 이름이 무엇이며 고향은 어디인지 물었다. 내가 그녀의 손을 잡고 외쳤다. 포르투갈에서 온 린다, 나는 매일 밤 당신이 내

방에 올 것을 기다리겠소! 당신의 젖가슴을 어루만지고 당신의 몸 위에 부드럽게 엎드리겠소! 그녀는 손을 잡아 빼고 방에서 서둘러 나갔다. 그녀는 청소 도구 수레를 밀고 급히 달려가 화물 엘리베이터에 올랐다. 내가 따라와서 그녀의 허리를 끌어안고 돈을 주겠다고 하며 귓가에 숨을 몰아쉬면서 엘리베이터의 정지 버튼을 누르고 흰 앞치마를 끄를까 걱정하며 그녀는 엘리베이터 문이 닫힐 때까지 고개를 내밀고 나를 경계했다.

그런 일이 있고 나서는 초로의 사내가 내 방을 청소했다. 그는 똑같은 청소 도구 수레를 밀고 들어와 나를 쓱 쳐다보았다. 난 너를 안다. 네놈이 어떤 부류의 인간인지 잘 안다. 열심히 일하는 가정부나 미혼모, 불법 노동자, 말없는 청소부나 건드리는 그런 부류의 인간이라는 것을 안다, 라고 말하는 듯한 눈이었다. 그는 한마디 인사말도 없이 경멸하는 태도로 나를 대했다. 그는 부드러운 침대보를 자폭전투기처럼, 추락하는 비행기처럼 흔들어 깔면서 린다의 일손이 주는 안락한 착륙의 환상을 깨버렸다.

린다는 어디 있죠?

그는 거친 포르투갈 악센트가 섞인 불어로 적개심을 표했다. 내 조카딸에게 가까이 가기만 해봐! 그가 바닥에 침을 뱉고 나가며 문을 쾅 닫았다.

레아가 그날 나를 불렀다. 이리 좀 와요. 중요한 일이에요.

나는 그녀에게 갔다. 그녀는 문을 열어주었지만 나를 쳐다보지도 않았을뿐더러 한마디도 하지 않았다. 나는 창가에 앉았다. 그

너는 내게서 가장 멀리 떨어진 곳을 골라 앉았다.

레바논의 프랑스 대사관에서 연락이 왔어요. 조지 오빠에게 여권을 만들어주려고 했지만 오빠의 행방을 찾을 수가 없대. 대사관에서 오빠네 집으로 사람을 보내서 알아보기도 했어요. 군부대에까지 알아봤다고 하고. 백방으로 수소문해봤지만 아무도 오빠의 행방을 모른대요. 병원과 시체 보관소에도 알아봤지만 허탕이었어요. 바쌈은 뭔가 알고 있죠? 그래, 맞아. 바쌈은 뭔가 알고 있어. 뭔가 알고 있으면서도 말하지 않는 것 같아. 무슨 일이 있었던 거죠? 난 이제 그 침묵이 지긋지긋해. 내 눈 좀 봐! 지금 내 눈을 쳐다보지도 않잖아. 아무래도 괜찮다는 거죠? 그렇군. 말 좀 해봐요, 말 좀!

나는 일어나 가려고 했다. 그녀가 소리를 질렀다. 제발, 제발 좀 말해줘요.

나는 아무 말도 하지 않고 집을 나섰다.

바쌈! 말해, 바쌈! 야! 무슨 말이든 좀 해보란 말이야. 그녀가 내 등 뒤에 대고 소리를 질렀다.

나는 강가로 갔다. 벤치에 앉아 흐르는 강물과 다가오는 구름을 바라다보았다. 그리곤 마음의 결정을 내리고 레아의 집으로 돌아갔다.

벨을 눌렀지만 아무런 응답이 없었다. 길 건너편으로 가서 크게 그녀를 불렀지만 여전히 아무런 응답이 없었다. 나는 기다렸다. 1만 대의 차가 지나갔다. 차들이 내뿜는 매연을 마시며 지키고 서 있는데 그중 한 대가 멈추어 섰다. 차 안에 롤랑이 보였다. 그 옆에는 내가 파이프로 두드려준 자가 있었다. 나는 뒷걸음질 쳐서 담벼락을 돌아 숨어서 계속 그들을 주시했다. 롤랑이 차에서 내렸다. 그가 차창으로 몸을 구부리더니 두 사람이 뭔가 몇 마디를 주고받았다. 차 안의 그자가 고용인처럼 고개를 끄덕였다. 롤랑이 돌아서 현관으로 가 벨을 눌렀다.

나는 밤이 오기를 기다리는 배고픈 사자의 조바심으로 파리의 길거리에서 서성였다. 비가 왔다. 그렇지만 나는 계속 기다리며 희미해져가는 빛, 지구의 반대편으로 사라져가는 마지막 빛줄기까지 놓치지 않고 지켜보았다. 강 밑에서 밤이 솟아올랐을 때 나는 내가 총을 감추어둔 다리 밑으로 갔다. 작은 모닥불이 깜박이고 있었고 늙은이 둘이 그것을 사이에 두고 앉아 있었다. 그들은 이빨 없는 입술 사이로 그들의 비참한 손에 들린 와인 병을 기울였다. 나는 곧장 내가 묶어둔 줄이 있는 곳으로 갔다. 끈을 당겼지만 무언가 총을 잡고 있는 듯 꿈쩍도 하지 않았다. 나는 총을 잡고 있는 악귀 1만 대군과 접전을 벌였다. 파도의 규칙적인 움직임처럼 셋을 센 뒤 그들도 똑같이 나와 줄다리기를 했다. 줄을 팔뚝에 휘어감아 쥐고 온 힘을 다해서 잡아당겼다. 하지만 털이 수북한 곱사등의 악귀들, 깃털 없는 날개가 달린 악귀들, 탁하고 기백 없는 목소리로 악의에 찬 노래를 부르는 악귀들은 나를 조롱했다. 놈들은 내가 강기슭의 바위와 다리의 철골에 몸을 의지하고 자세를 바꿔가며 강물 위에서 맴도는 것을 보고 즐거워했다.

나는 물속으로 들어갔다. 노인들의 모닥불 빛이 어른거리는 물속에 발을 디디며 강물 속으로 걸어 들어가 모래와 사악한 쓰레기에 묻힌 줄을 당겼다. 나는 강둑 밑 1만 종의 생물들을 향해 돌진했다. 물에 잠긴 내 발이 크게 보였다. 그러자 나는 지옥을 향해 돌진하는 용맹한 거인 전사처럼 느껴졌다. 나는 금속 십자가처럼 짤랑거리는 깡통들의 무게에서 줄을 해방시켜 천천히 악귀들을 쫓아냈다. 나는 물속으로 잠수했다. 뒤에서 지켜보던 노인들이 내가 물에 빠지는 것을 보고 소리치며 나오라고 했다. 노인들은 내게 생각을 바꾸라고 했다. 강물과 사악한 사이렌의 소리에 귀를 기울이지 말라고 했다.

나는 맨손으로 강바닥의 흙에 손을 넣었다. 비닐로 싸인 총의 묵직한 무게가 느껴졌다. 나는 총을 겨드랑이에 끼고 반들반들한 돌투성이의 기슭으로 서둘러 걸어 나왔다. 그리고 날카로운 모서리에 줄을 문질러 끊고 총을 꺼냈다.

나는 총을 손에 들고 젖은 거리를 걸어 도시의 성문 안으로 들어갔다.

21

발밑에도 물, 몸속에도 물, 머리 위 구름에서도 물이 흐르고 있었다.

나는 총을 재킷 안에 감추고 호텔로 돌아갔다. 프런트에서 내 젖은 몸에 대해 무어라 미처 말하기도 전에 나는 계단을 올라 내 방으로 갔다. 나는 문 앞에 의자를 기대어 문단속을 한 다음 죽은 자의 옷을 벗고 물이 뚝뚝 떨어지는 그것을 의자에 걸었다. 나는 따뜻한 물에 샤워를 하고 내 옷을 입었다. 그리고 소지품과 화장실의 비누를 가방에 챙겨가지고 지하실로 내려가 주방의 뒷문을 통해 좁은 뒷골목으로 나갔다.

비는 그쳤다.

나는 밤늦도록 정처 없이 전철을 탔다. 전철의 문이 여닫히며 인간들을 삼키고, 그들을 운반하는 것을 구경하며 다녔다. 나는 전철

한구석에 자리 잡았다. 조지가 늘 그랬었다. 벽에 등을 대고 앉아서는 언제나 총을 쏠 준비를 하고 있어. 그가 그렇게 말하곤 했다.

자정이 지나자 전철 운행이 중단되었고 나는 어디인지도 모르고 내렸다. 역 안에서 밤을 새울까 했지만 순찰 도는 경찰을 생각하지 않을 수 없었다. 그래서 나는 무조건 걸었다. 피곤할 때는 뒷골목 레스토랑 계단에 앉아 쉬었고, 담배를 피우며 벽을 타고 똑똑 듣는 빗방울, 그리고 가로등을 휘감으며 내리는 빗방울의 수를 세었다.

아침이 밝았을 때 나는 호텔에 전화를 했다. 린다에게 팁을 주기로 마음먹었다. 나의 집어삼킬 듯한 탐욕스런 시선과 그녀의 일거수일투족을 지켜본 것에 대해 사과도 하고 싶었다. 오늘 린다가 일하는 날입니까?

린다요?

네. 객실 메이드 린다요.

상대방이 잠시 말이 없더니 대답했다. 아뇨. 오늘은 린다의 숙부가 일합니다.

그는 언제 퇴근하죠?

12시요.

12시에 나는 호텔 밖에서 기다렸다.

린다의 숙부가 나오자 나는 그 뒤를 따라갔다. 그는 겨드랑이에 어떤 봉지를 끼고 벽 쪽에 붙어서 머리를 푹 숙이고 자갈길의 자갈 수를 세며 걸었다.

나는 뒤따라가다가 그를 불렀다. 아저씨! 아저씨!

그가 뒤돌아서서 멈췄다. 그는 나를 얼른 알아보지 못했다.

아저씨, 저 201호에 묵고 있는 사람입니다.

그는 돌아서 다시 걷기 시작했다. 나는 개처럼 후다닥 달려서 그의 옆에 따라붙은 다음 머리를 기울여 그의 눈을 살폈다.

아저씨, 저 하고 싶은 얘기가 있습니다.

그는 아무 말이 없었다.

아저씨, 제가 린다에게 한 말을 후회한다는 말을 하고 싶을 뿐입니다.

그가 다시 멈춰 서더니 내 눈을 똑바로 보며 말했다. 너 같은 인간들은 가난한 여공들을 이용해 먹을 수 있다고 생각하지.

아닙니다, 아저씨. 전 여공들을 존중합니다.

존중이라. 그가 잠시 입을 다물더니 말을 계속했다. 그 아이는 무서워했다. 그 아이는 늘 너 같은 작자들을 대해야 하지. 네가 그런 그 전날 밤에 어떤 늙은이가 자기 물건을 가지고 장난치고 있었다. 그 아이가 문을 두드려도 아무런 대답도 하지 않았지. 그러면 그 아이가 그냥 들어올 것을 알고 있었던 거야. 내 조카딸은 착한 아이다. 그런데 너 같은 인간들이……. 그리고 그는 내가 알아듣지 못하는 포르투갈어로 무언가 더 말하고 다시 걷기 시작했다.

아저씨. 린다를 훌륭한 여자로서 존중한다는 제 말을 린다에게 전해주십시오. 내가 미안하다고 하더라고. 그리고 린다는 아름다운 여자라고도 전해주세요.

천만에.

아저씨, 제발. 나는 그의 옆에서 총총걸음으로 걸었다.

이봐. 너라는 애송이는 이 나라에 와서 그렇게 빈둥거리며 살고 있지만, 나는 린다의 아버지가 죽자 린다를 데리고 포르투갈을 떠나 이리로 왔다. 내가 꼭 네 나이였었지. 나는 일해서 조카딸을 키웠고 그 아이는 착하게 컸다. 넌 그 아이의 머리카락을 만질 자격도 없어! 그는 그의 가슴팍 앞으로 두 손을 휘저었다.

그렇지 않아요, 아저씨. 난 자격이 있어요. 있다구요.

아니, 넌 기껏해야 말썽꾼이다.

왜 그런 말을 하시죠?

어제 경찰이 와서 네 방을 뒤졌다.

경찰이요?

그래, 경찰 두 명이.

틀림없이 경찰이었나요?

이제 너 갈 길이나 가라, 나는 그만 쫓아오고.

혹시 두 사람 중 한 사람이 얼굴에 반창고를 붙이고 있었나요?

가라니까.

머리에 붕대를 감고 있었던가요? 아저씨, 제발 말해주세요.

그래! 이제 그만 가보라니까.

아저씨, 고맙습니다. 린다에게 말해주세요. 침대를 정돈하는 그녀의 모습과 둥글고 아름다운 눈을 내가 항상 기억하겠다고요. 또 내가 그녀의 긴 속눈썹 색과 같은 검은색 옷만을 입겠다고요.

이런 염병할 놈이. 그가 주먹을 쥐어 허공에 대고 휘두르며 내게 욕을 하고는 길을 재촉했다. 그는 다시 자갈길의 자갈을 세다가는 벽에다 대고 무언가 중얼거리고 전철역으로 내려갔다. 그는 침을 뱉으며 욕했고 욕하는 소리가 내 귀에 울려 왔다.

나는 레아에게 전화를 했다.

더 이상 내게 전화하지 마. 뭔가 말할 만한 가치가 있는 게 아니면 말이야. 이제 나는 거머리처럼 들러붙는 네가 싫고, 네 비밀이 싫어.

비행기를 타기 전에 롤랑과 그의 집에서 만날 일이 있는데 그의 주소를 잃어버렸어. 나는 거짓말을 했다.

푸숑 35번지. 그녀는 대답하자마자 전화를 끊었다.

나는 전철을 타고 롤랑의 집으로 갔다. 그리고 길 건너편에서 아파트 건물 현관을 지켜봤다. 시간이 조금 지나자 대형 승용차가 한 대 다가와 섰다. 내가 쇠파이프로 패준 자가 롤랑을 내려주고 가버리자마자 나는 롤랑의 아파트로 달려가 그의 뒤에 다가섰다. 나는 총을 꺼내 그의 간 가까이에 찔러 대고 그의 집 안으로 들어갔다.

차 한잔합시다. 내가 말했다.

롤랑이 천천히 돌아섰다. 그가 나를 보자 싱긋 웃었다.

아, 이제야 찾았군. 우리가 간밤에 자네를 얼마나 찾아다녔는데. 자네가 오늘 떠날지 어쩔지 몰랐거든.

다 알고 있어요. 그래서 내가 여기 온 거고.

롤랑이 장갑과 외투를 벗었다. 총은 필요 없네. 와서 앉지. 그가 조용하게 말했다. 그가 거실에 들어가 앉았다.

나는 구석에 있는 의자에 앉아 총을 쥔 손을 내렸다.

자넨 멍청한 바보군. 잘 듣게. 내 자네에게 단 한 번만 더 기회를 주지. 마지막 기회를. 그 총은 이제 그만 내려놓지.

나는 다시 총을 들어 올려 그의 얼굴을 겨냥했다. 기회를 주고 안 주고 할 사람은 바로 나인 것 같은데요.

좋아. 그가 고개를 끄덕였다.

머리에 붕대를 감은 자는 당신을 위해서 일하는 사람이죠?

모세 말인가? 응, 그래.

그에게 레아를 패주라고 했나요?

그렇게 마음을 써주니 눈물이 날 지경이군. 앉아, 그리고 그 어리석은 낭만주의자 노릇은 그만하라고.

왜 레아를 때렸죠?

레아는 내 것이기 때문이다. 레아는 열다섯 살 때부터 항상 내 것이었어. 알겠나? 레아의 아버지는 우리를 위해서 일했지. 그 친구가 죽은 뒤, 내가 그 애를 돌보아주었지. 레아의 엄마는 쇼핑 중독자야, 사교계의 빈껍데기뿐인 여자지. 그래서 레아는 제 엄마에게 제대로 보살핌을 받지 못했거든. 잘 듣게, 어린 친구, 자네는 위험한 지대에 발을 디디고 있는 거야. 하지만 그나마 자네에게 다행인 것은 우리가 자네에게서 원하는 게 있기 때문이야.

난 아무것도 줄 게 없소.

조지에게 무슨 일이 있었는지 말하게.

왜 조지 걱정을 그렇게 하죠?

조지가 우리를 위해서 일했기 때문이다.

우리?

그래, 우리 모사드. 조지가 이스라엘에 있었을 때 우리가 그를 스카우트했지. 조지는 제 아버지에 대해서 다 알고 있다. 우리는 아부나라가 시리아 정부와 화해를 할 거라고 예상했다. 이제 더 가까워질지도 모르지. 더더구나 알레이에스가 암살되었으니까 말이야. 알레이에스는 우리 사람이었어. 우리가 그에게 병기를 보급해주었을 뿐 아니라 전략전술까지 지원해주었지. 조지가 아부나라를 따라다니면서 그에게 가까워졌다. 아부나라가 조지를 신뢰하게 되었지.

조지가 첩보원이었다는 건가요?

그래. 똑똑하고 유능했지. 자네도 그럴지 모르지만. 자, 조지가 어디에 있는지 말하게. 조지가 자네를 체포하겠다고 자원해서 자네의 집으로 간 시점부터 행방이 묘연해졌어. 알레이에스의 암살과 자네의 관련 여부에 대해 취조할 게 있다고 했거든. 우리는 그곳에서 뭐가 어떻게 돌아가는지 다 알고 있다. 크리스천 진영에 우리 요원들이 있기 때문이야. 맘만 먹으면 뭐든 다 알 수 있지. 우리에게 모든 걸 털어놓는 게 자네에게 남아 있는 유일한 희망이야. 우리의 허락이 없이는 자넨 아무데도 갈 수 없어. 알아듣겠나?

레아는 이 일을 얼마나 알고 있죠?

별로. 우리가 자네에게 조지의 행방을 알아내려 한다는 것밖에는.

캐나다 비자는요?

자네는 파리 공항을 빠져나가지 못할 거야. 문서 사기로 감방에 들어가겠지……. 그러면 우리가 개입해서 조지의 행방을 알려주는 조건으로 석방되도록 변호사를 대주겠지. 그렇게 해서 자네는 감방에 가게 될 거야. 자네를 붙잡아두기 위해서 합법적인 감방보다 더 좋은 곳이 어디 있겠나? 만일 그래도 말을 하지 않으면 무료한 자네가 친구 삼을 수 있도록 점잖고 사랑이 많은 덩치 큰 사람들을 보내주겠지. 무슨 말인지 잘 알리라고 생각하네만. 자네는 이 게임에서 미미한 존재야, 아주 미미하지. 내 자네에게 몇 분만 생각할 시간을 주지. 말하고 싶으면 거기 커피 테이블에 총을 내려놓게. 우리가 자네를 위해서 뭔가 손을 써줄 수 있을지도 몰라. 그러나 말하지 않으면 자넨 아무데도 갈 수 없어. 빈말이 아닐세.

나는 일어서서 그의 얼굴에 총을 겨누고 말했다. 머리에 손 올리시오.

그가 머리에 손을 올렸다.

나는 그의 몸을 뒤져 지갑과 선글라스를 집었다. 지갑에는 수백 프랑이 들어 있었다. 나는 돈을 챙겼다.

바닥에 엎드리시오.

내 부하들이 곧 이곳으로 올 거다. 난 네게 마지막 기회를 주는 거야.

움직이면 쏠 거요.

넌 역시 좀도둑이로구나! 네 녀석은 바보다. 그가 카펫에 엎드려 소리쳤다.

나는 선글라스를 발로 짓밟아 부숴버렸다. 그리고 가까이에 있는 탁자의 전화기에서 전화선을 잡아 빼 그것으로 롤랑의 손을 묶었다. 그의 주머니에서 집 열쇠를 꺼내서 문을 천천히 열었다. 밖에 아무도 없는 것을 확인하고 나간 다음 문을 밖에서 잠갔다. 그리고 계단을 통해서 건물 밖으로 나갔다. 나는 뒷골목 길을 택해서 레아의 아파트를 향했다.

나는 길 건너편의 공중전화에서 레아에게 전화를 했다.

다시는 전화하지 말라고 하지 않았던가요? 그런데, 비행기 타야 하지 않아요?

내 지금 조지 애기를 해주지.

그녀는 잠시 아무 말이 없었다. 말해요.

좋지 않은 얘기야. 좋지 않은 소식이라구. 나 길 건너편에 있어. 나 좀 들어가게 해줘.

그녀가 허락했고 나는 계단을 올랐다. 나는 철제 엘리베이터가 내 두근거리는 심장을 올려다주는 걸 기다리고 싶지 않았다.

레아가 눈물을 흘리며 문을 열었다. 그녀는 잠시 살짝 내게 안겼다가 마치 자신이 죽음의 전령 품안에 있다는 걸 불현듯 깨닫기라도 한 듯, 금방 뒤로 물러나 자기 입을 손으로 막았다.

조지 오빠에게 무슨 일이 있었는지 줄곧 알고 있었군요.

내가 조지를 본 것은 내가 떠나기 바로 직전이었어.

그녀는 들어오라고 내게 손짓했다. 내가 집 안으로 들어가자 그녀는 내게 등을 돌리고 흐느끼기 시작했다. 내가 그녀의 등에 손을 얹자 그녀가 머리를 흔들었다. 나는 그녀의 어깨를 잡아 서서히 돌려 그녀가 나를 마주보게 했다. 그녀는 울고 있었고 얼굴에 눈물이 흘러내렸다.

조지와 나는 친형제나 다름없었어.

나는 숨을 깊이 들이쉬었다. 그런 다음 쉬지 않고 말했다. 한번은 조지와 내가 사냥총을 가지고 높은 산을 올랐지. 우리는 총구가 하늘로 향한 총과 화약을 쥐고 뱀처럼 꼼짝 않고 서 있었지. 가만히 서 있으면서 새의 무게에 휘는 나뭇가지를 발견하려고 말이야. 교미기에 제짝의 울음에 반응하며 움직이는 새들을 기다리면서. 우리는 이내 작은 새 한 마리를 쏘았고 나는 다친 그 새를 손으로 들어 올렸어.

아직 살았으면 죽여. 죽여! 조지가 내게 말했어.

하지만 난 그 작은 새를 죽일 수 없었어. 새가 부리를 벌리더니 아무런 소리도 내지 않고 다시 부리를 다물었지. 마치 물을 달라고 하는 것처럼. 그리곤 내 손바닥 위에 있는 그 새가 눈을 감았어.

죽여! 왜 그 다친 새를 보고만 있어? 죽여, 그래서 더 이상 아프지 않게. 완전히 죽여. 조지는 안달을 했지.

하지만 새가 도로 날아오르기를 나는 기대하고 있었던 거야.

그런데 조지가 다친 그 새를 내 손에서 잡아채더니 그걸 바위 위에 놓고 총의 개머리판으로 머리를 내리찍었어. 한 번도 아니고 여러 번이나. 그러고 나서 조지는 다른 새를 찾기 시작했지.

왜 그 얘기를 내게 하는 거죠? 레아가 물었다.

조지와 내가 죽인 건 새뿐만이 아니야.

사람도?

그래. 나는 레아에게 모든 얘기를 해주었다. 칼릴을 죽인 일, 뻥땅과 밀수, 우리의 암묵적인 다툼, 조지의 의용군 입대, 므슈 로랑과 니콜 얘기, 내가 받은 고문 얘기를 해주었다.

레아는 귀를 기울여 들었다. 싱크대에 몸을 기대고 있다가 내 눈을 똑바로 쳐다보는가 하면, 바닥이나 천장을 바라보기도 하며 내 얘기를 들었다. 얘기를 듣고 그녀가 말했다. 그러니까, 그게 그렇게 된 거였군요. 그런데 조지 오빠는 지금 어디에 있죠?

나는 바로 대답하지 않고 난민 수용소의 학살 얘기를 했다. 나는 그녀에게 조지가 내게 해준 얘기를 그대로 해줬다. 불빛, 개, 새, 산더미처럼 쌓여 썩어가는 시체들, 도끼, 피바다 등에 관한 얘기였다.

내가 얘기를 하는 동안 레아는 머리를 흔들었다. 마침내 그녀가 소리를 지르며 내 얘기를 끊었다. 됐어, 이제 그만해. 모르겠어…… 왜 이제 와서 내게 그런 얘기들을 하는지 모르겠어. 그녀가 다시 머리를 흔들었다. 지금까지 아무런 얘기도 안 하다가 이제 와서 그런 얘기를 하다니, 무슨 장난하는 거야? 그런데 조지 오빠는 지금 어디 있죠? 바쌈이 지금 내게 해준 그 모든 얘기들, 그게 사실인지 아닌지 난 모르겠어. 우리는 바쌈이 실제로 어떤 사람인지조차도 몰라. 난 바쌈이 어떤 사람인지 모른다구. 그런데 이렇게 여기에 와서 그런 끔찍한 얘기들을 하다니.

나는 그녀가 소리 지르는 것을 무시했다. 그녀의 작은 눈, 경련하는 얼굴, 갈색 옷을 무시했다. 나는 그녀의 항의를 무시했고, 자리를 비키려고 하자 그녀를 붙잡아 부엌 싱크대에 밀어붙여 세웠다. 그리고 조지가 나를 다리 밑으로 데려갔던 그날 밤 얘기를 했다.

혼란스러워. 바쌈의 얘기들은 모두 말도 안 되는 얘기들이야. 난 바쌈이 얘기하는 이 사람들이 누군지 모르겠어요. 이렇게 불쑥 찾아와서는 그 모든 얘기를 내가 들어주기를 바라다니. 나, 나가야겠어. 나 좀 가게 내버려둬.

그러나 나는 무자비했다.

우리는 다리 밑 차 안에 앉아 있었어. 조지와 나는 다투었지. 내가 레바논을 떠나기 직전에 조지가 나를 데리러 왔어. 나를 군부대로 데려가기 위해서였지. 조지가 내게 차를 타라고 했어. 나는 가고 싶지 않았지만, 조지가 내게 키스를 하며 나를 자기의 친형제라고 했지. 그렇게 조지가 나를 차에 태웠고, 우리는 나바 다리로 가게 된 거야. 조지는 나를 고문실로 데려가려고 왔었어. 조지가 나를 그들에게 끌고 갔으면 나는 죽었을 거야. 하지만 조지는 내게 기회를 주겠다고 했어. 조지가 총을 가지고 만지작거리더니 총알 세 개가 든 회전 탄창을 돌렸어. 그리고 나를 보고 웃더니 그러더군. 네게 기회를 주겠다, 라고.

나는 조지의 손에 쥐어 있던 총을 잡았어. 눈 한 번 깜빡하지 않고, 바다와 배, 그리고 내가 그렇게도 가고 싶어 하던 새로운 나라를 다시 한 번 더 머리에 떠올려보지도 않고, 나는 총구를 내 머리에 갖다 댔지. 그리고 서서히 방아쇠를 당겼어. 재깍. 총은 발사되지 않았어.

나는 총을 내 옆에 내려놓았어. 조지가 한 번 씨익 웃더니 그 총을 천천히 집어 들더군. 그는 겁내지 않았어. 침착했지. 여느 때와 다름없이 두려워하지 않았어. 총을 손에 들고 얼굴을 내게 돌리더군. 그리곤 나를 쳐다보고 싱긋 웃으며 방아쇠를 당겼는데 그만……

레아가 손을 입에 대고 내 팔을 뿌리치며 벗어나려고 했다. 이 모든 걸 알고 있었으면서…… 그랬으면서, 어떻게…….

　내가 그녀를 다시 뒤로 밀어붙이며 말했다. 내가 조지를 거기에 묻었다. 다리 밑에 묻었어. 총이 내 발치에 떨어졌고 조지는 내게 쓰러졌지. 상처가 벌어져 있었어. 반대쪽 얼굴도 뚫려 있었고 그 구멍으로 뇌가 보였어. 차 유리가 온통 피범벅이 되었어. 그 빨간 액체가 앞 유리를 타고 계기판으로 흘러내렸지. 나는 그대로 앉아서 멀리 보이는 집들과 지나가는 차들이 서서히 빨간색 비에 잠기는 것을 바라보았어. 난 내 무릎에 흘러내린 드 니로의 머리카락을 쓰다듬어주었지. 난 녀석의 머리를 어루만져주었어.

　나는 나도 모르게 레아의 머리카락을 만졌다. 그녀는 겁을 먹고 몸이 경직되었다.

　나는 그녀의 양어깨를 단단히 잡고 계속했다. 조지는 다리 밑에 묻혔다. 조지의 시체를 하수도 옆의 돌더미 쪽으로 끌고 가서 그 옆에 뉘었어. 그리고 먼저 큰 돌 두 개를 집어 머리 양쪽에서 마주 보게 기울여 받쳐놓았지. 그러고 나서 차에서 조지의 총들을 가져다 옆에 나란히 놓고 돌로 그의 몸을 덮었어. 그런 다음 손으로 모래를 떠서 돌 사이를 메웠지. 조지는 거기에 있어. 레아의 오빠는 거기, 그 다리 밑에 있다구.

　조지의 행방을 알고 싶다고 했던가? 내 얘기 좀 들어봐. 들어보라구. 차에 가서 운전석에 앉았는데 앞 유리가 피로 흥건했어. 손으로 닦아보았지만 길고 넓은 줄이 생기면서 오히려 더 걸쭉해지고 탁해질 뿐이었어. 피는 빠른 속도로 굳으면서 색이 진해졌어.

피는 끈적끈적하지. 그래서 나는 모래더미로 가서 모래를 퍼다 유리에 문질렀어. 그랬더니 모든 게 내 고향의 남쪽 어느 곳 신화의 강처럼 붉은 진흙으로 변하더군. 난 길만 볼 수 있으면 했지. 나는 그 불운한 도시 말고 어딘가 다른 곳을 보고 싶었을 뿐이야. 난 그저 그곳을 떠나고 싶었을 뿐이었다구.

그때 레아가 내 눈을 들여다보고 어깨를 뒤틀었지만 나는 손을 내려 그녀의 손을 잡고 조용히 말했다. 내 얘기 끝내게 해줘.

그녀가 거의 표시 안 나게 고개를 끄덕였다. 그녀의 몸에 힘이 빠지며 축 늘어지는 게 느껴졌다. 그녀의 무릎이 꺾이며 내 무릎에 거의 닿았다.

나는 차의 앞 유리를 깨버렸지. 가장 무거워 보이는 돌을 찾아 차의 후드에 올려놓고 재킷을 벗어 운전석에 깔아놓은 다음, 후드 위로 올라가 돌을 들어 앞 유리를 부숴버렸어. 유리가 산산조각이 나더군.

운전석에 깔아둔 재킷을 집어 들고 하늘에 대고 털었더니 유리 조각과 돌 조각들이 날리더군. 나는 빨간색과 초록색으로 반짝이는 1만 개의 다이아몬드에 둘러싸였지. 그만 웃음이 나왔어. 그런 뒤 나는 전속력으로 차를 몰았어. 바람 때문에 눈이 아리더군. 차를 모는데 바람이 내 셔츠 속으로 파고들었고 내 눈에서는 눈물이 흘러내렸어. 하지만 난 울고 있었던 게 아니라구. 바람이 내 얼굴을 때렸고, 그것은 마치 내 머리가 또 물속에 처박히는 느낌이었어. 나는 숨이 막혀 헐떡였지. 피 냄새를 내쉬어버리려고 했어. 그런데 내 손에 묻은 피가 더 걸쭉해지더군. 난 그 피를 감출 수가 없었어. 바로 내 눈앞에 있는 그 피를. 피가 차를 조정하기 시작하더라. 차선을 무시하며 고속으로 다른 승용차들과 디젤 트럭들을 추월해 가더라구. 내 손에 묻은 피가 자동차를 걷잡을 수 없이 몰아댔어. 피를 어떻게든 처치해야 했어.

그래서 어떤 작은 비포장도로로 방향을 바꾸었지. 그리고 바다와 닿아 있는 어떤 푸른 초원을 가로질러 바다 가까이까지 갔어. 자살 해변에 이르자 나는 차에서 내려 물속에 뛰어들었고, 내 죄를, 그 불타는 고국을, 내 사랑하는 사람들을 바닷물에 씻겨 흘려보냈어. 바닷물은 한때 그 해변에 가득했던 오닉스 같은 보랏빛으로 변했지. 씻겨 내리는 피는 갈매기들보다 더 시끄럽게, 고대의 침략자들보다 더 요란스럽게 절규했어. 나는 파도에 머리를 담그고 머리카락을 씻었어. 해변의 조약돌은 앞뒤로 흔들거렸고 조개들은 껍데기를 닫았지. 나는 먹지도 않은 것을 토해냈어. 내가 토해낸 누런 물질은 나를 지나쳐 돌진하는 파도 거품들을 서로 연결해주는 아교 같았지만 그 파도 거품들은 바위에 부딪치자 산산조각이 났어. 나는 그렇게 앉아 있었어.

어느 정도 시간이 흐른 뒤 나는 차로 돌아가 입고 있던 옷을 벗어버리고 가방에서 다른 옷을 꺼내 갈아입었어.

그러고 나서 나는 그 해변을 떠난 거야. 그리고 조지 생각은 하지 않았다. 알겠어? 알겠냐구? 나는 오직 바다를 건너 멀리 가버리고 싶었을 뿐이야.

나는 레아에게서 뒤로 물러섰다. 더 이상 할 말이 없었다.

그녀가 이번에는 자리를 비키려 하지 않았다. 나는 그녀가 울도록 그냥 내버려두었다. 나는 계단을 내려가 파리의 거리로 나갔다.

나는 걸어서 기차역으로 갔다. 비가 내리고 있었다. 기차들이 도착하는가 하면 떠났고 떠나는가 하면 도착했다. 무수한 승객들이 어디론가 이동하고 있었다.

매표구의 여직원이 내게 물었다. 어디 가시죠, 손님?

로마요, 로마.

우리는 모두 1만 개의 폭탄에 노출되어 있다

웅변은 다른 사람과의 싸움에서,

시는 자신과의 싸움에서 나온다.

—W. B. 예이츠

"1만 개의 폭탄이 떨어졌고 나는 조지를 기다리고 있었다. (…) 떠나야 할 때가 왔다." 독자는 소설 도입부의 첫 줄에서부터 소설 전체에 감도는 멜로디를 듣는다. '1만 개'의 폭탄이라는 멜로디가 다시 나타날 때마다 이 멜로디에 다른 음색의 화음이 보태진다. 이렇게 보태지는 여러 음색들은 마력적인 불협화음을 내며 긴장감을 놓지 않고 파국을 향해 섞여 들어간다. 마디마다 시종일관 '떠나야 할 때가 왔다'라고 하는 인식의 긴박감이 실려 있다. 긴박감과 갈등이 자아내는 대위 선율은 때론 격렬하지만 그 기이한 아름다움과 충격은 독자의 심상을 뒤흔든다. 하지만 이 광포한 불협화음은 파문일 뿐이다. 그 저변에는 바르톡의 〈현악기, 타악기, 그리고 첼레스타를 위한 음악〉처럼 뜨거운 인도주의가 흐르고 있다.

이 불협화음은 작가인 라위 하지의 고국 레바논의 뒤틀린 과거를 배경으로 전개된다. 백향목의 향기와 아름다움으로 유명했던 고도 레바논을 황폐하게 만든 내전은 1975년에 시작되었으며 작가는 9년 동안 전쟁을 체험한다. 그리고 아직 전쟁이 한창이던 1982년에 뉴욕 땅을 밟았고 그로부터 다시 9년 뒤에 캐나다의 몬트리올로 이주하여 지금에 이른다. 사진작가로 활동하던 그에게 우연히 짧은 글을 쓰는 기회가 주어졌으며, 이것을 계기로 글을 쓰라는 독려를 받아 44세에 낸 이 소설은 발간되자마자 비상한 주의를 모으며 베스트셀러가 되었다. 그리고 2008년에는 '인터내셔널 임팩 더블린 문학상'을 수상하여 문단과 독자들을 깜짝 놀라게 한다. 이 문학상은 영어권에서 단일 작품에 주어지는 문학상으로는 가장 많은 상금(10만 유로, 한화 2억 원)이 걸려 있다. 역대 수상자 중에서 우리에게 가장 잘 알려진 소설가로는 터키의 오르한 파묵을 꼽을 수 있겠다. 그는 2003년에 『내 이름은 빨강』으로 이 상을 수상했으며 그로부터 3년 뒤에 노벨 문학상을 수상했다. 『드 니로의 게임』은 예심에서 필립 로스, 토머스 핀천, 마거릿 애트우드 등과 같은 세계적인 기성작가들의 작품들을 제치고 수상의 영예를 안은 화제작이다.

 소설의 주인공 바쌈과 조지는 가장 친한 불알친구다. 한데 이들의 인성과 우정은 현실의 황폐함을 반영하며 헤어나지 못할 늪으로 잠겨든다. "전쟁은 깡패들을 위한 것"이라고 화자인 바쌈은 말한다. 바로 이런 전쟁 속에서 문명은 그 손과 발이 묶임을 당하고 폭력 앞에 무릎을 꿇는다. 마약과 섹스는 폭력과 연동한다. 그리고 이것은 화약내를 맡고, 피를 보고, 폭음을 들으며 자라나는 청소년들에게 유일한 도피구를 제공한다. 그러나 주인공 바쌈은 베이루트와는 다른 미지의 세계를 동경한다. 사진 혹은 그림엽서에서나 보는 로마가 그 동경의 대상이다. 비둘기들마저 행복해 보이는 로마, 그곳은 "자유롭게 다닐 수 있는 좋은 곳임에 틀림없다"고 바쌈은 생각한다. 작가는 '임팩' 시상식에서 "세상을 마음대

로 돌아다니는 한편, 안식처가 되는 집을 가지고자 하는 인간의 욕망"을 언급했다. 바쌈은 피폭이 일상사가 되어버린 베이루트를 아무렇지도 않은 듯 배회하며 인간의 이 기본적인 욕망을 채운다. 그리고 이 행위로 자신의 실존을 주장한다. 그는 총알이 쏟아지고 폭탄이 떨어지는 가운데서도 태연히 환상에 잠기며 탈출을 꿈꾼다. 그리고 결국 탈출에 성공한다. 그러나 이미 갈기갈기 찢어질 대로 찢어진 영혼에게 지정학적인 탈출은 궁극적인 안식처를 제공해주지 못한다.

옮긴이는 이 소설의 첫 장을 펴고 마지막 단어 '로마'를 읽을 때까지 책을 덮지 못했다. 결말이 궁금해서였고 또 소설의 거침없는 조류에 실려 나갔기 때문이었다. 한번 잡은 책은 아무리 지루해도 이를 악물고 끝까지 읽어 치우는 편이지만, 앉은 자리에서 마지막 페이지까지 넘기고, 마주한 백지에 아쉬움을 느끼는 책은 기억에 그리 흔치 않다.

작가의 영어는 거칠다. 소설의 독특한 말투와 표현은 모국어인 아랍어의 영향일 듯싶다. 그러한 탓에 영어로 쓰이긴 했지만 생소함을 느끼게 한다. 그러나 이러한 요소들은 화자인 바쌈의 자신과의 싸움, 또 외부와의 싸움에 대한 서술에 실재성을 부여한다. 이 싸움은 환상의 형태를 통해 형상화되며, 독자에게 전달되는 그 시각적인 효과는 영화의 '끌어당김'과 많이 다르지 않다. 옮긴이는 신속히 진행하는 이 소설의 시네마적인 플롯에서 번역의 방향을 잡았다. 소설이 영화 〈디어 헌터〉에 부분적이나마 기대고 있다는 점도 무시할 수 없었다. 소설 제목은 이 영화의 주인공 로버트 드 니로의 러시안 룰렛 게임을 가리킨다.

역사적으로 번역에 관한 담론의 주류는 성서 번역을 중심으로 한 시에 관한 것이었다. 산문 번역은 상대적으로 가벼운 취급을 받아왔다. 산문을 쉽게 생각하는 그릇된 관념이 그 원인이라고 영향력 있는 영국의 비교문학자 수잔 배스네트는 지적한다. 내용과 형식이 서로 분리될 수 있는 것으로 여기고 내용만을 생각한다는

것이다. 이 소설의 경우, 옮긴이는 시네마적인 개별적인 장면을 형식적인 단위로 삼고 각 장면에 담긴 내용, 즉 운문적인 이미지들을 해당 장면의 전체에 종속시키는 데에 역점을 두었다. 문장을 하나하나 밟아가거나 단락이나 챕터를 단위로 삼기보다는 시각적인 장면을 단위로 삼아 이에 담긴 내용이 서로 잘 연결되도록 주의를 기울여 그 단위가 되는 이미지를 살리려 했다.

　대화에 큰따옴표가 없는 것은 라틴어군(프랑스, 이탈리아, 스페인어)의 소설에서 쓰이는 방식이지만 한글 소설에서는 흔치 않은 형식이다. 영어권 소설에서도 역시 그리 흔치 않다. 원작이 단순히 미니멀리즘의 유행에 따른 것이라면 단순한 시각적인 미보다는 가독성에 중점을 두고 번역에서 큰따옴표를 붙여줄 수도 있을 것이다. 그러나 이 소설에서 큰따옴표의 부재는 소설의 속도감과 유동성에 기여한다. 큰따옴표 없이 읽다가 큰따옴표를 붙여서 읽어보면 느낄 수 있는 점이다. 한편 큰따옴표의 부재는 화자인 바쌈의 의식 세계와 실재의 경계선이 선명하지 않다는 점을 부각시켜주는 보조적 역할을 한다고 볼 수 있다. 서술이 대화 부분을 문맥으로 드러내어주기 때문에 시각적인 가독성에 문제가 없으리라고 확신한다.

번역에 관해 한 가지만 더 밝혀둘 것은 의도적으로 포함시킨 생소한 표현이 있다는 것이다. 대표적으로 둘만 예로 들겠다. "네 엄마 무덤을 두고 제발 부탁이다On your mother's grave, I'm asking you." 여기에서 "On your mother's grave"를 어떤 서술이나 요청을 강조하기 위한 말로 파악했을 때, 우리말의 "제발, 정말이지" 정도의 말로 옮길 수 있을 것이다. 그러나 "무덤"이라는 말이 이 소설에서 간과할 수 없는 이미지 중 하나인 까닭에 어색하더라도 그 개별적인 말뜻을 풀어 옮겼다. 또 "ten thousand"라는 표현이 있다. 이것은 "많은 수를 나타내는 레바논의 구어적인 표현"이라고 작가는 말한다. 그렇다면 "수많은" 정도로 어색하지 않게 번역해야 하겠지만, 반복 사용되는 이 표현의 운문적인 효과를 무시할 수 없었고, 또 이 숫자가 성경의 「에스겔서」에 기댄

것임을 중시하여 굳이 "1만(개)"이라고 옮겼다. (「에스겔서」는 기원전 6세기 중동의 패권국에 의해 처참하게 짓밟히고 바빌론으로 유배되어 간 이스라엘 민족의 선지자 에스겔이 예루살렘으로의 귀향을 예언하며 실향 민족에게 희망을 불어넣은 예언서다. 과거의 레바논과 백향목에 관해서라면 「에스겔서」 31장을 통해 알 수 있다.)

"모든 독서 행위는 번역 행위"라고 노벨문학상 수상작가 옥타비오 파스는 말한다. 옮긴이는 일차적으로는 일반 독자로서 이 소설을 재미있게 읽었다. 그러나 처음으로 돌아가 번역에 착수하여 정밀 독해를 행하면서 폭력에 대해 지속적인 생각을 하지 않을 수 없었다. 전쟁, 폭력, 마약, 고문, 섹스에 관한 이 이야기의 의미를 짚어보지 않을 수 없었다. 화약내와 피비린내가 진동을 하는 나라에 살지는 않더라도 현대인이라면 누구나 어떤 형태로든 폭력에 노출되어 있다. 언어의 폭력, 몸의 폭력, 언론의 폭력, 정권의 폭력, 포르노의 폭력, 눈에 보이지 않는 정치경제적 억압 구조 등 온갖 형태로 떨어지는 '1만 개'의 폭탄에 항상 노출되어 있다는 생각을 새삼 하지 않을 수 없었다. 말솜씨는 넘쳐도 시가 부족한 이 시대는 자신과의 싸움이 실종된 시대임을 반증해준다. 그렇다면 바쌈이 자신과의 싸움에서 '시'를 얻었는가? 하는 것은 하나의 화두로 삼을 수 있을 것이다. 바쌈의 인성을 황폐하게 만드는 야만 적인 폭력, 이와는 다른 형태로 우리들의 인성을 황폐하게 만드는 '세련된' 폭력. 이 둘을 견주어 고찰해서 우리가 처한 상황이 좀 더 선명해진다면, 번역으로 연장된 이 소설의 생명은 진정 그 값 을 다하리라고 생각한다.

2009년 1월
공진호